Über dieses Buch Das Mansardenzimmer eines großen Hauses ist Zuflucht und Ort der Imagination für eine Frau, die sich dorthin zurückzieht, um nachzudenken, zu zeichnen und sich zu erinnern.

Die Mansarde ist auch der Ort, an dem die Vergangenheit wieder lebendig wird. Ein unheimlicher Vorgang zwingt die Frau, sich an sich selbst zu erinnern, an eine Zeit, die sie getrennt von ihrer Familie, durch eine vorübergehende Taubheit vollständig isoliert, in den Bergen verbrachte.

Erzählt wird in tagebuchähnlichen Aufzeichnungen die Geschichte einer Woche, von Sonntag zu Sonntag, ausgefüllt mit der routinierten Alltäglichkeit eines Hausfrauendaseins, überschattet von dem lautlosen Drama einer Ehe, in der ein altes Zerwürfnis durch Stillschweigen schon lange tabuisiert wurde.

»Schritt für Schritt, auf der Spur von Putzeimer und Scheuerlappen, wird ein familiäres Gefühlsgehäuse besichtigt, das irreparabel in Unordnung geraten ist, eine freudlose Wanderschaft durch die Orte stillgelegter Sehnsüchte und begrabener Hoffnungen. [...] Diesen Zustand nach dem Versuch zu lieben, beschreibt Marlen Haushofer als Leben nach dem Leben, ein gedämpftes ruhiges Nachleben, das dankbar macht, weil es so schmerzlos ist. [...] Es gehört zu den großen Leistungen dieser Prosa, wie klein sie ihre Katastrophen hält, wie geläufig dieses Unglück erscheint. [...]«

(Sybille Cramer in der Frankfurter Rundschau)

Die Autorin Marlen Haushofer, geboren am 11. 4. 1920 in Frauenstein / Österreich, gestorben am 21. 3. 1970, studierte Germanistik in Wien und Graz. Sie lebte als freie Schriftstellerin in Steyr. Ihr Werk wurde ausgezeichnet mit dem Förderpreis zum österreichischen Staatspreis, mit dem Theodor-Körner-Preis der Stadt Wien und mit dem österreichischen Staatspreis für Literatur. Zu Lebzeiten wenig beachtet, erfährt die Autorin jetzt eine verdiente Renaissance. Zahlreiche Romane und Erzählungen. Als Fischer Taschenbuch lieferbar: ›Himmel, der nirgendwo endet‹ (Bd. 5997).

MARLEN HAUSHOFER

DIE MANSARDE

ROMAN

FISCHER TASCHENBUCH VERLAG

57. – 59. Tausend: Oktober 1993

Ungekürzte Ausgabe
Veröffentlicht im Fischer Taschenbuch Verlag GmbH
Frankfurt am Main, September 1986

Lizenzausgabe mit freundlicher Genehmigung
der claassen Verlag GmbH, Düsseldorf
Copyright © 1984 by claassen Verlag GmbH, Düsseldorf
Umschlaggestaltung: Jan Buchholz / Reni Hinsch
Gesamtherstellung: Clausen & Bosse, Leck
Printed in Germany
ISBN 3-596-25459-0

Gedruckt auf chlor- und säurefreiem Papier

Von unserem Schlafzimmerfenster aus sehen wir einen
Baum, über den wir uns nie einig werden. Hubert behauptet, es sei eine Akazie. Er sagt Agazie, weil sein Vater,
der aus Görz stammte, dieses Wort so aussprach. Ich weiß
nicht, ob alle Leute aus Görz das tun oder ob es nur eine
Eigenheit von Huberts Vater war. Hubert liebt Akazien,
von denen es in alten Romanen heißt, der Duft ihrer Blüten sei süß und berauschend. Er ist tatsächlich süß und
berauschend, wie ja alle Eigenschaftswörter aus alten Romanen treffend sind. Nur darf man sie heute nicht mehr
verwenden. Trotzdem werden Akazienblüten immer süß
und berauschend riechen, solange es auf der Welt noch
eine einzige Nase gibt, die das feststellen kann.
Hubert hält also den Baum jenseits der Straße für eine
Akazie. Dabei versteht er überhaupt nichts von Bäumen.
Er liebt Akazien nur, weil sein Vater, der alte, damals
junge Ferdinand, in einer Akazienallee zu lustwandeln
pflegte. Ich nehme an, er tat dies nicht allein, sondern in
Begleitung eines jungen Mädchens. Das Mädchen trug
gewiß einen Sonnenschirm, und dieser Sonnenschirm
war aus gelber Seide. Und jener unsagbare Duft erfüllte
die Welt, eine Welt, die rund und ungebrochen war und
die es nicht mehr gibt. Auch den alten Ferdinand gibt es
nicht mehr, aber sein Sohn behauptet immer noch, der
Baum vor unserem Fenster sei eine Akazie.
Dazu kann ich nur lächeln. Für mich ist der Baum eine
Ulme oder Erle, was beweist, daß auch ich nicht sehr viel
von Bäumen verstehe, obgleich ich auf dem Land aufgewachsen bin. Es ist eben schon lange her, und wer weiß,
wo ich damals meine Augen hatte.
Ich lege auch keinen Wert darauf, die Namen zu wissen,

die im Naturgeschichtsbuch stehen. »Schönbaum« genügt mir vollkommen als Bezeichnung. Manche Vögel heißen bei mir Rotfüße oder Grünfedern, und jedes Säugetier, dessen Name mir unbekannt ist, heißt Pelztier, langohriges, dichtschwänziges, rundschnauziges, seidenweiches Pelztier. Den so Benannten macht das gar nichts, sie reichen keine Ehrenbeleidigungsklagen ein, und auch dem Baum dort drüben ist es einerlei, wie ich ihn nenne. Also soll er eine Ulme oder Erle sein.

Er weiß nicht, daß es mich gibt. Seine merkwürdigste Eigenschaft ist, daß man ihn nur im Winter sehen kann. Sobald er austreibt und sich mit Laub bedeckt, wird er unsichtbar, bis er eines Tages wieder kahl und zartverästelt vor dem grauen Novemberhimmel steht und das Rätselraten um seinen Namen wieder anfängt.

Hubert richtet sich im Bett auf und sagt: »Es ist natürlich eine Agazie.« – »Erle oder Ulme«, sage ich starrsinnig. »Du hältst mich wohl für schwachsinnig«, sagt Hubert, »glaubst du, ich kenne eine Agazie nicht auf den ersten Blick?« Ich weiß genau, daß er in Wirklichkeit gar nicht weiß, wie eine Akazie aussieht, sage es aber nicht, um ihn nicht zu kränken. Ich weiß nämlich nie so genau, was ihn kränken könnte, manchmal ist er dickfellig, manchmal kränkt er sich über Winzigkeiten. Das mit der Akazie würde ihn gewiß kränken, wie alles, was sich irgendwie auf seinen Vater bezieht. Hubert betreibt nämlich insgeheim ein bißchen Ahnenkult. Da ich das auch tue, bin ich in diesem Punkt vorsichtig. Ich schwieg, ließ die Sache auf sich beruhen und sah hinüber auf den Baum.

Es ist ein Sonntag im Februar, und diese kleine Szene spielt sich jeden Sonntagmorgen ab. An einem Wochentag haben wir natürlich keine Zeit, uns derartigen Spielen hinzugeben. »Ein Vogel sitzt auf dem Baum«, verkündet Hubert, »ein Star.« – »Unsinn«, sage ich, »im Winter gibt es keine Stare, es wird eine Amsel sein.« Ich bin etwas im Nachteil, weil Hubert weitsichtig ist und ich leicht kurzsichtig bin. Ich konnte nur einen kleinen schwarzen Fleck in einer Astgabel sehen. »Nein«, sagt Hubert, »es ist bestimmt keine Amsel.« – »Vielleicht ein Grünling?« schlage ich vor. Ich weiß nicht genau, wie die Vögel heißen, die ich Grünlinge nenne, sie sehen aus wie sehr große Spatzen, aber grün. »Du mit deinen Grünlingen!« sagt Hubert verächtlich und schlägt ein Buch auf, eine Beschreibung der Schlacht von St. Gotthard-Mogersdorf, 1664. Er liest mit Vorliebe Bücher über alte Schlachten und bildet sich ein, er wäre ein besserer Stratege gewesen als die vermoderten alten Generale. Es ist beklemmend, zu sehen, wie nahe es ihm geht, daß er unsere verlorenen Schlachten nicht korrigieren kann. Nicht aus Patriotismus, dahinter bin ich längst gekommen, nur aus einem brennenden Verlangen nach Perfektion. Ihn kränken die verlorenen Schlachten sämtlicher Nationen. Trotzdem scheint ihn das Lesen dieser Bücher zu befriedigen, und da es tonnenweise Bücher über alte Schlachten gibt, wird ihm der Lesestoff nie ausgehen. Er könnte ruhig hundert Jahre alt werden. Wahrscheinlich wird dieser Fall nicht eintreten, und es wäre auch nicht wünschenswert.

Hubert ist jetzt zweiundfünfzig und, wenn man bedenkt, daß er gar nichts für seine Gesundheit tut, in ganz guter Verfassung. Sein Blutdruck ist normal, manchmal knarren seine Gelenke ein wenig, vier Zähne fehlen ihm, das ist nicht viel, dafür hat er noch ziemlich dichtes braunes Haar, ein bißchen Grau ist natürlich auch dabei. Er raucht vielleicht zu viel, trinkt aber kaum und ist überhaupt ein mäßiger Mann mit einem leichten Hang zur Pedanterie. Ich wüßte nicht, warum er nicht alt werden sollte. Freilich, er arbeitet zu viel, aber er scheint das gern zu tun, also kann es nicht so schädlich sein.

Er lächelt und gleitet auf einer akazienduftenden Rutschbahn zurück in die Schlacht von St. Gotthard-Mogersdorf, vergißt seine Frau, den Baum und den Vogel auf diesem Baum.

Der Baum steht flach vor dem Himmel, wie eine Zeichnung auf grauem Reispapier. Er sieht auch ein bißchen chinesisch aus. Wenn man ihn lange anstarrt, zumindest wenn ich ihn lange anstarre, verwandelt er sich. Der weißgraue Himmel fängt an, zwischen den Ästen aufzuquellen, formt sich zu lockeren Bällen, und bald hält der Baum, Akazie, Erle oder Ulme, in unzähligen silbergrauen Fingern den Himmel gefangen. Wenn ich dann die Augen schließe und nach einer Minute wieder hinsehe, ist der Baum flach wie eine Zeichnung, ein Bild, das weder traurig noch fröhlich macht und das ich stundenlang anstarren könnte. Gleich darauf beginnt die geheimnisvolle Verwandlung von neuem, und der Himmel wird rund und eingefangen von zartgekrümmten Fingern.

Das wunderbarste an diesem Baum ist aber, daß er Wünsche ansaugen und auslöschen kann. Nicht, daß ich noch besonders brennende Wünsche hätte, aber es gibt Beunruhigungen, Ärgernisse und Verstimmungen. Das alles zieht der Baum aus mir heraus, bettet es in seine Astgabeln und deckt es zu mit weißen Wolkenbällen, bis es sich in der feuchten Kühle auflöst. Dann kann ich leer und leicht den Kopf abwenden und noch eine halbe Stunde schlafen. In dieser halben Stunde träume ich nie. Der Baum, Akazie, Erle oder Ulme, ist ein gründlicher Baum, auf den man sich verlassen kann.

Dafür bin ich sehr dankbar, denn es kommt ja darauf an, Kräfte zu sammeln und dank diesen Kräften die Zeit mit Anstand hinter sich zu bringen. Es ist mir nicht gegeben, mit Tellern zu werfen, aber ich möchte auch nicht gehässig oder ironisch werden, und dazu besitze ich eine leichte Neigung. Man sollte auch nicht brüten oder schmollen oder, wie es auf österreichisch heißt, mocken. Das englische Wort sulk drückt am besten diesen Zustand aus, der unbedingt vermieden werden muß. Schmollen klingt ungebührlich neckisch, und brüten ist eigentlich etwas ganz anderes, auch ein Eremit kann brüten, und das stört keinen Menschen, von einem schmollenden Eremiten hat die Welt noch nie gehört. Mocken kommt der Sprache schon näher, es deutet hin auf das Dumpfe und Dumme einer in diesem Zustand befindlichen Person. In sulk aber ist alles vorhanden und noch dazu jene Kälte und gemachte Gleichgültigkeit, die das Opfer verletzen soll. Und ich will keinen Menschen verletzten. Es werden ohnedies ununterbrochen und rundherum viel zu viele Leute verletzt.

Hubert brütet gelegentlich. Er brütet aber diskret, an seinem Schreibtisch sitzend, eine Zeitung vor dem Gesicht. Manchmal geht er zu diesem Zweck auch ins Kaffeehaus. Es würde mir nicht einfallen, ihn dorthin zu begleiten. Wenn ich in ein Kaffeehaus gehen will, gehe ich allein hin. Ehepaare haben dort nichts verloren. Alles Mögliche können sie gemeinsam tun, nur nicht im Kaffeehaus sitzen und Zeitungen lesen. Sie geraten sofort in den Verdacht, einander satt zu haben bis zum Hals.

Natürlich haben wir einander manchmal satt bis zum Hals, aber sobald uns das klar wird, versinken wir in tiefe Melancholie, bis dieser beklagenswerte Zustand vorüber ist. Wir können es uns einfach nicht lange leisten, einander satt zu haben, denn wem sollten wir uns sonst zuwenden, wer könnte uns eine Stütze sein? Fremd sind alle Menschen für uns, auch unsere Freunde, die eigentlich nur Bekannte sind. Fremd ist uns sogar unsere Tochter Ilse, die fünfzehn Jahre alt ist und nicht recht weiß, was sie mit uns anfangen soll. Sie bewohnt das hübscheste Zimmer im Haus, denn sie soll es gut haben, und wir möchten, daß sie sich glücklich fühlt. Sie gedeiht sehr gut und ist ein fröhliches Mädchen; manchmal erinnert sie mich an eine Tante, die ins Kloster gegangen ist, nur wird Ilse nicht ins Kloster gehen. Mit Sicherheit kann ich das natürlich nicht behaupten, es geschehen ja immerzu die unerwarteten Dinge. Es ist für Ilse sehr gut, daß wir sie nicht wirklich brauchen und uns nicht ungebührlich an sie hängen. Ilse gehört nicht zum innersten Kreis. Vor ihrer Geburt ist etwas geschehen und hat sie zu einem Kind gemacht, das nach dem wirklichen Leben der Eltern geboren worden ist.

Eine Postuma ist sie, nur gehen ihre Eltern immer noch umher, als wäre nichts geschehen. Wahrscheinlich gibt es eine ganze Menge derartiger Kinder, und kein Mensch verliert darüber ein Wort. Ich glaube aber, daß sie ganz glücklich ist dabei. Sie wird von ihren Freundinnen beneidet, weil ihre Eltern sich um sie nur kümmern, wenn sie es selber so haben will. Welchem Kind widerfährt schon dieses Glück?

Unser Sohn Ferdinand, benannt nach Huberts Vater, dem alten Ferdinand, ist nicht so glücklich. Ich glaube, er war überhaupt nie sehr glücklich. Er wurde vor jenem Ereignis geboren und war immer im Mittelpunkt unseres Lebens, dort, wo das Wasser völlig unbewegt steht, wo aber die geringste Abweichung einen Körper Gott weiß wohin schleudern kann. Das muß er gespürt haben. Beizeiten fand er, es sei besser, sich nicht zuviel zu bewegen und überhaupt Vorsicht walten zu lassen. Er ist kein Feigling, so nennt er sich auch tatsächlich Ferdinand, obgleich ihm dieser kaiserliche Name in der Volksschule Hänseleien eingetragen hat. Vielleicht ist er dankbar dafür, daß sein Großvater nicht Leopold geheißen hat, was ja sehr gut möglich gewesen wäre. Seit er einundzwanzig ist, also seit einem Jahr, wohnt er in einem Untermietzimmer im neunten Bezirk. Ferdinand ist nämlich ein Erbe. Huberts Mutter, die alte Hofrätin, hat ihm ihr ganzes Geld vermacht. Ihm das Geld und Hubert das Haus, und das auch nur, weil es ihm von seinem Vater her ohnedies schon gehörte und sie das Wohnrecht darin hatte. Ilse hat sie nichts hinterlassen, nicht einmal ein Schmuckstück, und mir selbstverständlich auch nichts.

An Sonntagen kommt Ferdinand oft zum Essen, wochentags taucht er manchmal zum Kaffee auf, und natürlich besucht er uns an Feiertagen. Er ist ja nicht ausgezogen, weil er uns nicht mochte, sondern weil er frei und unabhängig sein will. Das Geld der alten Frau wird reichen, bis er sein Studium vollendet hat und für sich selber sorgen kann. Hubert kränkt sich insgeheim darüber, aber ich bin froh. Es ist gut für Ferdinand, daß er uns nicht um Geld bitten muß und in der Einbildung leben kann, ein freier Mensch zu sein. Übrigens bin ich nicht ganz sicher, daß er diesem Aberglauben noch anhängt. Er hat eigentlich immer sehr schnell begriffen. Einen erwachsenen Sohn um sich zu haben, der vor jenem Ereignis geboren wurde und im Herzen des Wirbelsturms steht, wäre eine ungemütliche Situation. Daß er zum inneren Kreis gehört, macht den Umgang mit ihm schwierig. Die Nähe ist zu überwältigend, und wir haben alle drei zu große Nähe nicht gern.

Hubert und mir ist ohnedies nicht mehr zu helfen, und deshalb kann uns auch nicht mehr viel zustoßen, nur das unabänderliche allgemeine Schicksal, das jeden Menschen trifft. Deshalb ist es gut, daß Ferdinand sich abgesetzt hat. Vielleicht hat er manchmal Heimweh nach den Bequemlichkeiten eines bürgerlichen Haushalts, aber er lebt in seinem Untermietzimmer, das Heimweh verachtend und immer darauf bedacht, schön in der ruhigen Mitte zu bleiben und keinen Fuß auf gefährliches Gebiet zu setzen. Und kein Gebiet wäre für ihn gefährlicher als dieses Haus. Manchmal muß er darüber verzweifelt sein, daß er den Schritt nicht wagen kann, der ihn hinausschleudern würde an den Rand der Welt. Dann klappt er seine Bücher und Skripten zu und geht ins Kino oder trifft sich mit Freunden. Ich habe keine Ahnung, wie er es mit den Mädchen hält. Er hat einen gewissen Charme, der wahrscheinlich gerade jene Ehrgeizigen und Herrschsüchtigen anzieht, die er vermeiden muß.

Ilse, die meiner Mutter ähnlich ist, besitzt ein glückliches, einfaches Naturell. Vielleicht könnte auch Hubert glücklich sein. Daß er es nicht ist, liegt weniger an ihm als an den Einflüssen und Umständen, denen er nicht gewachsen war. Ferdinand gleicht weder mir noch Hubert, sondern seinem Großvater. Auf geheimnisvolle Weise wird er immer das sein, was man früher einmal einen wirklichen Herrn nannte. Das weiß er natürlich nicht, weil man ja Dinge und Zustände, die man nie gesehen oder erlebt hat, nicht erkennen kann. Anderseits ist es klar, daß er gar nicht anders sein kann; Ferdinand, der aus unserer Vorzeit stammt, kann ja nur ein Anachronismus werden. Wir sehen es und wissen nicht, ob wir uns darüber freuen oder kränken sollen, es würde ohnehin nichts an der Tatsache ändern. Wir können überhaupt nichts mehr ändern, alles ist geschehen und geht seinen Weg. Wir können keinen Finger dazu rühren. Übrigens sind das nur Annahmen, soweit es Hubert betrifft, denn wir reden kaum über unseren Sohn und schon gar nichts von so großer Bedeutung. Ilse ist ein unverfängliches Gesprächsthema, wie alle Leute, die nicht zum inneren Kreis gehören, die man aber gern hat und als angenehm empfindet.

Die Kinder haben kaum ein Verhältnis zueinander. Der Altersunterschied ist zu groß. Ferdinand hält Ilse für ein kleines Dummchen, was sie gewiß nicht ist, und Ilse hält Ferdinand für einen sonderbaren Kauz, was von ihrer Sicht aus verständlich ist. Manchmal schenkt er ihr Bonbons oder er hilft ihr bei einer Lateinaufgabe. Eine wirkliche Familie waren wir nur drei Jahre lang, von Ferdinands Geburt bis zu jenem Ereignis, über das wir nie reden und das jeder von uns zu vergessen sucht. Zeitweise vergessen wir es auch vollkommen, nur die Folgen lassen sich nicht ausschalten.

Deshalb bin ich so froh, daß der Baum jede Erinnerung in mir löscht und ich eine halbe Stunde traumlos schlafen darf.

Als ich erwachte, war die Sonne im Begriff, durch den grauen Winterhimmel zu brechen. Wenn es nicht regnet oder schneit, versucht sie es jeden Tag. Nur gelingt es ihr fast nie. Für mich haben diese Anstrengungen etwas sehr Bewegendes. Als rötlicher Kreis steckt sie hinter dem Dunst und wirft ein seltsames rosa Licht über die Stadt. Sie läßt den Baum feucht erglänzen und verwandelt seine Äste in Silber und Kupfer. Dann kann ich mir nicht vorstellen, daß er ein wirklicher Baum ist, mit Wurzeln in der Erde und Säften, die auch im Winter langsam in ihm aufsteigen. Er sieht dann nicht wie ein organisches Wesen aus, er wird ein Kunstgegenstand, glashart und glänzend.

»Sehr sonderbar«, sagt Hubert und legte die Schlacht bei St. Gotthard-Mogersdorf beiseite. »Wirklich sonderbar. Immer wenn ein Vogel den Baum anfliegt, steigt ein anderer auf.« – »Vielleicht ist das ein Zeremoniell«, bemerkte ich überflüssigerweise.

»Was tun wir heute?« fragte Hubert. Das gab mir einen kleinen Stich, nicht sehr schmerzlich, nur wie die Berührung einer alten Wunde. Mit dieser Frage schob er die Verantwortung für den Tag mir zu. Sieh zu, daß du etwas daraus machst, was halbwegs angenehm ist, da ich am Sonntag doch wirklich nicht ins Büro gehen kann. Du mußt dich nicht zu sehr anstrengen, irgend etwas wird dir schon einfallen.

Das ist ein Spiel, eines der letzten uns verbliebenen Spiele. An die früheren Spiele darf man besser nicht denken. Weil auch mir nichts Neues mehr einfällt, bin ich gezwungen, darauf einzugehen. Ich gehe übrigens immer darauf ein, da mir sehr daran gelegen ist, keinen Mißton aufkommen zu lassen. Ein Mißton würde mich auf Stunden oder Tage hinaus verstören, und das kann ich mir nicht leisten.

Ilse war mit ihrer Klasse für zehn Tage bei einem Schikurs. Aber selbst wenn sie hier ist, verbringt sie die Sonntagnachmittage lieber mit ihren jungen Leuten als mit uns. Der Vormittag würde mit Aufräumen und Kochen vergehen. Wir gehen fast nie in ein Restaurant, weil es uns

verrückt macht, auf den Kellner zu warten, bis er endlich die Rechnung bringt. Außerdem ist das Essen auch in teuren Lokalen miserabel, und wir mögen außerdem die vielen Gerüche nicht und die Menschen, die viel zu nahe bei uns sitzen. Es muß also nur für den Nachmittag geplant werden, denn immer kann man ja nicht Platten spielen oder lesen. »Es gibt eine Ausstellung moderner französischer Malerei«, sagte ich zaghaft. Hubert brummte nur. »Oder die finnischen Möbel«, sagte ich. »Gar zu grauslich«, sagte Hubert. »Ein Spaziergang«, schlug ich vor, »und dann ein schwedischer Film.« – »Die Schweden öden mich an«, sagte Hubert. Mich öden sie auch an, deshalb gab ich sofort nach. Ich sagte: »Ich geh überhaupt ungern ins Kino, die Filme sind so unheimlich.« – »Wieso?« sagte Hubert. – »Ich mag diese riesigen Gesichter nicht«, sagte ich. »Alles ist so gigantisch, es ist mir körperlich unangenehm. Ich fürchte mich vor den Riesen. Wann waren wir überhaupt zuletzt im Kino?« Hubert dachte nach, er ist das Gedächtnis unserer Ehe. »Vor sieben Monaten«, sagte er, »etwas Lustiges.« Ich erinnerte mich. »Es war gar nicht lustig«, sagte ich. »Diese entsetzlich großen Köpfe auf der Leinwand. Wie bei den Menschenfressern. Sie reißen alle den Mund so weit auf und haben viel zu viele Zähne und Falten wie Gebirgsschluchten, und die Weiber tragen künstliche Wimpern, direkt obszön schaut das aus. Sogar die Liebespaare sehen aus wie Oger. Ich hab mich sehr gefürchtet.«
Hubert machte sich die Mühe, den Kopf zu drehen, und sah mich an. Seine Augen sind grau, und früher einmal waren sie mir übermütig erschienen. Jetzt sahen sie aus wie Wasser unter dem Eis. Ich konnte etwas unter dem Eis flirren sehen, winzige Fische auf dem Grund eines gefrorenen Sees. »Seltsam«, sagte Hubert, »ich erinnere mich nicht. Wenn du Angst hast, atmest du immer viel schneller. Ich merke das sofort.« – »Du warst so vertieft in den Film, und du hast gelacht, ich erinnere mich genau, da

kannst du's nicht gemerkt haben.« – »Aber früher hast du
dich doch nie im Kino gefürchtet«, sagte er. – »Das muß
vom Fernsehen kommen«, sagte ich schnell. »Wenn man
sich an die Zwerge gewöhnt hat, kann man wahrscheinlich die Riesen nicht mehr aushalten.«

»Also gehen wir, gottlob, nicht ins Kino«, stellte Hubert
fest.

»Besuche kommen ja auch nicht in Frage?« sagte ich. Hubert gab keine Antwort, wozu auch, meine Frage war
nicht ernst gemeint gewesen. Wir machen nie Besuche,
wenn es sich irgendwie vermeiden läßt. Wir haben nicht
viele Bekannte und schon gar keine gemeinsamen, und
Verwandte haben wir auch nicht, und wenn wir sie hätten, würden wir sie wohl kaum besuchen.

Ich spürte, wie ich mich einem Wirbel näherte, der mich
gleich einfangen würde. Aber ich wollte mich noch nicht
einfangen lassen, das Spiel hatte eine gewisse Zeit zu dauern, und diese Zeit war noch nicht abgelaufen.

»Auslagen anschauen«, sagte ich. Hubert lachte. Sein Lachen klang nicht sehr angenehm, ein bißchen glucksend
und hinterhältig. In ihm steckt ein arglistiger Zug, der nur
selten zum Vorschein kommt. Früher einmal hatte mir
das sogar gefallen, es hatte das Leben mit kleinen Überraschungen versorgt. Jetzt heißt dieses Lachen nur mehr:
Ich verstehe dich, meine Liebe. – Und ich mag nicht gern
so ganz verstanden werden. »Na ja«, sagte ich ergeben;
»ich glaube, wir gehen ins Arsenal.«

Daraufhin legte sich Hubert zufrieden in die Polster zurück und schlug sein Buch wieder auf.

Immer wenn wir nicht wissen, was wir an einem Sonn-
tagnachmittag anfangen sollen, gehen wir ins Arsenal.
Wir tun aber nur, als wäre das eine Notlösung, in Wirklichkeit wollen wir gar nicht anderswohin gehen. Ich verstehe, daß Hubert es so gern tut; warum ich es auch tue, ist
mir nicht ganz klar, aber so ist es eben einmal. Ich ziehe
das Arsenal jeder Ausstellung und jedem anderen Mu-

seum vor. Daß ich mich dort so daheim fühle, ist mir selber ein bißchen unheimlich.

Ich warf noch einen letzten Blick auf den Baum. Die Sonne hatte sich vergrämt zurückgezogen, und das rosa Licht war erloschen. Ich stand auf und verließ das Zimmer.

Nach dem Essen gingen wir eine Stunde spazieren. Das Wetter war trüb, kalt und still. Das war mir angenehm, denn ich leide unter dem ständigen Wind, der in dieser Stadt weht. Wir redeten über nichts von Bedeutung und waren sehr friedlich und freundschaftlich. Aber das sind wir ja fast immer. Eigentlich immer. Ich wußte noch nicht, daß am nächsten Morgen mein Leben sich auf merkwürdige Weise verändern sollte, und Hubert wußte es auch nicht. Ich nehme an, er wird es nie wissen, zumindest hoffe ich das.

Später fuhren wir mit dem Wagen zum Arsenal. Am Sonntag ist es angenehm zu fahren, sogar im Februar, wenn auch nicht so angenehm wie im Sommer, wenn an Sonntagen die Stadt wie ausgestorben daliegt und nach heißem Asphalt riecht.

Hubert kaufte sich in der Eingangshalle sofort eine Broschüre über das Gefecht bei Ebelsberg, 1809, und eine Karte mit dem Bild des Prinzen Eugen, gemalt von Johann Kupetzky. Die Karte wird in seinem Schreibtisch verschwinden und nie geschrieben werden, denn wem sollte Hubert eine Karte schreiben? Dann strebte er sofort zu den Guckkästen, in denen Bilder aus dem Ersten Weltkrieg zu sehen sind. Er glaubt nämlich, auf einer dieser alten Photographien seinen Vater entdeckt zu haben. Ich kann dazu nichts sagen, ich sehe nur einen hageren jungen Mann in Leutnantsuniform, mit Wickelgamaschen, die Kappe leicht aus der Stirn geschoben, der müde und nachdenklich auf ein Maschinengewehr starrt. Das Bild ist irgendwo in den Südtiroler Bergen aufgenommen und schon ein wenig gelblich. Ich habe Huberts Vater nur dreimal gesehen, und damals war er über sechzig. Er könnte es natürlich sein, aber es mag eine Menge junger Leute von seinem Schlag gegeben haben.

Sobald wir bei den Guckkästen angelangt sind, vergißt Hubert mich auf der Stelle. Ich gehe langsam weiter, wandere durch die vertrauten Säle, betrachte die Figurinen in den alten Soldatenuniformen, die in ihren Glasvitrinen so lebendig aussehen, daß man erschrickt. Freilich, aus der Nähe sehen sie weder lebendig noch tot aus, sie sind Puppen und haben das Anziehende und Unheimliche von Puppen an sich. Ich stehe dort immer sehr lange. Sie faszinieren mich. Das ganze Arsenal ist ein anziehender und unheimlicher Ort, vielleicht mag ich es deshalb so gern. Ich besuche den Radetzky-Saal, den Erzherzog-Karl-Saal und den Prinz-Eugen-Saal und staune insgeheim über die wunderbare Ordnung und Sauberkeit, die hier herrschen. Kein Museum in dieser Stadt ist so gepflegt und mit Liebe betreut wie das Arsenal. Man staunt darüber, aber im Grunde ist es ganz natürlich und einleuchtend. Meine Wanderung endet wie meist beim Zelt des Kara Mustapha, dem großen Türkenzelt. Dort ruhe ich mich aus.

Ich wußte, daß draußen die Autos über den Gürtel fuhren und die Verkehrsampeln blinkten, und mit Unbehagen merkte ich, daß ich mich in diesem friedlichen Totenreich mehr daheim fühle als dort draußen in der lebenden Stadt. Ich bin auch nicht ganz sicher, ob die Stadt wirklich lebte oder ob sie nicht ein Tummelplatz ist für Figuren, die noch ein bißchen zappeln dürfen, ehe man sie in Glasvitrinen sperren würde wie die alten Arkebusiere, die ich betrachtet hatte.

Ich habe es gern, von Dingen umgeben zu sein, die mich nicht wahrnehmen und mir nicht nahetreten, Modelle alter Schiffe mit geblähten Segeln, um die nie ein Wind weht, und die vielen Fahnen und Standarten, die einmal alles bedeutet haben und jetzt nichts mehr bedeuten als brüchige alte Seide, die man nicht anfassen darf. Es roch hier sehr alt, nach Leder und zerschlissenen Stoffen und auch nach Bodenwachs.

Beim großen Türkenzelt treffen wir uns meist wieder und gehen dann langsam und schweigend die Stiegen hinunter. Ich wußte, daß wir nicht hierhergehörten, sondern hinaus zu den Autos und Ampeln in die Welt, die nun einmal unsere Welt ist und die wir uns nicht aussuchen konnten. Aber die Stille und das Dahindämmern der Vergangenheit in diesem Haus hatte die Verlockung, die jeder Vergangenheit anhaftet, auch wenn man diese Vergangenheit hassenswert oder abscheulich findet, hassenswert und abscheulich nur, weil sie so verlockend ist.

»Hast du ihn heute erkannt?« fragte ich. »Beinahe bin ich jetzt überzeugt«, sagte Hubert. »Es ist unverkennbar seine Haltung. Aber ganz sicher kann ich natürlich nie sein. « – »Nein«, sagte ich, »ganz sicher wirst du nie sein. « Dann redeten wir nicht weiter darüber. Der Nachmittag im Arsenal war vorüber, und wir standen auf der Straße. Es hatte zu schneien angefangen, in kleinen lautlosen Flocken, und die Luft war kalt und roch sauber. Auf der Heimfahrt schwiegen wir. Hubert mußte sich konzentrieren, denn die Straße war glatt, und einer unserer Scheibenwischer ist nicht ganz in Ordnung. Ich konnte nur ganz verschwommen sehen, was auf der Straße vorging. Es war übrigens schon fast dunkel, und die Lichter blendeten mich.

Der gelbe kurze Rasen in unserem Vorgarten war schon mit einer feinen Schneeschicht bedeckt, und dieser Anblick erinnerte mich an etwas, ich kam aber nicht dahinter, woran, und gab es auf, darüber nachzudenken.

Die Wohnung war angenehm warm und roch ein bißchen nach Rauch, ein Geruch, der sich nie ganz vertreiben läßt. Aber es roch auch nach Mandarinenschalen, die auf dem Tisch lagen, und dieses Duftgemisch war nicht so übel. Hubert ging in sein Zimmer, und ich wußte, er würde jetzt die Schlacht von St. Gotthard-Mogersdorf zu

Ende lesen. An Wochentagen kommt er ja kaum zu Lesen, zumindest nicht zu seinem Vergnügen.

Ich wußte ihn also gut versorgt und stieg hinauf in die Mansarde und setzte mich an meinen Zeichentisch. Die Mansarde gehört mir. Selbst Hubert betritt sie nur, wenn ich ihn ausdrücklich einlade. Das kommt selten vor und ist eher ein Ritual. Wenn er nämlich ausnahmsweise mir eine vertrauliche Mitteilung gemacht hat, und ich weiß, daß er sich daraufhin unbehaglich fühlt, biete ich ihm zum Ausgleich und als Wiedergutmachung eines meiner Geheimnisse an. Meine Geheimnisse sind winzig und unbedeutend, hauptsächlich Zeichnungen von Reptilien oder Vögeln, aber etwas anderes habe ich nicht zu bieten. Da auch Huberts vertrauliche Mitteilungen nicht der Rede wert sind, geht alles mit rechten Dingen zu, und das Gleichgewicht ist wiederhergestellt.

In der Mansarde kann ich zeichnen oder malen und, wenn mir danach zumute ist, einfach hin und her gehen, eine Gewohnheit, die Hubert nervös machen würde. Ich habe ein einziges Talent mitbekommen, mit dem ich nicht viel anfangen kann. Früher einmal habe ich Bücher illustriert, aber das ist schon lange her. Hubert möchte nicht, daß ich damit Geld verdiene, auch wenn es nicht viel wäre. Besonders seit sich herausgestellt hat, daß Ferdinand nichts mehr von ihm braucht. Ich bin auch ganz froh darüber, daß ich mich nicht an die Anweisungen eines Auftraggebers halten muß und zeichnen darf, was ich selber möchte.

Mein Talent ist sehr begrenzt, aber innerhalb dieser engen Grenzen habe ich es zu einer gewissen Meisterschaft gebracht. Ich habe schon immer gezeichnet und nach der Mittelschule noch zwei Jahre eine Graphikschule besucht. Was ich dort lernen konnte, habe ich erlernt, es war aber in Wirklichkeit nicht sehr wichtig für mich. Ich habe nie etwas anderes gezeichnet als Insekten, Fische, Reptilien und Vögel; zu den Säugetieren und den Menschen bin ich nie vorgestoßen. Blumen könnte ich auch zeichnen, aber sie haben mich nie sehr verlockt.

In den letzten Jahren habe ich mich fast ausschließlich für Vögel interessiert. Ich habe ein bestimmtes Ziel vor Augen, kann mir aber nicht vorstellen, was ich tun sollte, falls ich es jemals erreichen würde. Vielleicht ist das einer der Gründe, warum ich nicht recht weiterkomme. Es ist mein Ziel, einen Vogel zu zeichnen, der nicht der einzige Vogel auf der Welt ist. Ich meine damit, man müßte dies auf den ersten Blick erkennen. Bis heute ist mir das nicht gelungen, und ich zweifle daran, daß es mir je gelingen wird. Manchmal glaube ich, es wäre endlich soweit, aber am nächsten Tag stehe ich vor dem Bild und sehe, der Vogel weiß nicht, daß es außer ihm noch andere seiner Art gibt, und ich nehme das Bild und sperre es in den Schrank. Dort liegen schon ganze Stöße von einsamen Vögeln, Bilder, die außer mir kein Mensch gesehen hat. Nur Hubert kennt einige von ihnen, aber für ihn sind es einfach kleine Kunstwerke, er weiß nicht, daß sie alle mißlungen sind. Es gibt immer wieder einmal einen Hoffnungsschimmer, aber sehr selten. Vor vielen Jahren, als ich mich noch gar nicht auf Vögel festgelegt hatte, gab es einmal einen Star, der aussah, als höre er aus weiter Ferne den Ruf eines zweiten Stars aus den Nachbargärten herüberdringen. Die Art, wie er den Kopf hielt, und die aufgeplusterten Federn deuteten darauf hin. Aber es war nur eine Ahnung, kein Einander-Erkennen. Trotzdem war ich damals sehr glücklich. Dieses Bildchen ging im Krieg verloren.

Ich hatte vor einigen Tagen eine Schwalbe angefangen, aber das schien von Anfang an keine gute Wahl gewesen zu sein. Weil man Schwalben immer in ganzen Schwärmen sieht, bildet man sich ein, sie wären gesellige Vögel. Doch das ist wohl ein Irrtum. Sie fliegen nur aneinander vorbei und haben nichts im Sinn als ihre Beute. Meine Schwalbe jedenfalls schien ganz zufrieden zu sein an ihrer selbstgewählten Einsamkeit, ein dekoratives hübsches

Tier, das mit keiner Feder an andere Schwalben dachte. Ich beschäftigte mich zehn Minuten mit ihr, dort eine kleine Änderung der Linie, da ein Farbtupfer. Dann stand ich auf und ging hin und her. Es ist gut, daß die Mansarde über der Küche liegt, so kann ich Hubert nicht stören. Und es ist so wichtig für mich, hin und her gehen zu dürfen, vom Tisch zum Kamin, der hier durchführt, dann zum Kasten, zum Diwan und schließlich zum Fenster. Vom Fenster aus sehe ich die Wand des Nachbarhauses, eine sehr häßliche graue Wand. Das ist gut so, denn sie kann mich nicht ablenken. Meine Finger zucken ein bißchen, das tun sie immer, wenn ich ihnen verbiete zu zeichnen. Ich schloß die Augen und sah die Schwalbe so vor mir, wie ich sie wollte. Sofort stürzte ich an den Tisch und änderte ihr Auge ein bißchen. Jetzt sah sie zwar herausfordernd aus, geradeso, als werde sie gleich vor freudiger Einsamkeit zerspringen. Eine frechere Schwalbe hat es nie zuvor gegeben, sie schien mich zu verhöhnen. Ihr Auge schrie geradezu: Ich bin die einzige Schwalbe auf der Welt und das Gott sei Dank! – Das regte mich so auf, daß ich das Blatt zerriß und in den Papierkorb warf; dieses kleine Ungeheuer durfte nicht einmal im Schrank überleben.

Wieder war etwas mißglückt und diesmal auf besonders herausfordernde Weise. Ich nahm meine Wanderung wieder auf, und plötzlich wußte ich, daß es nur an mir liegen konnte; ich wollte offenbar nur einsame Vögel zeichnen. Diese Erkenntnis beschäftigte mich lange, sie half mir aber nicht weiter. Schließlich sah ich ein, daß ich heute nichts Neues anfangen durfte, und ging hinunter ins Wohnzimmer.

Hubert saß vor dem Fernsehapparat und sah sich eine Sportsendung an. Er macht sich nicht viel aus Sport, aber diese Sendung läßt er sich selten entgehen. Er sitzt überhaupt zuviel beim Fernsehen, und weil er nicht gern allein sitzt, vergeude auch ich auf diese Weise viel Zeit. Er nimmt mich kaum wahr, redet nicht mit mir, will aber, daß ich im Zimmer bin. Manchmal lese ich dabei, aber das ist schlecht für die Augen, weil es im Zimmer zu dunkel ist, anderseits ist auch das Fernsehen für die Augen schlecht. Im Grund ist alles, was wir tun, für irgend etwas schlecht. Gesund wäre es schließlich nur noch, tot zu sein, wenn man allen Ratschlägen folgen wollte.

Wir saßen also bis elf Uhr, und ich erinnere mich nicht daran, irgend etwas gesehen zu haben. Dabei mußte ich doch gesehen haben, denn ich hielt die ganze Zeit über die Augen offen und auf den Bildschirm gerichtet. Wo sind die Stunden, Tage, Monate und Jahre, die mir auf diese oder ähnliche Weise abhanden gekommen sind? Die Vorstellung, so viele Dinge zu wissen, an die ich mich nicht erinnern kann, ist unheimlich. Man sitzt gleichsam auf einer friedlichen Wiese und ahnt nicht, daß jeden Augenblick ein wildes Tier hinter einem Busch hervorspringen kann. Ich mag Überraschungen nicht.

Immer gegen neun Uhr kommt die Post. Sie bringt nur Reklamen oder Zeitschriften, die ich in einer schwachen Stunde abonniert habe. Die ganze Geschäftspost und alle Rechnungen gehen an Huberts Kanzlei. Natürlich könnten dort auch Briefe eintreffen, die ich nie zu Gesicht bekommen würde. Ich glaube aber nicht, daß Hubert jemals Privatpost bekommt. Er hat keine Verwandten mehr, außer einem Onkel in Triest, der ein sehr alter Herr ist und uns nur zu Weihnachten eine Karte schreibt. Und Huberts Bekannte leben alle hier in der Stadt und können ihn ja anrufen. Nein, ich kann mir nicht vorstellen, daß irgend jemand einen Brief an Hubert schreibt.

Ich jedenfalls bekomme niemals Post. Meine einzige Verwandte, eine Schwester meiner Mutter, lebt in einem Kloster in Tirol. Ich weiß nicht, ob sie noch lebt, ich habe nie wieder von ihr gehört. Vielleicht ist ihr Orden so streng, daß sie keine Verbindung mit der Außenwelt aufnehmen darf. Vielleicht betet sie manchmal für mich. Der Gedanke ist sehr sonderbar und rührend. Vielleicht hat sie einfach vergessen, daß es mich gibt.

An diesem Montagmorgen kam aber ein Brief für mich. Ein dicker gelber Umschlag, die Adresse in Druckbuchstaben geschrieben. Ein Absender war nicht angegeben. Ich ging damit in die Küche und wunderte mich. Wie die Katze ging ich um den heißen Brei herum.

Endlich schnitt ich den Umschlag auf; ein paar vergilbte Seiten aus einem Schulheft fielen heraus, eng beschrieben mit einer Schrift, die ich sofort wiedererkannte. Es war nämlich meine eigene Schrift, das heißt: die Schrift einer jungen Person, die ich einmal gewesen war. Ich erkannte nicht nur die Schrift, ich wußte wirklich sofort, was da vor mir lag, wenn ich es auch vor ungefähr siebzehn Jahren zuletzt gesehen hatte. Ich spürte nichts als Widerwillen und jenen Schock, den mir unvorhergesehene Ereignisse immer versetzen. Ich steckte die Papiere zurück in den Umschlag und trug sie in die Mansarde. Dort versteckte ich sie in der Tischlade unter Zeichenpapier. Es ist sonst nicht meine Art, Dinge zu verstecken. Aber das hier gehörte versteckt, auch wenn es nichts Verwerfliches oder Ehrenrühriges enthielt, nur ein Relikt war aus der Vergangenheit, an die ich nicht erinnert werden will.

Dann ging ich wieder hinunter in die Küche, fest entschlossen, mein System nicht zu durchbrechen: Dinge und Gedanken, die mein Mansardenleben betreffen, haben nicht in das übrige Haus einzudringen. Ich bin sonst nicht sehr ordentlich, aber daran halte ich mich immer.

Ich nahm meine Arbeit wieder auf, eine Arbeit, die mir plötzlich ungeheuer wichtig erschien. Ja, ich klammerte mich fest an meinen großen Kochlöffel und konzentrierte mich ganz auf mein Vorhaben, einen Nußstrudel zu backen. Das nahm mich ziemlich lange in Anspruch, denn ein anständiger Nußstrudel braucht seine Zeit.

Mittags kam Hubert heim, und wir setzten uns zum Essen. Ich hatte noch immer ein etwas betäubtes Gefühl, so als hätte man mich über den Kopf geschlagen. Hubert merkte nichts, weil er sich sofort in die Zeitung vertiefte und weil wir beim Essen überhaupt wenig reden. Nach dem Zeitunglesen legte sich Hubert zwanzig Minuten auf die Couch im Wohnzimmer, und ich machte mich über die Küche her und brachte sie in Ordnung. Das muß ich immer sofort tun, weil ich diese Arbeit besonders verabscheue und deshalb hinter mich bringen muß.

Nachdem Hubert wieder in die Kanzlei gegangen war, sah ich mir die Zeitung an, das heißt: ich tat, als läse ich sie. Was ich wirklich in dieser Zeit tat, weiß ich nicht.

Um drei Uhr kam Ferdinand, um sich ein paar Bücher zu holen. Er ist sehr groß und muß sich bücken, wenn er mich küssen will. Seine Wange roch angenehm jung und lebendig. Ferdinand ist größer als sein Vater, auch darin seinem Großvater ähnlich. Ich kochte Kaffee und stellte den Nußstrudel auf den Tisch. Es ist eine Tatsache, daß Ferdinand ein geheimes Organ besitzt, das Nußstrudel und dergleichen durch die ganze Stadt riechen kann. Jedenfalls taucht er immer auf, wenn ich gebacken habe.

»Ist alles in Ordnung bei euch?« fragte er.

»Wie immer«, sagte ich, »Papa hat ein neues Hühnerauge, und ich schlafe in letzter Zeit nicht sehr gut.« – »Warum nicht«, fragte Ferdinand. »Ich weiß nicht«, sagte ich. »Vielleicht träume ich zu schwer. Vielleicht komme ich in die Jahre.« – »Unsinn«, sagte Ferdinand. »Du siehst genauso jung aus wie immer.« Derartige Dinge sagt er sehr überzeugend. Ich fühlte mich sofort jung und schön. Er starrte mich aus seinen großen schwarzen Augen an und schien nachzudenken. Seine Haare, auch ganz schwarz, standen frisch gewaschen von seinem Kopf ab, und er sah ein bißchen aus wie ein Nachtvogel, den ich einmal gezeichnet hatte. Ich bilde mir ein, er hätte bis zu seinem dritten Jahr blaue Augen und dunkelblondes Haar gehabt. Das kann natürlich nicht stimmen, Haare können nachdunkeln, aber Augen verändern ihre Farbe in diesem Alter nicht mehr. Ich habe viele solcher falscher Erinnerungen, vielleicht sind alle meine Erinnerungen falsch, das ist sehr gut möglich. Ferdinands einst bräunlichrosige Kinderhaut ist jetzt blaß, mit einem Stich ins Olivfarbene, aber sehr klar und rein, eine Hautfarbe, die hier nicht sehr häufig ist. Alle Dunkelheit jener fernen verworrenen Zeiten hat er wie ein Schwamm aufgesaugt.

Armer Ferdinand, man weiß nie, ob er froh ist zu leben oder nicht. In seinem Alter hatte ich gerade meinen Großvater verloren, das heißt: das, was von seinem früheren Ich noch vorhanden gewesen war, also nicht sehr viel. Ich war allein in dieser Stadt, weit weg und, wie ich wußte, für immer weg von den Feldern und Wiesen an der Donau, von dem breiten Haus und dem Dorf, das Rautersdorf hieß und auf der Landkarte noch immer eingezeichnet ist. Nur ein wenig Geld war mir geblieben. Damals war ich sehr unglücklich. Erst etwas später, als ich Hubert kennenlernte, fing ich wieder an, glücklich zu sein. So zwischen meinem vierundzwanzigsten und neunundzwanzigsten Jahr. Damals hatte ich fast kein Geld mehr, kaum etwas anzuziehen, keine eigene Wohnung, aber einen Mann und einen Sohn. Weder das Einrichten einer Wohnung noch ihre Pflege hatten mich von den beiden abgelenkt, auch nicht Kleider, Vorhänge und Bettwäsche, keine Großeinkäufe und schon gar nicht das Kochen, denn es gab sehr wenig zu kochen. Die meisten unserer Freunde besaßen auch nicht mehr, manche noch weniger. Und wir waren alle ziemlich gesund und voller Hoffnung, und es gab eine Menge kleiner Kinder rundum. Hubert, der sein Studium zu Ende brachte und dann seine Praxisjahre machte, verkaufte seinen Photoapparat, das Angelgerät und die Gewehre seines Vaters, ein Radio und ein Mikroskop. Der alte Ferdinand war kurz vor unserer Hochzeit gestorben. Er trug einen sehr schwarzen Schnurrbart, und seine Brauen waren über der Nase zusammengewachsen, was ihm ein düsteres Aussehen verlieh. Auf Jugendbildern sieht er aus wie ein Anarchist, der eine elegante kleine Bombe in der Rocktasche trägt. Dabei war er ein sehr gütiger Mann, der niemals zu seiner Frau auch nur unfreundlich war, was ihn meiner Meinung nach in den Kreis der Heiligen erhebt. Zuletzt war er Hofrat bei Gericht, und der Name Ferdinand stand ihm wohl an.

Hubert studierte auch Jus, nicht weil sein Vater ihn dazu gedrängt hätte, sondern weil ihn jedes Studium gleich viel oder gleich wenig interessierte und weil es eben naheliegend war. Er verkaufte nicht nur das Angelzeug und die Gewehre, sondern auch seines Vaters Schladminger-Rock mit Pelzkragen und seinen Smoking. Sooft er seine Mutter besuchte, entriß er ihr eines dieser Dinge, die ohnedies ihm gehörten, von denen sie sich aber nicht trennen wollte. Etwas herzugeben, selbst wenn es nicht ihr Eigentum war, fiel dieser Frau ungeheuer schwer. Es gab Kämpfe zwischen Mutter und Sohn. Es gefiel ihr auch nicht, daß sie ihn an eine Frau hatte abtreten müssen, die sie nicht mochte. Was nicht viel bedeutet, denn sie mochte kaum einen Menschen.

Gegen mich gab es eigentlich nicht viel einzuwenden. Ich stammte aus einer anständigen, wenn auch ausgestorbenen Familie und hatte ein bißchen Geld; wenn es den Krieg nicht überdauert hatte, war das nicht meine Schuld. Ich war zwar das Kind tuberkulöser Eltern, selber aber gesund, schön rosigbraun, mit einer Menge von dunkelblondem Haar. Das von meinen Eltern wußte die Hofrätin nicht. Hubert hatte meinen Vater an Grippe und meine Mutter an Lungenentzündung sterben lassen. Wäre ich nicht so blind verliebt gewesen, hätte mir das eigentlich eine Warnung sein müssen.

Aber ich nahm damals alles in Kauf. Ich wollte nicht länger allein sein, ich mußte dringend eine Familie gründen und als ihr Mittelpunkt jeden Abend stark und behäbig wie mein Großvater unter der Lampe sitzen und Geschichten erzählen. Dabei übersah ich nur, daß ich nicht stark und behäbig war und nie ein Mittelpunkt sein konnte und daß ich auch keine Geschichten erzählen konnte, jedenfalls keine Geschichten, die einer Familie gefallen hätten. Ich machte mir ein falsches Bild von mir und auch von Hubert. Wäre ich gewesen, wie ich mich selber sah, hätte uns Huberts Unsicherheit nicht schaden können und schon gar nicht seine Mutter. Ganz leicht wäre ich mit ihr fertig geworden. Aber da ich damals blind war und die Wahrheit nicht erkennen konnte, ging die Geschichte übel aus. Immerhin bemühte ich mich in jener Zeit sehr. Ich verdiente sogar dazu, indem ich Bilderbücher illustrierte und Karten malte. Zwar konnte ich nur

Pflanzen, Insekten, Fische und Vögel malen, aber für gewisse Bücher reichte das aus. Einmal, als wir dringend Geld brauchten, versuchte ich, Weihnachtskarten zu zeichnen, doch die Engel sahen aus wie ein Eulenschwarm und das Christkind wie ein gewickelter Karpfen. Betrübt mußte ich diesen Plan fallenlassen. Immerhin, ich war willig, vielleicht sogar zu willig. Meine Schmetterlinge waren eine Zeitlang sehr gefragt, und die Hofrätin hätte mich ruhig wie einen Menschen behandeln können. Sie tat aber, als gäbe es mich gar nicht. Heute wäre mir das einerlei, damals aber hätte mir ein bißchen Entgegenkommen gutgetan. Nun, damit war es also nichts. Hubert plagte sich sehr damit ab, den sicheren Familienvater zu spielen, und ich hielt seine Sicherheit für echt. Damit tat ich ihm unrecht, ohne es zu wollen.

Ich nehme an, daß Hubert seine Mutter in früher Kindheit sehr geliebt hat, später bildete er sich ein, sie nicht zu mögen, und lebte mit ihr in ständigem Hader. Das war die Zeit, in der er plötzlich seinen Vater entdeckte und sehr an ihm hing, schon längst, ehe ich auftauchte. Ich war also nicht der Anlaß für sein schlechtes Verhältnis zu seiner Mutter. Es war mir sehr unangenehm, daß er sie so selten besuchte und unfreundlich zu ihr war.

Später, als er fand, er habe mich im Stich gelassen und verraten, strafte er dafür seine Mutter hart. Er besuchte sie fast nie mehr und benahm sich kalt und fremd gegen sie. Sich selber konnte er nicht strafen, aber er tat es doch, indem er seine Mutter bestrafte. Dann kam eine Zeit, in der die alte Frau versuchte, sich mit mir zu verständigen. Sie schenkte mir nach Ilses Geburt eine Perlenkette. Ich freute mich nicht darüber, aber ich dankte höflich dafür. Es war zu spät für uns, sie sah es ein und unternahm keine weiteren Annäherungsversuche. Die Kette trug ich nie, nicht weil sie von der Hofrätin kam, sondern weil ich nicht gern Schmuck trage. Ich werde sie Ilse an ihrem achtzehnten Geburtstag schenken.

Ferdinand schob den Nußstrudel von sich und sagte: »Ich kann nicht mehr, Mama, er war herrlich, aber ich kann nicht mehr. Wie geht es denn der armen Fini?« Fini war Köchin bei der Hofrätin. Sie lebt in einem Altersheim, liegt aber seit Wochen im Krankenhaus. Ich besuche sie manchmal. Sie bedeutet mir nichts. Als Sklavin der Hofrätin hat sie mich kaum je beachtet. Hubert schickt ihr monatlich Geld, besucht sie aber nie. Nur Ferdinand kümmert sich etwas um sie. Er war ja auch der einzige, der seine Großmutter oft besuchte und gern hatte. Sonderbarerweise hat sie nie versucht, ihn zu schikanieren. Ich nehme an, sie hat ihn geliebt, das zeigte sich darin, daß sie ihm ihr Geld vererbte.

»Fini geht es nicht mehr so schlecht«, sagte ich. »Sie wird aber noch ein paar Wochen liegen müssen.« – »Ich muß sie besuchen«, sagte Ferdinand, »sie ist ein armer alter Wurm.« Diese Bezeichnung war zutreffend. Ich bewundere Ferdinand sehr für die Geduld, die er mit armen alten Würmern aufbringt. Er hat mehr Herz als seine Eltern. Bestimmt wird er auch mich einmal im Spital besuchen. Seine größte Gabe ist es, den Menschen, mit denen er beisammen ist, das Gefühl zu geben, sie wären wichtig und geliebt. Ich habe keine Ahnung, wie er das fertigbringt und ob er dabei ein bißchen Theater spielt. Aber es ist so angenehm, daß man diesen Verdacht sofort fallenläßt.

»Übrigens«, sagte er und sah mich schwärzlich an, »ich habe ein Ding gesehen, das mir recht praktisch erscheint, ein kleines Kissen aus Schaumstoff, das man über ein Hühnerauge ziehen kann. Ich werde Papa so etwas kaufen.« Ich schämte mich, immer ist es mein Sohn, der derartige Einfälle hat, niemals ich. Ich sehe gar nicht, was da alles in den Auslagen liegt. »Sind deine Träume sehr arg«, fragte er. – »Eigentlich nicht«, sagte ich, »nur ermüdend. Ich muß zum Beispiel ein ganzes Haus putzen, das schrecklich verdreckt ist, und wenn ich wach werde, bin ich so müde, als hätte ich wirklich die ganze Nacht gearbeitet.« – »Unangenehm«, sagte Ferdinand, »aber es wundert mich nicht. Du arbeitest einfach zu viel. Dieses Haus bringt dich noch um. Nimm dir doch endlich eine Hilfe.«

»Ich geb dir ein Stück Strudel mit.« Ich versuchte ihn abzulenken; einer Debatte über diesen Punkt muß ich aus dem Wege gehen. Ich weiß schon, warum ich keine Hilfe will. Ich bin nicht menschenfreundlich genug, um eine Bedienerin ertragen zu können. Also geschieht es mir recht, wenn ich mich plagen muß. Außerdem kann mir körperliche Arbeit in meinem Alter nur guttun. Ferdinand ließ taktvoll von dem Thema ab. Bestimmt hält er uns, seinen Vater und mich, für hoffnungslose Fälle, arme, schon fast alte Würmer, zu denen man nett sein muß, weil man sie doch nicht mehr ändern kann.

»Udo und Fritz lassen dich grüßen«, sagte er. Ich mußte ein bißchen nachdenken, und nachdem ich mich der beiden Jünglinge entsonnen hatte, hielt ich es für ausgeschlossen, daß sie einen Gedanken an mich verschwendet haben sollten. Aber ich dankte erfreut und ließ sie auch schön grüßen. Ferdinand grinste. Er grinste ein bißchen schief, und das gefällt mir. Er hatte mich durchschaut. Er wischte sich den Mund ab, erhob sich, küßte mich auf die Wange, es war fast nicht zu spüren, und sagte: »Ich muß sausen, Mama, danke für die gute Jause, und schau ein bißchen auf dich.« Von Sausen konnte keine Rede sein; Ferdinand bewegt sich äußerst lässig.

Ich sah aus dem Fenster, und er winkte zurück und schlenderte zur Straßenbahn. Erst jetzt fiel mir auf, wie geschickt er es vermieden hatte, auch nur einen Satz über seine eigenen Angelegenheiten von sich zu geben. Darin ist er ein Meister. Udo und Fritz lassen dich herzlich grüßen. Er liebt es, seinen Bekannten kleine freundliche Züge anzudichten. Ohne diese von ihm erschaffene Freundlichkeit erscheint ihm vielleicht das Leben unerträglich. Er schmiert den Alltag ein bißchen mit Öl, damit sein Kreischen und Kratzen ihn nicht verletzen kann. Ferdinand ist musikalisch und hat für Mißtöne ein empfindliches Ohr. Im Gegensatz zu seinem melancholischen Habitus bewegt er sich leicht und elegant durch die Welt.

Ich blickte ihm nach, meinem weisen, erwachsenen Sohn, der begriffen hatte, daß es besser für uns war, ein wenig unter seiner Abwesenheit zu leiden, als bei seinem Anblick immer wieder an die Zeit erinnert zu werden, in der wir eine glückliche kleine Einheit waren. Dabei kann er sich wohl kaum so weit zurückerinnern; aber er hat eben begriffen.

Ilse ist nicht weise. Sie erstarrt vor Langeweile und Abneigung, wenn sie mit Leuten zusammen ist, die sie nicht mag. Sie braucht nicht weise zu sein, sie wird immer das tun, was sie tun will, ohne Rücksicht auf andere. Sie ist auch nicht musikalisch, ein bißchen Kratzen und Kreischen stört sie nicht. Niemals mache ich mir Sorgen um Ilse, sie ist schon jetzt dort, wo ich nie war und nie sein werde. Ihre Sicherheit verschlägt mir oft den Atem.

Ilse gehört in die Familie meiner Mutter: Müller, Sägemüller und Bauern, Leute wie Milch und Blut, blond, helläugig und selbstsicher und gelegentlich ein wenig jähzornig. Leute, die keine Faxen machen, grob werden können, aber gutmütig und großzügig sind. Ich kenne diesen Schlag gut, denn ich bin ja mit ihm aufgewachsen. Im Haus meines Großvaters, das meine erste Heimat war, das heißt: meine einzige Heimat, denn eine andere habe ich nie gekannt.

Ich sehe die feuchten Wiesen, Wiesen voller Schneeglöckchen, Dotterblumen und Hahnenfuß, immer bedroht vom Hochwasser der Donau. Und ich sehe die prächtigen Hinterteile von Großvaters Kühen und die runden Apfelbäume im Obstgarten. Wenn die Bäume blühten, sahen sie aus wie rosa Wolken, und die Wolken am Himmel, runde pralle Wolken, sahen aus wie blühende Bäume. Oben und unten, es war kein Unterschied. Manchmal glaube ich den Geschmack des frischen Brotes auf der Zunge zu spüren oder den der gelben Butter, die es nicht mehr gibt, seit alle Milch in die Molkereien geht. Alles, was wir essen, ist ungenießbar geworden. Hühner, Schweine und Kälber schmecken nach aufgequollenen Waschlappen. Wenn ich Kalbsgulasch kochte, sagte Hubert: »Pfui Teufel, was riecht denn da so nach Leichen?« In letzter Zeit koche ich deshalb nur noch Rindsgulasch, vielleicht weigern sich die Kühe hartnäckig, etwas anderes zu fressen als Gras und Heu. Wahrscheinlich ist es ganz gut, daß Hubert raucht, dann merkt er nicht so genau, wie grauslich alles schmeckt. Es entgeht ihm, daß das Schlagobers stinkt und daß der Karpfen nach Petroleum riecht. Alles wird immer teurer, schmeckt immer schlechter und ist dafür bombastisch verpackt. Man denke nur, was sie aus den Pfirsichen gemacht haben, die bald kein Mensch mehr wird essen können. Vom Wurstzeug gar nicht zu reden. Für ein einziges altmodisches Butterbrot könnte ich auf unseren ganzen Wohlstand verzichten.

Das Unheimliche an diesem Zustand ist, daß jeder es weiß und kaum einer darüber redet. Wir schlucken geduldig hinunter, was man uns vorsetzt. Ochsen sind wir, die einen Ring durch die Nase tragen und brav auf vorgeschriebenen Pfaden dahintraben. Am Samstag hatte ich eingelegte Maiskolben und Artischocken gekauft. Sie waren sündteuer, und beides schmeckte wie Essiggurken. Für diese Dinge scheint kein Mensch zuständig zu sein. Es gibt keinen, den man dafür anklagen könnte. Denn vom Minister bis zum Hausmeister essen wir alle geduldig in Säure getränktes Löschpapier.

Die frischen Nüsse aus meiner Kindheit fielen mir ein. Wenn man Nußblätter in der Hand zerrieb, erhob sich ein Duft, der in meiner Nase eine unauslöschliche Spur hinterlassen hat. Vielleicht riechen Nußblätter noch immer wie damals. Ich wage nicht, den Versuch zu unternehmen und der Sache auf den Grund zu gehen.

Oder liegt es nur an mir? Immer nur an mir, daß alles sich so verändert hat? Ist es so, wenn man alt wird? Ich bin siebenundvierzig. Hubert ist zweiundfünfzig; es kann noch eine Weile weitergehen. Die Tage werden immer kürzer und die Nächte immer länger, weil wir nachts oft wach werden und dann schlaflos liegen. In der Nacht wachzuliegen höhlt uns langsam aus. Ich merke sofort, wenn Hubert wach ist, er atmet dann anders, leiser, beinahe verstohlen. Wahrscheinlich mache ich das genauso. Jeder von uns denkt seine eigenen einsamen Gedanken und will nicht, daß der Schlaflose im andern Bett sie errät.

Was geschieht mit uns in diesen Nächten, in denen wir, auf dem Rücken liegend, dahintreiben und dem fernen Brausen des mächtigen Wasserfalls lauschen, der uns unter sich begraben wird? Wir wissen, daß keine Wunder geschehen, daß dem Wasserfall noch kein Mensch entronnen ist und daß uns von denen, die ihn vor uns erreicht haben, nichts trennt als ein Stückchen Zeit. Ein Tag, drei Jahre, zehn Jahre, zwanzig Jahre. Manchmal ist es gar nicht so unangenehm. Ich muß mich nicht anstrengen, brauche nicht einmal die Hände in dem schwarzen Gewässer zu bewegen, ganz von selbst trägt es mich fort. Ein sanfter Schwindel hüllt mich ein, und ich weiß: Dieses eine Ziel werde ich erreichen, auch wenn ich alle anderen Ziele nicht erreicht habe; vielleicht, weil ich mir dieses nicht selber gesteckt habe.

Und weit hinter uns und doch wieder sehr nahe, in einem Abstand, den man nach Jahren mißt, der aber mit Jahren nichts zu tun hat, treiben unsere Kinder dahin. Sie wissen es nur nicht. Denn ihre Nächte sind kurz und tief wie Bewußtlosigkeit.

Als ich noch jung war, überfiel mich manchmal bei hellem Tageslicht Todesangst, und ich spürte, wie meine Haare sich sträubten. Der Gedanke, einmal nicht mehr da zu sein, war ungeheuerlich. Jetzt denke ich bei Tag nur sehr selten daran, und wenn ich es tue, spüre ich keine Angst. Dafür sind jetzt die Nächte da. Vielleicht will Hubert deshalb nie schlafen gehen. Ich gehe noch immer gern schlafen und schlafe auch rasch ein, daran liegt es nicht. Nur: um vier Uhr erwache ich und spüre, wie ich langsam und träge fortbewegt werde. Das Brausen des großen Wasserfalls ist noch kaum zu vernehmen, aber es gibt keinen Zweifel daran, daß er auf mich wartet.

Ich saß noch immer am Tisch und starrte auf meine Hände. Meine Hände sind älter als mein Gesicht, das ist sehr merkwürdig. Ferdinand war weggegangen, vielleicht vor langer Zeit, vielleicht vor zehn Minuten. Dieses hemmungslose Vor-mich-hin-Denken, das eigentlich gar kein Denken ist, nimmt in letzter Zeit überhand. Nein, es ist kein Denken, es geschieht ja nicht bewußt, etwas geht durch mich hindurch, als wäre ich aus Luft. Vielleicht geschieht das den ganzen Tag lang mit den alten Leuten, wenn sie in ihren Lehnstühlen sitzen, und man weiß nicht: schlafen sie oder sind sie wach? Aber gibt es denn noch alte Leute in Lehnstühlen? Die alten Leute, die ich sehe, versuchen, wie Krebse über die Straßen zu scheren, einen Schritt vor, zwei Schritte zurück. Sie stehen geduldig an den Kassen der Geschäfte und warten, bis sie an die Reihe kommen, und denken daran, wie angenehm ihr Leben ohne Selbstbedienungsläden war. Sie humpeln in aufzuglosen Häusern in den dritten Stock, ziehen sich mühsam am Geländer hoch und versuchen mit ihren kleinen Renten zu wirtschaften. Sie klagen zueinander über Ischias, Venenentzündung, Asthma, Herzbeschwerden und Wasser in den Beinen. Auf der Straße haben sie Angst wie die Hasen vor den Hunden. Wenn sie nicht schnell genug sind, ist es um sie geschehen. Und niemand will sie haben, die Tochter nicht und schon gar nicht der Sohn. Das Leben ist kurz und wird immer kürzer, und niemand will Ruinen um sich haben, die der Verfall nicht liebenswerter gemacht hat.

Geistesabwesend schob ich ein Stückchen Strudel in den Mund und verschluckte mich. Die Husterei ließ mich wieder hellwach werden. Es war sinnlos, an alte Leute zu denken, denen ich nicht helfen konnte oder wollte. Natürlich will ich ihnen nicht helfen, ich bin froh, daß es in meiner Familie keine alten Leute mehr gibt. Wir selber sind jetzt die Alten, jedenfalls die Ältesten.

Aus unerfindlichen Gründen war ich nach der Aufheiterung, die Ferdinand mir beschert hatte, immer tiefer abgesunken und saß jetzt auf dem Grund fest. Wenn das geschieht, darf ich nicht anfangen, mich zu bemitleiden oder zu verhätscheln. Dann gibt es nur ein Mittel: Ich muß mir einen Tritt geben; dazu hat es bis jetzt noch immer gereicht. Ich muß sofort die unangenehmste Arbeit in Angriff nehmen, die es gibt, ohne Erbarmen; Tritte und Ohrfeigen sind für mich die beste Medizin, vielleicht hängt das mit meiner bäuerlichen Abstammung zusammen. Ich weiß nicht, was andere Leute in derartigen Fällen tun, es geht mich auch nichts an.

Der Bücherkasten fiel mir ein, der schon ein halbes Jahr nicht mehr ausgeräumt und abgestaubt worden war. Mein wehleidiges Ich zuckte schmerzlich zusammen bei diesem Gedanken, ich ließ es aber nicht zum Weinen und Plärren kommen, sondern stand sofort vom Tisch auf, merkte, daß mir ein Fuß eingeschlafen war, und stampfte dreimal fest auf. Stampfen ermuntert mich immer sehr. Zum Zahnarzt zu gehen, wäre auch nicht übel gewesen, aber ich war erst vor zwei Wochen bei ihm, und er würde sich wundern, mich schon wieder zu sehen. Der Arme ist ohnedies überlastet und hat bestimmt Senkfüße und Kreuzweh. Wenn man es recht bedenkt, ist ein Beruf furchtbarer als der andere. Aber da gab es ja nichts mehr zu bedenken, die Parole hieß Bücherkasten, und wenn ich mir nicht selber untreu werden sollte, mußte ich sofort an die Arbeit gehen.

Ich band mir eine Schürze um, wickelte ein Tuch um die

Haare und holte die Trittleiter aus der Kammer. Eine der angenehmsten Seiten dieses Hauses ist, daß es noch Kammern besitzt; es stammt eben aus einer Zeit, in der noch Häuser gebaut wurden, in denen Menschen wirklich leben konnten.

Ich stand auf der Trittleiter, füllte meine Schürze mit Büchern, kletterte herunter, trug sie auf die Holzveranda und stapelte sie dort auf den Tisch. Dann fing ich an, mit Staubtuch und Bürste zu arbeiten. Ich wunderte mich über den Tatendrang, der mich plötzlich erfüllte. Bestimmt kam das von der mütterlichen Seite her, denn von meinem Vater war mir nur bekannt, daß er zwar unruhig und lebensgierig gewesen war, aber nie besonders arbeitsam. Am liebsten war es ihm – soviel ich mich erinnern kann, ich war schließlich erst acht Jahre alt, als er starb –, nichts zu tun, als Karten zu spielen, mit hübschen Mädchen zu schäkern und am Sonntag auf dem Hauptplatz der kleinen Stadt zu flanieren. Er war Bankbeamter und starb mit achtunddreißig Jahren an Tuberkulose. Vielleicht war er von Natur aus nicht träge, nur müde von dem Gift in seinem Körper. Ich erinnere mich sehr deutlich an ihn. Er hatte ein schmales Gesicht, dunkles Haar und grüne Augen, die ein bißchen schräggestellt waren und lustig aussahen, besonders wenn es ihm besser ging. Damals hatte ich ihn nicht gern. Seinetwegen hatte meine Mutter nie Zeit für mich. Ich begriff sehr bald, daß ich unerwünscht und überflüssig war und daß meine Mutter nie etwas anderes gewollt hatte als diesen hübschen, kranken, untüchtigen Mann, der mit leichter Hand ihr Geld durchbrachte. Ich war nur eine Begleiterscheinung, die man versäumt hatte zu vermeiden.

Manchmal hatte ich Angst vor meiner Mutter. Sie war ein großer, rosiger, hellblonder Berg. Und wie ein Berg hing sie über meinem Vater. Sie bediente ihn wie eine Sklavin, aber das änderte nichts an ihrer Bedrohlichkeit. Ich glaube nicht, daß er es gern hatte, so bedient zu werden, aber er konnte sich nicht wehren. Am liebsten hätte sie ihn aufgefressen, um ihn in Sicherheit zu bringen. Nach seinem Tod war sie noch immer ein Berg, aber ein toter Berg, immer noch blond und rosig, aber ziellos und ganz gleichgültig.

Auch dann brauchte sie mich nicht. Sie brauchte überhaupt keinen Menschen mehr, brachte nur die nächsten Jahre irgendwie hin, bis es bei ihr soweit war und auch sie sterben konnte. Sie war natürlich schon lange krank gewesen, angesteckt von meinem Vater. Ich weiß nicht, ob ich sie gern hatte, aber vielleicht doch, denn als ich klein war, machte es mich ganz verzweifelt, daß sie mich nie zu sich ins Bett nahm. Sie roch so angenehm und war so warm und weich, aber sie nahm mich nie ins Bett, sie hätte es auch nicht gedurft. Darin waren beide sehr vorsichtig, sie wollten mich nicht in ihr Leben oder vielmehr ihren Tod hineinziehen. Ich bin nie von meinen Eltern geküßt worden, und meine Mutter wusch sich dauernd die Hände. Vielleicht war das ihre Art von Liebe, vielleicht war es auch nur Pflichtbewußtsein.

Das alles verstand ich nicht. Ich hatte immer kalte Zehen und wollte sie bei meiner Mutter im Bett anwärmen. Sie gab mir eine Wärmflasche, davon wurden zwar meine Zehen warm, aber die innere Kälte blieb.

Einmal schenkte mir mein Vater eine Korallenkette; ich war ganz versessen auf alles, was rot war. Die Kette war ein stacheliges Ding, und ich verlor sie später. Ich war damals vielleicht sechs Jahre, und mein Vater war schon sehr krank. Er wusch die Kette und seine Hände, ehe er sie mir um den Hals legte. Davon fühlte sie sich feuchtkalt an, und mich schauderte. Ich sah, daß er mich gern aufgehoben und geküßt hätte, seine grünen Augen sahen sehr hungrig aus. Ich spürte, daß etwas mich ergreifen und festhalten wollte, und lief davon. Ich weiß nicht mehr, was er sagte, ich erinnere mich niemals an Stimmen, nur an Bilder, und dieses Bild habe ich deutlich vor Augen.

Wie gesagt, die Kette verlor ich später. Ich hatte immer einen Hang, Dinge zu verlieren, auch Menschen, das geschah ganz leicht und spielend.

Inzwischen stieg ich die Leiter auf und nieder, die Schürze voller Bücher, und spürte ein leichtes Ziehen im Kreuz. Wir besitzen viel zu viele Bücher. Kein Mensch wird sie jemals lesen. Der einzige, der sie vielleicht wirklich gelesen hat, war der alte Ferdinand. Seine Bücher sind zum Teil in Leder gebunden und wertvoll, aber gerade sie sind sehr gelb und staubig, Hubert hat sie nie gelesen, nur eine Weltgeschichte in zehn Bänden, Bücher über Kunst und alte Schlachten. Und seine Fachbücher. Aber die zähle ich nicht als wirkliche Bücher. Ich glaube, der alte Ferdinand las so viel, damit er nicht mit seiner Frau reden mußte. Immerhin hatten die Männer damals noch soviel Autorität, daß niemand ihr Studierzimmer zu betreten wagte. Auf diese Weise wurde mein lieber Schwiegervater ein Gelehrter.

Es hat mich sehr betrübt, daß er so bald sterben mußte. Ihn hätte ich gern haben können. Seine Frau war eitel, schlau und kalt. Bei ihr hätte sich kein Mensch die Zehen wärmen können. Dabei war sie eigentlich hübsch, nur ihr Gesicht war auffallend nackt. In ihrer Kindheit wirkte sie in einer Märchenvorstellung mit. Sie spielte das Schneewittchen. Davon gibt es ein Bild: Eine Zehnjährige mit langen schwarzen Zöpfen, ein spöttisches Lächeln um den kleinen herzförmigen Mund, die Brauen gewölbt zu schwarzen, dünnen Bögen. Ein kleines, nacktes Gesicht. Der alte Ferdinand muß sich in diese Larve verschaut haben. Es ist ein bißchen unheimlich, daß Hubert ihr ähnlicher ist als seinem Vater, nur den Mund hat er vom alten Ferdinand, und das ist schon sehr viel. Aber auch sein Gesicht ist ein bißchen nackt; und doch wollte ich gerade Hubert haben. Er war nicht der erste Mann in meinem Leben, aber als ich ihn kennenlernte, vergaß ich alles, was vor ihm gewesen war, auf der Stelle. Hubert war eben für mich nie ein Fremder gewesen, er war mir ganz vertraut, als hätten wir einander von Kindheit auf gekannt. Er sah auch aus wie ein Kind, das sich nie die Zehen an seiner Mutter hatte anwärmen dürfen. Damals wußte ich natürlich noch nichts davon, aber das muß die Ursache unserer Vertrautheit gewesen sein.

Wenn ich intensiv arbeite und mich anstrenge, hinauf und herunter die Leiter, den Mund voll bitterem Bücherstaub, kann ich meine Gedanken nicht unter Kontrolle halten. Sie laufen nach allen Richtungen auseinander. Das tun sie übrigens auch, wenn ich nicht arbeite, nur kann ich sie dann leichter im Zaum halten.

Meine Hände waren schon ganz schwarz, und ich wunderte mich über den bitteren Geschmack in meinem Mund. Nichts ist so bitter wie der Staub aus alten Büchern. Und immer noch nahmen die Bücher kein Ende. In Reih und Glied stehend, sehen sie ganz übersichtlich aus; sobald man sie aber herausnimmt, verwandeln sie sich in ein Gebirge, das kaum zu überblicken ist.

Mir fiel ein Buch in die Hände, das meinem Großvater gehört hatte, ein Buch über die Niederjagd, mit alten Illustrationen, auf denen alle Tiere ganz anders aussehen als in Wirklichkeit. Mein Großvater besaß nicht viele Bücher, vielleicht dreißig, aber in ihnen las er sein Leben lang, er konnte sie alle fast auswendig, denn sein Gedächtnis war sehr gut. Er konnte mir vorlesen, ohne umzublättern, und dafür bewunderte ich ihn als Kind maßlos. Für mich war das eine Art von Zauberei. Ich weiß nicht, wo die übrigen Bücher hingekommen sind, mir blieb nur das Buch mit den sonderbaren Tieren. Wenn es regnete und die Donau aus ihren Ufern trat, saß mein Großvater in der Stube und las. Wenn das Wasser sich verlaufen hatte, blieben kleine Tümpel in den Wiesen stehen, und in ihnen spiegelte sich der Himmel. Nie wieder habe ich so blaue Tümpel gesehen. Blau war damals eine sehr wichtige Farbe für mich. Ich war geradezu besessen davon. Auch die Augen meiner Mutter waren wirklich blau, meine Augen sind grünblau und ein wenig schräggestellt, wie es die Augen meines Vaters waren. Aber seine Augen waren umgeben von sehr dichten schwarzen Wimpern. Vielleicht hat er mit diesen Augen meine Mutter weggelockt aus dem großen, breiten Haus, fort von den Tümpeln und den Wiesen und den weißgrünen Schneeglöckchen.

Wenig Glück hatte mein Großvater mit seiner Familie. Seine Frau starb jung, der einzige Sohn blieb nach einem Unfall im Sägewerk lahm. Ein großer gutaussehender Mann, der nie über seine Hilflosigkeit hinwegkam und eine Frau nahm, die nur seinen Besitz liebte. Die beiden hatten einen Sohn, der im Krieg verschollen blieb. Das traf meinen Großvater sehr hart, und er fing an, die Dinge laufen zu lassen, und war nicht mehr er selber. Seine Töchter hatte er ja auch verloren, meine Mutter an den Tod und meine Tante ans Kloster, was für ihn keinen Unterschied bedeutete. Er war ihr nicht böse, aber er sprach nie wieder von ihr. Und alle seine Brüder starben vor ihm, große breite Männer, alle jünger als er. Sie hatten in Mühlen und Sägewerke eingeheiratet, und mein Großvater war in seinen guten Jahren ein Sippenhäuptling, der in jeder Angelegenheit um Rat gefragt wurde. Seine Brüder hatten nur Töchter, jeder nur eine, sie gingen später in den Familien ihrer Männer auf. Ich habe sie kaum gekannt. Zuletzt blieb nur ich übrig und der lahme Onkel, der immer neben dem Ofen saß und viel zu viel trank, weil ihm seine Beine weh taten. Vielleicht trank er auch aus anderen Gründen, kein Mensch machte ihm einen Vorwurf deshalb. Er zählte überhaupt nicht, denn seine Frau hatte die Herrschaft an sich gerissen und tat so, als sei er überhaupt nicht vorhanden.

Mein Großvater hätte mir gern alles, was er besaß, vermacht, aber das war natürlich unmöglich. Ich hätte es auch nicht gewollt, selbst ein lahmer Sohn bleibt ein Sohn, und das sah mein Großvater auch ein. Er wußte, daß alles in fremde Hände kommen würde, und als er schon krank war, machte ihm das nichts mehr aus. Er brauchte zum Sterben nur drei Tage und erkannte keinen Menschen mehr, nicht einmal mich. Aber ich hielt seine Hand, und wir waren stundenlang allein. Darüber bin ich noch heute froh. Vielleicht konnte er nicht mehr sehen und hören und spürte doch, daß jemand seine Hand hielt. Das weiß man ja nie. Ich bekam etwas Geld, das er für mich bestimmt hatte, und fuhr in die Stadt, um die Graphikschule zu besuchen.

Schlimm war nur, daß ich mit seinem Tod den einzigen Platz verloren hatte, an dem ich mich daheim gefühlt hatte. Viel später erfuhr ich durch Zufall, daß der lahme Onkel gestorben war und seine Witwe einen Forstadjunkten geheiratet hatte. Er war viel jünger als sie und führte ein flottes Leben. Das Gut und das Sägewerk kamen unter den Hammer, und damit war dieses Kapitel erledigt. So ist alles zerronnen, das breite Haus, die Wiesen und Felder, die prächtigen Kühe und die duftenden Holzstapel, die runden Apfelbäume und überhaupt alles, woran ich hing.

Das Geld wurde wertlos, aber darum war es nicht so schade. Ich bin nie wieder nach Rautersdorf gekommen. Im Grunde hat ja nie auch nur ein Stein dort mir gehört, nur ich habe in der Einbildung gelebt, dort daheim zu sein.

Die Klassiker waren jetzt an der Reihe, und sie nahmen kein Ende. In Goldschnitt natürlich und mit viel zu kleinem Druck. Aber wir würden sie auch nicht lesen, wenn sie groß gedruckt wären. Man hat uns in der Schule damit gequält und uns für immer abgeschreckt. Ich erinnere mich nur verschwommen an sie, nur ein paar unwichtige Stellen habe ich mir gemerkt. Ich neige überhaupt dazu, mir unwichtige Dinge zu merken und wichtige zu vergessen. So weiß ich vom Begräbnis meiner Mutter nur noch, daß es sehr heiß war, ein Junitag, brennende Hitze aus einem weißen Himmel. Die Bläser bliesen falsch, und eine meiner Großtanten, eine von den angeheirateten Müllerinnen, hatte sehr große schwarze Schuhe an, die mit Friedhofsstaub bedeckt waren. Die ganze Zeit über dachte ich, sie wäre ein verkleideter Mann, und dieser Gedanke schien mir so entsetzlich, daß ich zu weinen anfing. Ich weiß nicht, was daran so entsetzlich war, erinnere mich aber deutlich an die Vorstellung behaarter Männerbeine unter dem langen Rock aus Seidentaft. Das sind die Dinge, die ich mir merke, nie das, worauf es wirklich ankäme. Noch jetzt fürchte ich mich vor verkleideten Leuten, und ein Maskenball ist für mich ein Alptraum.

Jedenfalls waren die Klassiker besonders verschmutzt, und ich mußte sie, eingehüllt in eine Staubwolke, mit einer weichen Bürste bearbeiten. Es war kalt in der Veranda, und das war mir angenehm. Ich hätte natürlich Gummihandschuhe tragen können, aber das bringe ich nicht fertig. Überhaupt mag ich Handschuhe nicht. Im Winter, wenn ich sie tragen muß, fühlen sich meine Finger eingesperrt und nicht ganz lebendig an. Mein Großvater trug nie Handschuhe, seine Hände waren rotbraun, trocken und warm, auch im tiefsten Winter.

Lange Zeit bildete ich mir ein, ihm ähnlich zu sein, aber das war nur ein Wunschtraum. In Wirklichkeit bin ich meinem Vater ähnlicher. Nur die Tuberkulose habe ich nicht mitbekommen, vielleicht weil ich in Rautersdorf immer mit Butter, Milch und Honig gemästet wurde. Sehr viele Bienenstöcke gab es dort, und immer war so ein freundliches Summen in der Luft. Bei der Feldarbeit sahen die Frauen auch ein bißchen wie Bienen aus, rundlich und mit blonden Haaren an Armen und Beinen und den Nacken hinunter. Ich glaube, sie trugen am ganzen Körper einen zarten flaumigen Pelz. Die Männer sahen aus wie Hummeln, in braunen Pluderhosen, und ihre Stimmen waren tief und brummig. Auch ein paar schöne Hornissen gab es, groß, glänzend und gefährlich und immer hinter den blonden Bienenfrauen her.

Wieder hinauf mit den gesäuberten Klassikern. Ich hatte

mich schon ganz schön vorangearbeitet. Ich mußte aussehen wie ein Rußkäfer, und wenn ich eine Minute gerastet hätte, wäre ich vor Müdigkeit nie mehr aufgestanden. Bei der Hausarbeit darf man sich überhaupt keine Minute hinsetzen, denn die Müdigkeit lauert nur darauf, über einen herzufallen.

Jetzt kamen die Reisebücher und Biographien an die Reihe. Hubert hat alles nach Sachgebieten geordnet, und ich darf nichts durcheinanderbringen. Sie waren nicht so schmutzig wie die Klassiker, weil sie doch manchmal gelesen werden und so tief stehen, daß ich sie regelmäßig abstauben kann.

Ich stellte mir vor, wie gut ich heute nacht schlafen würde. Aber ganz sicher war ich nicht. Hubert würde etwas später nach Hause kommen; er mußte mit einem Klienten abendessen. Ich brauchte nicht fernzusehen und konnte noch in die Mansarde gehen. Ich mußte ja in die Mansarde gehen und das Skelett in meiner Tischlade untersuchen. Es war mir gelungen, den Gedanken die ganze Zeit über zu verdrängen, denn darin bin ich schließlich sehr geübt. Mann kann das wirklich erlernen. Und ich hatte es erlernen müssen, um mein Leben nicht ganz und gar in ein Chaos münden zu lassen. Ich habe einen bürgerlichen Mann geheiratet, führe einen bürgerlichen Haushalt und muß mich entsprechend benehmen. Der Abend in der Mansarde genügt für meine unbürgerlichen Ausschweifungen.

Der Gedanke an die Mansarde war nicht angenehm, und ich merkte, daß meine Hände zitterten; es konnte aber auch von der Anstrengung des Bücherschleppens sein, und ich beschloß, das letztere anzunehmen.

Plötzlich war ich gar nicht mehr müde und arbeitete schneller als zuvor. Ich hätte ohne weiteres noch einen zweiten Bücherkasten säubern können, nur war kein zweiter da. Ich wußte, daß ich dort oben in der Mansarde ein Stück Vergangenheit zu liquidieren hatte. Zwar hatte ich nicht das Gefühl, es handelte sich um meine eigene Vergangenheit, aber jede Vergangenheit gehört ja liquidiert. Das ist ein schmerzlicher Prozeß, vor dem ich mich mein ganzes Leben lang drücke.

Wie gut, daß Hubert heute nicht kommen würde, ehe das erledigt war. Ich war auch froh, daß ich nicht fernsehen mußte.

Ilse setzt sich abends fast nie zu uns. Das ist ganz in Ordnung so, sie hat noch ein eigenes Leben zu leben und ist nicht angewiesen auf den Bildschirm. Sie spielt Platten in ihrem Zimmer, hat noch zu lernen oder geht mit ihren jungen Leuten aus. Um punkt Zehn muß sie zurück sein und immer in Begleitung. Darin ist Hubert sehr streng. Manchmal, sehr selten, verbringt Ferdinand einen Abend mit uns, dann kommt auch Ilse aus ihrem Bau, und wir sitzen beisammen und trinken eine Flasche Wein. Ferdinand unterhält uns mit kleinen Geschichten, die er vielleicht sogar erfindet. Denn alles, was er so erzählt, kann unmöglich wahr sein. Er redet so angenehm über nichts, daß man ihn in die Arme nehmen möchte vor Dankbarkeit. Dann spielen wir Familie, das ist komisch und traurig zugleich. Immer könnten wir das nicht aushalten, aber da es so selten geschieht, ist es eine Freude.

Lieber Ferdinand, Kind, das sich nicht an unsere wirkliche Zeit erinnern kann. Einmal, vor Ewigkeiten, nähte ich ihm einen grünen Frosch aus einer alten Tuchweste seines Vaters. Dieser Frosch mußte immer mit ihm schlafen gehen, dunkelgrünes Tuch an eine bräunliche Wange gedrückt. Als ich damals wegging, sagte ich zu Ferdinand: »Sei schön lieb, mein Kleiner, ich komme bald zurück und bring dir etwas Schönes mit.« Ich bemühte mich, leise zu sprechen, denn ich wußte ja nicht, wie meine Stimme klang. Ich war ja taub und hatte immer Angst, zu schreien oder zu krächzen. Ferdinand lächelte mich an, und ich sah, wie seine Lippen sich öffneten. Er sagte etwas, und ich werde nie wissen, was es war.

Nach anderthalb Jahren war der Frosch weg. Bestimmt hatte ihn die Hofrätin weggeworfen, sie war sehr für Hygiene. Gar nichts besaß Ferdinand damals, was er ins Bett hätte mitnehmen können. Aber er drehte jeden Abend seinen Polsterzipfel zu einer Art Puppe und redete zu ihr, bis er einschlief. Er hatte sich zu helfen gewußt. Der Polsterzipfel war zwar nicht viel hygienischer als der Frosch, doch gegen ihn war die Hofrätin machtlos. Mit sieben Jahren erst gab er diese Gewohnheit auf.

Ilse besaß von Anfang an Stofftiere und Puppen, aber keines von ihnen hatte ich selber genäht. Sie brauchte diese Dinge gar nicht wirklich, denn sie war ein Kind, das auf der Stelle einschlief. Manchmal lutschte sie am Daumen, aber sehr selten. Ilse aufzuziehen war eine Spielerei. Vielleicht war sie so angenehm, weil ich ihr nie lästig fiel mit zuviel Liebe und Besorgtheit. Sie bekam, was sie selber wünschte, und kein bißchen mehr. Wir kommen auch jetzt gut miteinander aus. Sie geht zum Beispiel nie in die Mansarde, um mir nachzuspionieren. Ich hätte das nie fertiggebracht, ich wäre immer hinter meiner Mutter hergewesen. Aber da gab es nichts zu spionieren, und es gab auch nichts, wogegen ich mich hätte auflehnen können. Sie war ja nur für meinen Vater da und dann, nach seinem Tod, überhaupt nur mehr ein Automat, der seine Arbeit tat und von Zeit zu Zeit einen Hustenanfall erlitt.

Heute bilde ich mir manchmal ein, mein Vater hätte mich geliebt. Ich denke da an seine hungrigen grünen Augen. Vielleicht hätte er mich gern gestreichelt und geküßt, er war ein sehr zärtlicher Mensch, der seiner Zärtlichkeit nicht nachgeben durfte. Es genügte schon, daß er mit ihr meine Mutter umbrachte. Es gehört sehr viel Disziplin dazu, ein Kind nicht zu streicheln und zu küssen. Es tut mir heute leid, daß er mir damals nur im Weg stand, ein Hindernis, das mich unerbittlich von meiner Mutter trennte.

Ich war sehr froh, als er tot war und nachts nicht mehr

husten mußte. Das war nämlich sehr schlimm, und ich werde ihn nie vergessen, diesen bellenden, ziehenden Husten, der mich aus meinem tiefen Kinderschlaf riß. Manchmal schrie ich vor Angst, und dann war meine Mutter sehr böse, und sie sagte: »Sei nicht dumm, das ist nur dein armer Vater, der keine Luft bekommt.« Bei Tag glaubte ich ihr, aber nachts war alles verändert. Es war dann nicht mein armer Vater, der um Luft kämpfte, sondern ein schreckliches, fremdes Wesen, das im Schlafzimmer ermordet wurde. Ich lag schweißnaß und zitternd im Bett und zog mir die Decke über den Kopf, aber das fremde Wesen hörte nicht auf, um Hilfe zu schreien, und ich war ganz allein und ausgeliefert.

Kein Mensch sah nach mir, denn meine Mutter hatte ja wirklich nicht Zeit, wahrscheinlich vergaß sie in diesen Stunden ganz, daß es mich gab.

Ich sehe alles ein und bin ihr nicht böse. Es käme ja auch zu spät. Aber daß ich ihr auch damals nicht böse sein konnte, war nicht gut für mich. Irgend etwas Wichtiges habe ich damit versäumt. Ein Kind muß manchmal seine Eltern hassen können. Deshalb konnte ich auch nie mit Hubert streiten. Ich versuche es sogar heute noch manchmal, aber es wird nichts daraus, es klingt lächerlich und unwirklich. Hubert weiß das genau und lächelt nur dazu. Ihm scheint es angenehm zu sein, er hat zu lange mit seiner Mutter gestritten, er liebt sanfte Frauen. Vielleicht hat er mich aus diesem Grund geheiratet, ein junger Mann, der des ewigen Streitens müde war und bei mir Erholung suchte. Sieht man es vielleicht einem Mädchen an, daß es nicht streiten kann?

Ich mache mir Sorgen um Ferdinand, er ist viel zu friedlich. Dabei gibt er nicht nach, er weicht nur aus und tut, was er will, liebenswürdig und unbeugsam. Aber es wäre für Hubert gut, einen Sohn zu haben, der ihm manchmal widerspricht, und insgeheim ärgert er sich darüber, aber er kann nichts daran ändern. Manchmal reize ich Ilse ein bißchen, und sie reagiert ganz normal und schreit mich an oder ist sogar ein bißchen frech. Das freut mich, und ich muß mich zurückhalten, um sie nicht zu loben. Schrei nur, meine Tochter, denke ich, schrei nur und wehre dich, wenn man dich angreift. Mit unserer gleichgültigen Freundlichkeit wollen wir dich umbringen, das darf nicht geschehen. Hubert mag das nicht. Er ist ein Ästhet, und streitende Frauen sind häßlich. Es kommt aber ohnedies ganz selten vor, meist kann ich mich nicht aufraffen dazu, es geht auch nie sehr weit, ich bin zu ungeübt in diesen Dingen, und Ilse spürt das. Ja, es ist eine halbe Sache. Ich tauge offenbar nicht zur Kindererziehung. Wozu ich wirklich tauge, weiß ich nicht, denn auch in der Mansarde beim Malen und Zeichnen erreiche ich ja nie mein Ziel. Aber man kann sagen: ich bemühe mich und gebe nicht so leicht auf. Ich staube sogar gelegentlich den Bücherkasten aus. Ich beklage mich nie und gehe meiner Familie nicht sehr auf die Nerven. Zumindest hoffe ich das. Aber nicht einmal das ist ganz sicher. Wäre Ferdinand sonst ausgezogen? Ein weniger zartfühlender Sohn hätte vielleicht gesagt: »Ich hab genug von euch, ich gehe meine Wege, euer Leben, das gar kein wirkliches Leben ist, ödet mich an, mir graust davor, auf Wiedersehn!« Daß er es nicht sagte, beweist ja nicht, daß er es nicht dachte. Wir wissen nicht, was Ferdinand denkt. Das ist wohl auch die humanste Lösung für uns drei.

Um sieben Uhr war ich fertig mit den Büchern. Ich legte mich in die Badewanne, und Ströme schmutzigen Wassers flossen von mir ab. Das sind die Dinge, an die ein Mann nie denkt, daß seine Bücher so verstaubt sind und daß ab und zu irgendeine Frau sie von diesem Staub befreien muß. Was tut ein Mann, der keine Frau hat und auch keine Bedienerin, aber eine große Bibliothek? Ich kann mir das gar nicht vorstellen. Überhaupt, was denken die Männer darüber, wo der Schmutz hinkommt, der sich bei ihnen ansammelt? Ich glaube, sie denken überhaupt nicht daran oder nur ganz abstrakt. Ungefähr so: Die Frau Maier muß wieder einmal her und Ordnung machen. Und während so ein Mann in seinem sauberen Büro sitzt, sauber, weil eine andere Frau Maier es gerade gereinigt hat, tobt daheim seine Frau Maier herum und führt den Kampf gegen Staub und Dreck. Und wenn der Mann dann heimkommt, ist wieder alles sauber, und das verwundert den Mann kein bißchen, denn er weiß ja nicht, wie sich das alles hinter seinem Rücken abspielt. Er legt sich ins frisch überzogene Bett, und am nächsten Morgen zieht er ein weißes Hemd an, das eine dritte Frau Maier für ihn gewaschen und gebügelt hat, und verläßt das Haus, von dem Wahn befangen, die Welt sei ein sauberer und ordentlicher Ort. Der einzige Abfall, den er selber wegputzen muß, ist sein eigener Bart, und er stöhnt darüber vor dem Spiegel und hinterläßt das Badezimmer in einem Zustand, der seiner Frau Maier auch ein Stöhnen entlockt. Und wenn er heimkommt, wundert er sich kein bißchen, daß alles wieder in Ordnung ist. Die Unglücklichen aber, die keine Frau Maier haben, erheben die Unordnung zur Tugend und lassen sich sogar Bärte wachsen, um nur keinen Handgriff tun zu müssen.

Während ich derartige, vielleicht etwas einseitige Überlegungen anstellte, verflog meine Müdigkeit. Ich könnte ja behaupten, ich hätte mich auch noch kalt geduscht, aber ich bin kein Held, und kaltes Wasser ist etwas Entsetzliches für mich. Ich glaube auch nicht, daß andere Leute das wirklich tun. Die es aber doch tun, können nicht ganz normal sein. Ich weigere mich, mit diesen Leuten verwandt zu sein. Vielleicht sind sie gar keine wirklichen Menschen, sondern Abkömmlinge einer amphibischen Rasse, die vorzeitig an kalten Bädern eingegangen ist.

Ich trocknete mich ab, fönte mein Haar und zog einen Schlafrock an. Vielleicht hätte mir ein bißchen Tee gut-

getan; nachdem ich aber so viele Jahre das Unangenehmste von mir geschoben hatte, nämlich an damals zu denken, durfte ich jetzt keine Minute mehr verlieren.

Ich ging hinauf in die Mansarde, gönnte den verlocken-
den Stiften und Pinseln keinen Blick, sondern nahm das
Kuvert aus der Lade, zog die vergilbten Blätter heraus
und fing an zu lesen.

Pruschen, 6. September

Ich mag den Jäger nicht. Er schaut mich an, als überlege
er, ob er mich nicht, Huberts Familie zuliebe, erschießen
sollte. Er ist ja daran gewöhnt, kranken Tieren den Gna-
denschuß zu geben. Ich verstecke diese Papiere in der Matratze, dort wird ein Mann sie ja kaum suchen. Dabei
könnte es mir einerlei sein, ob der Jäger sie liest oder nicht.
Wahrscheinlich könnte er meine Schrift gar nicht ent-
ziffern.

Er wird sie auch gar nicht lesen wollen, ich bin ja in keiner
Weise interessant, viel weniger als ein Krüppel. Mit einem
Krüppel kann man leben, weil man mit ihm reden kann.
Wenn ich abstoßend häßlich wäre, ein Feuermal oder
einen Buckel hätte, so könnten die Leute mich bemitleiden oder verhöhnen. Mit mir können sie das nicht tun,
denn ich höre weder Mitleid noch Spott. Ich muß ihnen
unheimlich und unerträglich sein.

Aber den Jäger würde ich auch nicht mögen, wenn ich
noch ein wirklicher Mensch wäre. In seinen Augen, die
gar keine Farbe haben, kann ich nichts lesen als eine gewisse Berechnung. Er ist habsüchtig und behandelt seine
Tiere roh. Das weiß ich, weil ich es sehen kann, ich bin ja
taub, nicht blind. Er ist roh zu ihnen, nicht aus Jähzorn,
sondern weil er sie verachtet und weil sie von ihm abhängig sind. Ich stehe auf einer noch tieferen Stufe als sie, aber
man bezahlt ihn dafür, daß er mich aufgenommen hat und
in einem gewissen Sinn für mich sorgt. Vielleicht hält er

mich für ungefähr so nützlich wie seine Kuh, nur daß die Kuh den Kopf wendet, wenn er sie anschreit. Daß er mich nicht behandeln darf wie die Kuh, macht ihn ärgerlich. Manchmal scheint er Angst vor mir zu haben, vielleicht aus irgendeinem Aberglauben heraus. Weiß ich, was in diesem Gehirn vorgeht? Wenn er nicht so auf Geld aus wäre, hätte er mich nie aufgenommen. Ich glaube nicht, daß er noch Dankbarkeit für meinen Schwiegervater empfindet, dem er viel verdankt. Der alte Mann ist tot und nicht mehr von Nutzen für ihn. Vielleicht will er sich im Dorf hervortun mit seiner Anhänglichkeit an seine alte Herrschaft. Aber auch das ist ganz unsicher. Die Leute kennen ihn, seit er geboren wurde, und durchschauen jede seiner Handlungen, genau wie er die ihren durchschaut. Jäger sind auch oft sehr unbeliebt, weil man sie immer noch als eine Art von Lakaien betrachtet, die nicht ganz zum Dorf gehören und denen man nicht trauen kann.

12. September

Mein Zimmer ist klein, mit winzigen Fenstern und ziemlich dunkel, weil hinter dem Haus gleich der Berg ansteigt. Man könnte von einem Baum aus leicht bei mir einsteigen, aber die Fenster sind vergittert und geben dem Raum etwas Kerkerhaftes. Die Wohnung des Jägers ist etwas heller, weil seine Fenster auf der dem Tal zugewendeten Seite liegen. Er hat Morgensonne, ich hätte Nachmittagssonne, wenn nicht der Berg zwischen dem Licht und mir wäre. Es gibt hier viel zu viele Berge. Ich habe Berge nie gern gehabt.

In diesem Zimmer hat mein Schwiegervater gewohnt, wenn er hier zur Jagd war. Ich glaube, er war nicht so versessen auf die Jagd, er wollte nur seiner Frau entkommen. Die Möbel stammen von ihm, der Jäger hat sie geerbt. Ein Bauernbett, mit bemaltem Kopfteil. Ein Auge Gottes sieht mir zu, wenn ich schlafe oder wach liege.

Dann gibt es noch einen bemalten Kasten, einen kleinen Schreibtisch und einen alten braunen Ledersessel, in den man sich verkriechen kann. In der Ecke steht ein grüner Kachelofen. Nebenan ist eine kleine Küche mit gemauertem Herd, einer wackeligen Kredenz und einem rohen Fichtenholztisch. Von der Küche aus kommt man in den Abort. Den ließ mein Schwiegervater bauen, weil es ihm zu mühsam war, über die Stiege hinunterzugehen. Den Herd benütze ich nicht, ich koche auf einem Elektrokocher. Der Jäger sieht es nicht gern, er schielt geradezu vor Ärger über diese Verschwendung. Er bekommt soviel Geld, daß er den Kocher hinnehmen muß.

Der Jäger ist nicht mehr jung, aber auch nicht alt, denn er versieht noch seinen Dienst. Untertags geht er viel weg, morgens und abends muß er daheim sein, um seine Kuh zu melken. Eine Frau hat er entweder nie gehabt oder verloren. Ich glaube eher, er ist verwitwet.

Die Tür meines Zimmers geht auf einen Holzbalkon, von dem eine Stiege hinunterführt, worüber ich sehr froh bin. So froh ich eben überhaupt sein kann. Manchmal sitze ich vormittags auf dem Balkon, um ein bißchen Sonne zu spüren. Ich sitze auf einem sehr harten Sessel, in dessen Lehne ein Herz geschnitzt ist. Wenn ich aufstehe, stoße ich mit dem Kopf gegen ein Hirschgeweih. Die ganze Veranda hängt voll ausgebleichter Knochen.

Die Sonne kommt ziemlich spät, gegen neun Uhr erst. Sie muß den gegenüberliegenden Berg übersteigen. Vor dem Haus fließt ein kleiner Forellenbach, die Prusch, derzeit führt er sehr wenig Wasser, weil es lange nicht geregnet hat. Jenseits der Prusch steigt schon der Berg an. Ich sitze hier wie in einem Käfig. Hinter den Bergen gibt es wahrscheinlich kleine Täler und wiederum Berge.

Mein Großvater hatte ein Haus, das war sehr groß und breit. Rundherum lagen Wiesen, auf denen um diese Zeit die Kühe weideten, richtige große Kühe, nicht so arme Kreaturen wie die Kuh des Jägers. Dort sah man den ganzen Tag lang die Sonne und fühlte sich frei und sicher. Wenn mein Großvater noch lebte, hätte er mich zu sich geholt, und ich wäre nicht allein. Es hätte ihm nichts ausgemacht, daß wir nicht miteinander reden könnten. Wir redeten ja nie sehr viel. Aber er ist tot und kann mir nicht helfen. Niemand kann mir helfen. An Hubert und an den kleinen Ferdinand denke ich nicht oft. Es wäre nicht gut, an sie zu denken.

Ich sitze zusammengekauert im Ledersessel und schreibe auf den Knien. Seit ich hier bin, fühle ich mich müde. Aber ich möchte nicht voreilig urteilen. Vielleicht wird mir die Ruhe hier guttun und die gesunde Luft. Ruhe gäbe es ja für mich an jedem Ort der Welt. Die Luft wird es auch sein, die mich so müde macht. Ich muß mich erst an sie gewöhnen.

1. November

Der Jäger ist zum Friedhof gegangen, mit einem großen Strauß Astern und Fichtenzweigen. Sein Hund ist mit ihm gelaufen. Ich weiß noch nicht, ob ich den Hund mag. Er ist alt und häßlich, und ich bedaure ihn, weil er den Jäger zum Herrn hat.

Hubert schreibt, er will mich bald besuchen. Jeden Sonntag schreibt er mir einen Brief. Er ist ja überhaupt ein sehr ordentlicher und pünktlicher Mensch. Es ist freundlich von ihm, wenn man bedenkt, wieviel Arbeit er hat, auch wenn in den Briefen nicht viel steht. Unsere Untermietwohnung hat er aufgegeben und ist zu seiner Mutter gezogen. Das ist gut, denn ich will nicht, daß der kleine Ferdinand nur von seiner Großmutter erzogen wird. Natürlich wäre da noch die Köchin Serafine, aber die zählt ja nicht, die ist nur die Sklavin der alten Frau. Wenn Hubert eine Existenz aufgebaut hat, will er eine Wohnung suchen und mich zurückholen. Vorausgesetzt, daß ich mich bewähre und wieder hören kann. Die Ärzte haben ihm gesagt, es liege nichts Organisches vor. Ich hätte nur vergessen, wie man hört. Vielleicht wird es mir wieder einfallen. Deshalb sitze ich hier, und das ist das beste für alle Beteiligten. Ferdinand geht es gut, schreibt Hubert. Das heißt, er hat mich schon vergessen, denn wie könnte es ihm sonst gutgehen. Ein dreijähriges Kind vergißt sehr rasch. Sechs Monate ist er jetzt schon bei meiner Schwiegermutter. Eine taube Mutter wäre ja wirklich nicht gut für ihn.

Ich werde Hubert schreiben, er soll lieber nicht kommen, es würde uns beide nur unnötig aufregen. Er soll an seine Arbeit denken und an die Existenz, die er aufbauen muß.

Ich kenne Hubert sehr gut, er kann nicht gleichzeitig eine Existenz aufbauen und an seine taube Frau denken. Das würde ihn völlig durcheinanderbringen. Nach dem Zusammenbruch unserer kleinen Welt hat er sich endlich wieder gefaßt und versucht, Ordnung zu machen. Er ist ein großer Ordnungsmacher. Ich muß mich erholen und meine Nerven stärken, damit mir wieder einfällt, wie man hört, Ferdinand wird von seiner Großmutter erzogen und gepflegt, und Hubert baut eine Existenz auf. Und wenn wir alle brav unsere Pflicht tun, wird alles wieder gut werden, und wir werden wieder beisammen sein dürfen und alles wird werden wie früher.

Vielleicht weiß Hubert wirklich nicht, daß nie mehr etwas werden wird wie früher. Ich bin jünger als er und weiß es. Wahrscheinlich weil ich schon einmal alles verloren habe. Ein toter Großvater wird nicht wieder lebendig und tote Eltern auch nicht mehr. Dieses Wissen habe ich schon sehr lange Zeit. Nicht einmal eine Puppe kann man wieder zusammenflicken, daß sie genauso aussieht wie früher. Es ist aber gut, wenn Hubert das noch nicht weiß. Lange kann es ja nicht mehr dauern, bis auch er die Wahrheit begreifen wird.

Es hat noch immer nicht geregnet. Das Wetter ist neuerdings sehr wichtig für mich, früher hab ich mich nie darum gekümmert. Aber hier gibt es ja weiter nichts als Wetter, es bietet die einzige Abwechslung. Seit gestern Nacht herrscht Föhn, und es geht ein heftiger Wind. Ich höre ihn nicht, aber ich sehe, wie die Bäume schwanken und die Büsche in lautlosem Aufruhr sind. Sturm macht mich immer sehr unruhig, besonders Nordwind, Föhn macht mir nicht viel aus. Ich sehe, wie die Äste ans Dach schlagen, manchmal streift einer mein Fenster. Weil die Fenster nicht gut schließen, spüre ich auch den Luftzug, er berührt mein Gesicht und hebt mir die Haare aus der Stirn. Ich krieche tiefer in den Ledersessel und kann schlecht schreiben in dieser Stellung.

Ich werde lieber etwas lesen. Der Jäger hat einen merkwürdigen Brauch. Er schreibt mir lakonische Zettel. »Was soll ich mitbringen aus dem Dorf?«, »Holz muß ich auch noch holen.« Diese Zettel, abgerissene Kalenderblätter, schiebt er mir unter die Nase, läßt sie aber nicht los, zerreißt sie dann in kleine Fetzen und steckt sie in den Ofen. Er wartet immer, bis sie ganz verbrannt sind. Dauernd vernichtet er Beweismaterial. Er wäre bestimmt außer sich, wenn ich ihm einen Zettel wegnehmen würde, aber ich könnte es nur an seinen Augen sehen, sein Gesicht ist ganz ausdruckslos, ein welkes, fahles Gesicht mit grauen Bartstoppeln. Er sieht nicht aus, als wäre er den ganzen Tag an der frischen Luft. Sein Gesicht erinnert mich an eine halbfertige Schnitzerei, niemand hat sich die Mühe genommen, sie zu Ende zu führen. Warum aber soll ich ihm den Zettel wegnehmen und ihn ärgern? Ich brauche ihn notwendig, er kauft für mich ein und trägt mir das Holz herauf. Das alles könnte ich ganz gut selber tun. Eines Tages werde ich es auch tun. Es ist ungesund, daß ich nicht ins Dorf gehen will und nicht meinen Zettel der Ladnerin über den Tisch reiche. Wenn ich nur daran denke, werden meine Hände ganz feucht und kalt. Was könnte denn geschehen? Gar nichts. Die Leute wissen ja bestimmt alles über mich. Sie könnten mich höchstens anstarren, aber daran bin ich gewöhnt. Nein, ich habe mich nie daran gewöhnt, sonst wäre ich ja nicht hier. Wenn ich an das letzte halbe Jahr denke, bin ich dankbar, daß Hubert mich hierher gebracht hat. Dem Jäger bin ich gleichgültig. Er würde gegen Bezahlung auch einen Mörder verstecken, wer weiß, ob er es nicht schon getan hat. Mit einem Mörder kann man wenigstens reden, und es soll sehr umgängliche und unterhaltsame Mörder geben.

Heute ist mir aufgefallen, daß ich mich nie frage, warum das gerade mir passieren mußte. Der Gedanke wäre doch naheliegend. Irgendwie habe ich den Verdacht, daß ich insgeheim immer damit gerechnet habe, unser Glück könnte nicht von Dauer sein. Natürlich wußte ich das nicht, aber so muß es gewesen sein. Dabei war ich ein ganz gewöhnliches Kind und manchmal sogar recht glücklich. Warum will ich oder jenes fremde Wesen in mir nicht mehr hören? Und warum zu einer Zeit, in der ich endlich das hatte, was ich immer wollte, eine Familie ganz für mich allein? Alles ging so gut.

Ich sitze und warte, bis es jenem fremden Wesen wieder gefallen wird zu hören. Der Arzt sagte, es könnte jeden Tag eintreten oder auch gar nie. Darüber scheinen sie nicht sehr viel zu wissen, und ich wollte ja auch zu keinem Arzt mehr gehen. Ich konnte das alles einfach nicht mehr aushalten.

Die Dunkelheit ist gekommen, und die Äste der Buche schwanken schwarz vor dem Fenster. Ein Windstoß fährt durchs Zimmer. Ich sollte lesen, aber ich sitze ganz still und warte.

Ich schob die Papiere in das Kuvert zurück und ging in den Keller hinunter. Dort steckte ich sie in den Heizofen und wartete, bis sie verbrannt waren. Ich benahm mich genauso wie der Jäger und vernichtete Beweismaterial.

Erst nachdem keine Spur mehr übrig war, nur eine feine graue Schicht auf den glosenden Kohlen, setzte ich mich auf einen leeren Bierkasten und versuchte zu denken. Ich hatte damals meine Aufzeichnungen in den Koffer unter die Kleider gelegt. Als ich sie später suchte, waren sie verschwunden. Ich nahm an, ich hätte sie doch nicht eingepackt und sie an jenem letzten Abend in Pruschen mit alten Zeitungen versehentlich verbrannt. Der Jäger hatte sie mir bestimmt nicht gestohlen, sie waren für ihn fast unleserlich, außerdem wußte er nicht, daß ich abreisen wollte. Ich erinnere mich genau: Er war gar nicht daheim, sondern im Wald oder im Dorf, und ich war auch noch einmal in den Wald gegangen und schon vor ihm zurückgekommen. Da war der Koffer schon gepackt gewesen, und ich hatte nicht mehr nachgesehen, ob auch alles drin war. Mein Zimmer war nie versperrt; jeder hätte in der abendlichen Dunkelheit kommen und die Papiere an sich nehmen können. Nur einer kam in Frage. Ich hatte versucht, ihn zu vergessen, und es war mir auch gelungen. Sehr bald schon hatte ich aufgehört, an ihn zu denken. An gewisse Dinge und Menschen zu denken, kann ich mir einfach nicht leisten, wenn ich leben will. Er hatte dazu gehört. Warum tauchte er jetzt, nach so vielen Jahren, wieder auf? Ein alter Mann, der Angst vor mir hat, weil ich zuviel weiß.

Das war so komisch, daß ich lachen mußte. Das Lachen schüttelte meinen ganzen Körper. Siebzehn Jahre lang hat er Angst vor mir gehabt, wo immer er sich auch herumgetrieben hat, und ich habe nicht einmal an ihn gedacht. Daß er Angst hatte, war ja nicht so komisch, aber daß er diese Angst grundlos ausgestanden hatte und noch immer ausstand, war wirklich zum Lachen. Alles war ein einziger Irrtum, und ich konnte ihn nicht aufklären, denn er würde mir einfach nicht glauben. Alles was überhaupt geschehen kann, kommt viel zu spät und hat gar keinen Sinn.

Ich ging hinauf ins Wohnzimmer. Zu meinem Erstaunen saß Hubert vor dem Fernsehgerät und starrte auf den Bildschirm. Offenbar war aus seiner Verabredung nichts geworden. Der Kristallaschenbecher stand auf dem Tisch und sah sehr schwer aus. Ich hätte Hubert ganz leicht damit erschlagen können, aber ich spürte nicht das geringste Verlangen, es zu tun. Genausogut hätte ich mich selber erschlagen können, heute würde das keinen Unterschied mehr ausmachen.

Hubert wandte den Kopf und lächelte mich an. »Kannst du mir ein Butterbrot bringen«, sagte er, »und eine Flasche Bier?« Ich ging in die Küche und richtete ihm ein paar Brote her und trug sie samt dem Bier ins Wohnzimmer. Hubert sah sehr harmlos aus. Ein Mann in mittleren Jahren, der täglich in seine Kanzlei geht, um seine Familie zu versorgen und das Haus zu erhalten. Ich sah, daß sein Haar am Hinterkopf ein wenig schütter war, und das rührte mich sehr. Auf seinen nicht sehr breiten Schultern liegt eine Last, die zu schwer für ihn ist. Aber er beklagte sich nie. Ihm ein Butterbrot und eine Flasche Bier zu bringen, war das geringste, was ich für ihn tun konnte, und ohnedies fast alles.

Das Bier machte ihn schläfrig, und er fing an zu gähnen. Heute sagte ich nicht, wie sonst jeden Abend: »Geh doch endlich ins Bett.« Er ist jeden Abend todmüde, aber er will um keinen Preis schlafen gehen.

So saßen wir noch eine Stunde und hörten uns eine Diskussion an, bei der sechs Leute geübt aneinander vorbeiredeten und keiner dem andern zuhören wollte. Ich war unfähig zu begreifen, worum es eigentlich ging, aber das bin ich ja fast immer. Ich habe den Eindruck, in letzter Zeit hat man eine Sprache erfunden, die ich einfach nicht verstehen kann. An diesem Abend aber war ich überhaupt nicht ganz da, und das war nicht weiter verwunderlich. Um elf Uhr ging ich schließlich allein zu Bett und schlief auf der Stelle ein. Später einmal spürte ich, wie sich das Bett unter Huberts Gewicht bewegte und wie seine Hand meine Schulter streifte. Vielleicht war das aber schon ein Traum, ich kann das oft nicht genau unterscheiden.

Um halb sieben schrillte der Wecker. Ich hatte von vier bis sechs wach gelegen und war noch einmal tief eingeschlafen. Fünf Minuten vor dem Weckerläuten war ich aber erwacht. Das ist immer so. Wir brauchten wirklich keinen Wecker, aber Hubert traut meiner Kopfuhr nicht.

Ich hasse den Wecker. Er steht auf Huberts Nachttisch, und ich kann ihn nicht abstellen. Dabei bin ich sicher, daß dieses verdammte Ding uns langsam umbringt, jeden Tag ein bißchen. Schon das Warten, bis der Wecker rasselt, ist eine Qual. Ich habe Angst vor dem Lärm, den dieses Ding macht. Hubert mißtraut mir und hat mir verboten, den Wecker anzufassen; ich habe nämlich, wie er behauptet, schon zwei Wecker heimtückisch ermordet. Das stimmt nicht, sie mochten einfach nicht, daß ich sie anfaßte, weil sie mich genauso verabscheuten wie ich sie. Manchmal stelle ich mir vor, wie ich diesen neuen Wecker malträtieren könnte, und das erleichtert mich ein bißchen. Hubert bildet sich ein, daß Wecker ganz unschädliche Instrumente sind, in seiner Verblendung hält er sie sogar für nützlich. Aber er hat überhaupt keine Ahnung davon, was für ihn gut ist und was nicht.

Hassenswerte Lärmmaschinen, Erfindungen des Teufels! Ehe der Tag sich sanft ins Zimmer schleichen kann, wird er zersprengt von gemeinem Gerassel. Es ist natürlich nicht ganz leicht, es mir recht zu machen, das sehe ich ein. Im Grund mag ich nämlich Dinge aus Metall überhaupt nicht. Hölzerne Wecker müßte es geben, die leise knarren wie alte Stiegen, oder singende Wecker aus Glas oder steinerne, die ganz leise knirschen und ein bißchen Sand verrieseln. Nur nicht diese glänzenden, harten Metalluhren. Ich gebe zu: Metall ist nicht häßlich, es besitzt eine bösartige, glatte Schönheit. Ich mag sie nur nicht, diese Art von Schönheit. Gegenstände aus Kunststoff kann ich weder hassen noch mögen, sie sind ganz einfach häßlich und nicht einmal tot, sie sind gar nichts.

Der Wecker rasselte und heute besonders gellend. Ein richtiges Fanal für einen vierten Dienstag im Monat, den Tag, an dem ich die Baronin besuchen muß.

Hubert setzte sich auf und sagte: »Guten Morgen.« Das sagt er jeden Tag. Die Wohlerzogenheit sitzt ihm in den Knochen, dafür hat seine Mutter gesorgt. Wenn er ein einziges Mal sagte: »Verdammt, jetzt muß ich schon wieder in die Tretmühle«, wäre das ein Freudentag für mich. Die starre Kruste wäre zersprungen, und der wirkliche Hubert, den ich einmal gekannt habe, käme zum Vorschein. Aber das wird nie sein. Er saß aufrecht im Bett und fuhr sich durch das zerdrückte Haar. Es kam mir heute grauer vor als sonst. Entweder schläft dieser Mann wie ein Stein, oder er ist hellwach. Zwischenbereiche kennt er nicht, deshalb mag er auch die Dämmerung nicht. Er knipste das Licht an, stieg aus dem Bett und ging ins Badezimmer.

Ich war sehr müde, und ein Schwall von Mansardengedanken drang auf mich ein. Mein Kopf war noch ganz zerrüttet vom Lärm des Weckers, und ich konnte mich schlecht wehren. Das kommt davon, wenn man nachts stundenlang nur so dahintreibt und nicht schlafen kann. Um dem ein Ende zu setzen, sprang ich aus dem Bett und zog meinen Schlafrock an. Der Sprung war übrigens eher kläglich ausgefallen, mir tat jeder Knochen weh und erinnerte mich an die Bücherkasten-Orgie.

Das Frühstück ist bei uns eine langweilige Angelegenheit. Hubert trinkt nur schwarzen Kaffee und ißt eine dünne Schnitte Schwarzbrot, ein schmerzlicher Anblick für einen Menschen, der gern gut frühstückt wie ich. Er nimmt nicht einmal Zucker in den Kaffee. Das ist eine militärische Angewohnheit, und ich finde, er könnte sie endlich ablegen. Es trübt meine Freude an Honig und Marmelade und frischen Semmeln. Denn am Morgen brauche ich ein bißchen Süßigkeit, besonders an einem vierten Dienstag im Monat, an dem mir die Baronin bevorsteht.

Hubert liest beim Frühstück die Zeitung. Das dürfte keine militärische Unsitte sein, sondern eine allgemein männliche. Jahrelang enthielt er sich dieses Lasters, dem er bei seiner Mutter natürlich nicht frönen durfte. Aber ich bin der Meinung, er soll nur ruhig ein bißchen lasterhaft sein, es kann ihm nur guttun. Außerdem muß ich dann sein frugales Frühstück nicht mitansehen. Dafür, daß ich nichts gegen die Zeitung habe, ist er mir sehr dankbar. Er sagt es nicht, aber ich sehe es an seinen liebevollen, schuldbewußten Blicken. Das Schuldbewußtsein kann man ihm nicht austreiben, zum Teil, weil er zu sehr daran gewöhnt ist, zum Teil, weil er ja wirklich, wie jeder Mensch, Ursache dazu hat. Nur ist sein Gewissen schärfer und unerbittlicher als das der meisten Menschen, und gegen ein Gewissen kann man wirklich nichts tun.

Nach zehn Minuten faltete er die Zeitung zusammen, er ist sehr genau in diesen Dingen, beugte sich über mich, küßte mich auf die Wange, mit seinem kühlen, trockenen Mund, und sagte: »Gegen ein Uhr bin ich wieder da. Laß es dir gutgehen.« – »Auf Wiedersehn«, sagte ich, und »Fahr vorsichtig!« Daraufhin sagte er nichts mehr. Er weiß längst, daß er mich von diesem kindischen Zauberspruch nicht abbringen kann. Ich weiß natürlich, daß ich unter einer Zwangsvorstellung leide, aber dagegen anzukämpfen, ist sinnlose Kraftvergeudung. Man muß wissen, was möglich ist und was nicht. »Fahr vorsichtig« nicht zu sagen, ist nicht möglich. Hubert hört es gar nicht mehr, und schaden kann es ja auf keinen Fall.

Ich griff zur Zeitung und blätterte sie durch. Nichts von Bedeutung stand darin, wenn man sich daran gewöhnt hat, daß dauernd irgendwo Krieg ist, Kinder verhungern und in unserem eigenen friedlichen Land jeden Tag ein paar Menschen in Autowracks verbluten, Männer ihre Frauen und Frauen ihre Männer umbringen. Auch eine Menge Betrunkener und Geisteskranker scheint es zu geben. Dazu kommen noch die vertrauten Naturkatastrophen, irgendwo erfrieren ständig Menschen und anderswo verdursten sie.

Wie freundlich nehmen sich dagegen die Berichte über Diebe und Betrüger aus. Sie sind geradezu ein Labsal. Jedesmal wenn ich die Zeitung lese, spüre ich Wohlwollen für diese Leute, die einem so unblutigen Gewerbe nachgehen und doch nicht viel weniger hart bestraft werden als Mörder und Totschläger.

Geld scheint ungeheuer wichtig zu sein, man darf es nicht antasten, und das ist wirklich sehr sonderbar und unverständlich. Aber was ist für mich nicht sonderbar und unverständlich? Ich legte die Zeitung weg, gar nicht sehr ordentlich gefaltet, und wünschte allen Dieben, besonders den kleinen, viel Glück für diesen Tag.

Dann fing ich an aufzuräumen. Die Butter sah recht bleich aus, und das Kaffeeobers ist sterilisiert. Ich stellte beides in den Eisschrank, und die Vision eines gelben Butterweckens tauchte vor mir auf. Dann sah ich einen Brunnen vor einem Haus, an das ich nicht mehr denken sollte, und aus diesem Brunnen rann klares kaltes Wasser, in dem kein bißchen Chlor ist. Ich schüttelte benommen den Kopf und spürte plötzlich nagenden Hunger und Durst. Dann fiel mir ein, daß ich gerade gefrühstückt hatte, und das sonderbare Gefühl verschwand und verwandelte sich in Trauer. Dazu war es viel zu früh, ich drängte die Trauer zurück, ich versprach ihr, daß sie abends in der Mansarde wiederkommen dürfe, und sie verschwand gehorsam.

Um neun Uhr war ich fertig mit der Wohnung und ging einkaufen. Ich habe nichts gegen Selbstbedienungsläden, weil ich nicht gern mit Verkäufern rede, ich bin einfach zu mundfaul dazu. Beim Fleischhauer mußte ich eine Weile warten und hörte die sonderbarsten Gespräche. In unserer Gegend scheinen viele ältere Leute zu wohnen. Sie sind alle sehr leidend oder haben daheim Kranke liegen. Beim Fleischhauer hört man Dinge wie im Wartezimmer eines Arztes. Trotzdem ließen sich alle Frauen Zeit, und die wenigsten wußten, was sie eigentlich kaufen wollten. Ich bedauerte insgeheim den Fleischburschen, einen riesigen jungen Mann, der mit größter Geduld wartete. Manchmal rollte er die Augen aufwärts, daß man nur das Weiße sah, aber er fluchte kein bißchen und seufzte nur gelegentlich leise. Manche Frauen überlegten sich ihren Kauf sogar noch, wenn das Fleisch schon eingewickelt war, und wollten plötzlich ein ganz anderes Stück. Das brachte uns natürlich nur langsam vorwärts.

Schließlich entfernten sich die Bresthaften fröhlich schwatzend, um irgendwo einen anderen Verkäufer zur Verzweiflung zu treiben. Vielleicht gewinnen sie auf diese Weise dem Leben ein bißchen Spaß ab. Ich hoffe es wenigstens, denn sonst müßte man ja vor Ungeduld zerspringen.

Auf der Straße liegt grauer Schneematsch, nicht viel, nur so, daß man leicht ausrutschen kann und von den Autos bespritzt wird. Die Straße ist hier so breit und ohne Fußgängerübergang, daß ich sie nur mit Unbehagen überquere. Manchmal stehen alte Leute die längste Zeit am Straßenrand und wagen nicht, sich in dieses Abenteuer zu stürzen. Das erinnert mich immer an die großen Treibjagden, bei denen das Wild unbarmherzig vor die Flinte des Jägers getrieben wird. Es ist kaum zu fassen, womit Menschen sich abfinden, aber ich finde mich ja auch damit ab. Diejenigen, die das nicht können, werden ausgemerzt oder finden sich im Unfallkrankenhaus oder in der Nervenklinik wieder. Dort repariert man die ärgsten Schäden, und dann stößt man die Patienten wieder hinaus in die große Treibjagd.

Selbst mein mächtiger Großvater, Stammeshäuptling

einer großen Sippe, wäre hier nur ein lächerlicher alter Bauer und hätte nicht die geringste Chance, davonzukommen. Ich bin sehr froh, daß er von diesen Dingen nichts weiß.

Während ich heimging – ich habe, wie das in Vororten so üblich ist, ungefähr zehn Minuten zur Hauptstraße zu gehen –, war ich plötzlich überzeugt davon, daß ich die Baronin aus meinem Leben tilgen mußte. Sie gehörte ja auch zur Vergangenheit, und da ich schon darangegangen war, die Vergangenheit auszurotten, sollte auch die Baronin diesen Weg gehen. Ich konnte sie nicht im Heizofen verbrennen, es würde genügen, sie einfach nie mehr zu besuchen. Dieser Gedanke stimmte mich munter.

Wer konnte mich zwingen, sie noch länger zu ertragen, nur weil ich einmal bei ihr gewohnt hatte und sie sich im Luftschutzkeller zähneklappernd an mich geklammert hatte? Ich fand, das sei nicht genug gewesen, um zwei Menschen zeitlebens aneinander zu binden, sie war ja nicht die einzige, die mit den Zähnen klapperte, damals taten wir das alle. Auch ich natürlich, besonders bei Nachtangriffen. Aus irgendeinem Grund konnte ich die Sirenen nicht ertragen. Ich fürchtete nur das Geheul über der Stadt, nicht die Bomben. Das war sehr dumm von mir, aber so war es. Die Sirenen hatten mich dann noch weiter verfolgt und meinem Leben eine sehr unerfreuliche Wendung gegeben. Aber das war meine Sache und kein Grund, die Baronin länger zu erdulden.

Damals wäre es leicht gewesen, Schluß zu machen, eine Fünfzigjährige kann man leichter im Stich lassen als eine Siebzigjährige. Aber warum eigentlich? Die Baronin ist alterslos. Mit fünfzig war sie genauso schrecklich wie heute, und mit siebzig ist sie keine Spur schwächer und hilfloser. Der Haß hält sie schön gesund und munter. Sie ist die geborene Totschlägerin. Es wäre gut, wenn sie endlich ihren Totschlag begehen könnte, um dann in Frieden eine alte Frau sein zu können, und wäre es in einer Einzelzelle. Aber sie hat die Gelegenheit versäumt. Derjenige, den sie umbringen wollte, hat sich beizeiten in Sicherheit gebracht. Nicht einmal die Baronin kann ihn dort erreichen, wo er sich jetzt aufhält, in seinem Grab auf dem Zentralfriedhof. Außerdem wäre sie ja nach vollbrachtem Totschlag eine ganz gewöhnliche alte Frau, nein, viel weniger, ein Nichts, und sie ist viel lieber ein aufgeblasener Popanz aus Haß als ein Nichts. Und mit solchen Leuten gebe ich mich ab; ich finde, das spricht nicht für mich.

Ich weiß nicht, wie ich heimgekommen bin. Jedenfalls ertappte ich mich dabei, daß ich im Waschbecken Huberts Socken wusch. Sonderbar, welche Gedanken man im Kopf haben kann, ohne daß sich auch nur das Geringste an der Welt ändert. Der Spiegel über dem Becken war ein wenig angelaufen vom Dunst, und ein paar Tropfen rollten langsam über die silberbeschlagene Fläche. Es sah aus, als weinte ich. Dabei weinte nur der Spiegel, ich weine nämlich nie.

Zuletzt war es mir nach meiner Rückkehr aus Pruschen passiert, in der ersten Nacht mit Hubert. Damals glaubte ich, alles würde gut werden, weil ich wieder weinen konnte. Vielleicht wäre es auch wirklich gut geworden, wenn Hubert mit mir geweint hätte. Aber er ist ja ein Mann, und man hatte ihm schon als kleinem Jungen das Weinen ausgetrieben. Wenn von zwei Leuten nur einer weint, kann nichts Gutes dabei herauskommen, keine wirkliche Erlösung von dem Übel. Deshalb gewöhnte ich mir das Weinen ganz rasch wieder ab. Man glaubt gar nicht, wie leicht man sich das abgewöhnen kann. Man denkt, es ist ja weiter nichts dabei, eines Tages wirst du schon wieder eine Gelegenheit zum Weinen finden, aber wenn dann die Gelegenheit da ist, kann man es nicht mehr.

Nur der Spiegel weinte jetzt für mich; das war ein bißchen unheimlich, und ich senkte den Blick auf das Waschwasser. Ich finde nicht, daß die sogenannten Schmutzarbeiten mich erniedrigen. Irgendwer muß ja schmutzige Socken waschen, es ist durchaus keine Schande, und selbst wenn es eine Schande wäre, würde ich sie schmutzigen Socken vorziehen.

Dumm ist nur, daß ich dabei denken kann. Wenn ich male oder zeichne, denke ich nicht oder nur zur Sache. Wie bringe ich es fertig, einen Vogel zu zeichnen, der nicht das einzige Wesen auf dieser Welt ist? Dieser Gedanke ist zwar nur für mich allein wichtig, aber es ist ein Gedanke, für den ich mich nicht schämen muß, ein schöner, geradliniger Gedanke, der alles übrige ausschließt. Socken waschen und gleichzeitig mit hundert Dingen hadern ist hingegen ein gespaltenes Verhalten und macht mich fahrig und nervös.

Überhaupt müßte es gut sein, einmal nicht denken zu müssen, nichts zu sein als ein Körper im Raum, der sich ganz leicht und sicher bewegt. Zu wissen, daß die Zeit eine Einbildung ist und nichts mich zur Eile drängt. Ich möchte einmal wirklich schauen dürfen und die Dinge so sehen, wie sie sich uns nie zeigen. Deshalb gehe ich so gern schlafen, denn in den Augenblicken des Übergangs gibt es nur Bilder, keine Zeit und keinen Gedanken, nur Bilder und dann das Erlöschen und Von-gar-nichts-Wissen. Ich schlafe meist auf dem Bauch liegend ein, was angeblich ein Zeichen für einen unguten, egozentrischen Charakter ist. Vielleicht bin ich das wirklich, aber es ist ein großes Glück, auf dem Bauch liegen zu dürfen und der Welt die Hinterseite zuzukehren, wenigstens für ein paar Stunden.

Heute, das wußte ich schon jetzt, würde ich nicht so leicht einschlafen können, nicht wegen der Mansardengedanken, die nehme ich nicht mit ins Bett, nur wegen der Baronin. Sie ist kein Schlafmittel, wenn sie mich auch sehr erschöpft. Andererseits war es ganz gut, daß sie mich heute ablenken würde von jenen unterirdischen Gedanken und Ängsten, die sich unaufhörlich in mein Bewußtsein drängten und nicht in der Mansarde eingesperrt bleiben wollten. Die Baronin war wenigstens ein Schrecken, an den ich mich gewöhnt hatte. Besser jeder alte Schrecken als das Neue, Unbekannte.

Hubert weiß fast nichts über die Baronin, er hält sie für eine harmlose alte Bekannte, die ich aus karitativen Gründen aufsuche. Wenn er auch wüßte, daß das nicht stimmt, würde er sich nie dazu äußern. Er ist ein vernünftiger Mann, das heißt, er möchte brennend gern vernünftig sein. Vernunft erscheint ihm das Erstrebenswerteste auf der Welt, er kann sich nichts Besseres vorstellen, vielleicht, weil er im Grunde ganz unvernünftig ist und nicht wagt, es zuzugeben. Ich kann mir nicht vorstellen, daß ein wirklich vernünftiger Mensch gerade mich geheiratet hätte. Vier Jahre lang wagte er ja sogar, unvernünftig zu sein, und damals war er das liebenswerteste Geschöpf, das ich mir vorstellen konnte. Ich frage mich, ob er sich daran erinnert. Wahrscheinlich nicht oder nicht sehr gut, denn alles, was wir damals taten, muß ihm heute als reiner Wahnsinn erscheinen. Nein, bestimmt hat er beschlossen, es zu vergessen, so wie auch ich beschlossen habe, einiges aus meinem Leben, sehr viel sogar, zu vergessen. Und das kann man, wenn man sich lange genug darum bemüht.

Während ich die Socken schwemmte, merkte ich, daß ich auf Hubert sehr böse war. Das geschieht noch immer, ohne daß ich es will. Es ist so ungerecht von mir. Hubert mußte doch wirklich eine Existenz aufbauen. Wo wären wir ohne seinen Fleiß heute? Er tat genau das, was damals notwendig und unvermeidlich war. Aber es hätte mich auch umbringen können. Das wäre nicht schade um mich gewesen. Hubert hätte wieder geheiratet, eine richtige, erwachsene Frau, kein erschrockenes Kind, Ferdinand hätte eine vernünftige Mutter bekommen, und Ilse wäre nie geboren worden. Nein, Ilse gäbe es nicht, und das kann ich mir schwer vorstellen.

Sie ist so wirklich und lebendig wie Milch und Blut und mit den Augen meiner Mutter.

Augen könnte ich stundenlang ansehen. Man darf es nur nicht, weil es ihre Besitzer irritiert. Mein Großvater hatte wirklich ganz blaue Augen, nicht vom verwaschenen Himmelblau gewisser verdächtiger Gesellen, ein ruhiges, dunkles Blau, das später heller und durchsichtig wurde und sich in den letzten Wochen seines Lebens mit einem weißlichen Häutchen überzog wie bei einem todkranken Tier, das sterben muß. Meine Augen sind grünblau, immer noch eine Spur vom wirklichen Blau, aber auch das hungrige Grün, Augen, die alles auffressen wollen, was sie sehen.

Wenn ich sage, Ilse habe die Augen meiner Mutter, stimmt das nicht ganz, es ist ein bißchen Grau von Huberts Augen dabei, eine sehr verläßliche Farbe. Ilse würde nie einen kranken, hübschen Mann heiraten und seine Dienerin sein wollen. Ilse bestimmt nicht, deshalb muß ich mir um sie auch keine Sorgen machen.

Und Ferdinand hat besondere Augen, dunkel und fremd und aus einer ganz anderen Welt als der unseren. In solchen Augen kann man nicht lesen, deshalb macht er mich ein bißchen unsicher.

Aber das alles ist Unsinn. Augen sind dazu da, daß man mit ihnen sehen kann. Wahrscheinlich zerbricht sich außer mir kein Mensch den Kopf über ihre Farben.

Manchmal ist diese Eigenschaft sehr quälend, denn ich kann ja nicht wildfremde Leute ansprechen und sie bitten, mich ganz lang in ihre Augen schauen zu lassen. Man darf ja überhaupt nicht tun, was man gern tun möchte. Warum eigentlich nicht? Ich wäre nicht erstaunt oder böse, wenn einer meine Augen sehen wollte. Aber es ist nicht üblich, so zu handeln, und danach muß man sich richten. Es gibt gewisse Regeln, nach denen man zu leben hat, und das macht das Leben farblos und trüb.

Ich richtete mich auf und strich mir das Haar aus der Stirn.

Der Spiegel war tränenüberströmt, und ich riß das Fenster weit auf, damit er endlich aufhören durfte zu weinen. Nein, gleichgültig kann es nicht sein, welche Farbe ein Ding hat. Es hat etwas zu bedeuten, ich dachte an die blauen Federn des Nußhähers und an das graugelbe Gefieder der Stare und an das Schillern, wenn die Sonne darauf fällt. Das muß doch etwas ganz Bestimmtes bedeuten. Nur komme ich nie dahinter.

Ein Star war es ja auch gewesen, der mir fast gelungen wäre. Man sagt, Stare können miteinander reden wie Menschen. Mein Star sah aus, als lausche er auf eine Starenrede aus dem Nachbargarten. Dieser Vogel hätte nicht verlorengehen dürfen. Er war ein Anfang gewesen, etwas, was mir nie wieder gelang. Viel wichtigere Dinge sind damals verlorengegangen, aber für mich war der Star wichtig, ich war glücklich über ihn.

Ich hängte die Socken auf die Leine in der Veranda und ging in die Küche. Es gelang mir endlich, die ungebührlichen Mansardengedanken zurückzudrängen und nur mehr an das Mittagessen zu denken. Es war auch die höchste Zeit, ich hatte mich heute sehr undiszipliniert benommen.

Gerade als ich den Spinat auftaute, kam mir ein Gedanke, der mich für eine Sekunde erstarren ließ. Ich rannte ans Gartentor und schloß den Briefkasten auf. Nichts lag darin als ein dickes gelbes Kuvert. Natürlich hatte ich es die ganze Zeit über gewußt und absichtlich nicht in den Kasten geschaut. Diesmal erschrak ich nicht. Es war keine Überraschung mehr, beinahe schon etwas Vertrautes. Ich ging in die Mansarde und legte das Ding in die Schublade. Vielleicht würde es in Zukunft ganz normal sein, jeden Tag ein gelbes Kuvert zu bekommen. Ich hielt mich keine Minute auf und kehrte zu meinem Spinat zurück. Beinahe war ich erleichtert. Die Dinge nahmen einen normalen Verlauf. Der Spinat war weich genug, und ich fing an, die Butter zu zerlassen.

Um ein Uhr kam Hubert heim. Er hat gar nichts zu tun mit dem gelben Kuvert, nicht dieser Hubert, und einen anderen gibt es ja nicht mehr, genauso wie es die fremde junge Frau nicht mehr gibt, die diese Zeilen in ein Heft geschrieben hatte. Ich durfte mich nur nicht verwirren lassen, das alles hatte mit uns nichts mehr zu tun.

Hubert sah müde aus. Er arbeitet vielleicht zu viel. Das Haus verschlingt eine Menge Geld. Es ist alt und muß dauernd irgendwo repariert werden. Im Grunde frißt uns das Haus auf. Wir haben keine kostspieligen Gewohnheiten. Ilse braucht nicht mehr als andere junge Mädchen auch, und Ferdinand bekommt nur noch gelegentlich ein größeres Geschenk an Festtagen. Hubert würde gern noch mehr arbeiten, wenn Ferdinand bei uns geblieben wäre. Er leidet darunter, daß man ihm eine Funktion entzogen hat. Nur ich bin froh darüber. Ferdinand soll frei sein, so frei ein Mensch eben sein kann, geradeso, daß er nicht dauernd seine Ketten spürt. Das ist schon sehr viel.

Wo also bleibt das Geld? Es schmilzt dahin, und man weiß nicht wie. Hubert führt Buch, ich frage ihn nie, wo alles hinkommt. Es ist ja sein Geld und sein Haus, und er muß wissen, was er tut. Wenn er wollte, könnte er ja mit mir darüber reden, aber offenbar will er das nicht. Wir machen einmal im Jahr eine Reise, Hubert hat eine Schwäche für Kunstbücher, und dafür muß es doch reichen. Wir treiben keinen Aufwand. Da ist natürlich das Auto, aber das müssen wir haben. Dazu kommt freilich, daß Hubert nicht geschickt ist. Er hat hübsche braune Hände mit mageren Fingern, aber diese Hände können kaum einen Nagel einschlagen. Wir sind den Handwerkern ausgeliefert. Irgend etwas ist da nicht in Ordnung, aber ich habe das Gefühl, ich sollte die Augen schließen und die Finger davon lassen. Nichts darf geschehen, was Hubert ein Gefühl der Minderwertigkeit geben könnte. Er will ein Hausvater sein, so muß man ihm diese Freude lassen. Ich glaube, er will das Haus für Ilse erhalten. Er findet es ungerecht, daß die Hofrätin ihr ganzes Geld Ferdinand hinterlassen hat und Ilse keinen Groschen. Ich bin nicht seiner Meinung. Das war ganz in Ordnung so. Wenn es einen Menschen gibt, der für die alte Frau eine Freude war, so war es Ferdinand. Außerdem hat er ihr zwei glückliche Jahre geschenkt. Das ist nicht mit Geld zu bezahlen.

Hubert setzte sich an den Tisch, und wir aßen schweigend und ein wenig geistesabwesend. Die Stimmung war aber durchaus freundlich, nur waren wir eben beide nicht ganz da, besonders Hubert nicht. Nur sein Körper saß am Tisch, um die lebenswichtige Nahrung aufzunehmen. Das könnte er natürlich auch in einem Gasthaus tun, aber Hubert kommt nach Hause, so oft es ihm möglich ist, weil er lieber schweigend bei mir sitzt als anderswo. Man könnte es als Liebeserklärung betrachten.

Nach dem Essen legte er sich zwanzig Minuten hin. Genau zwanzig Minuten, in denen er tief schläft. Dann erschien er wieder, hellwach und nicht mehr so müde aussehend wie zuvor. Wir tranken Kaffee und rauchten eine Zigarette, und jetzt erzählte er mir, daß er den und jenen getroffen hatte, Leute, die ich gar nicht kenne, und ich tat so, als interessiere mich das. Vielleicht interessierte es mich auch wirklich, schließlich ist alles, was man hört, irgendwie interessant.

Gleich darauf war er schon wieder im Aufbruch begriffen. Ich glaube, er liebt seine Arbeit sogar, weil sie ihn davon abhält, über Dinge nachzudenken, über die er nicht nachdenken will. Hubert, der früher gesundheitlich etwas anfällig war und oft unter Husten und Schnupfen litt, hat diese Schwäche mit der Zeit ganz verloren. Es scheint mir damit zusammenzuhängen, daß er überhaupt ein bißchen ausgetrocknet wirkt. Es reicht nicht mehr für einen Schnupfen, der Feuchtigkeit und Zerfließen bedeutet. Manchmal plagt ihn ein flüchtiger Rheumatismus, und vielleicht spürt er auch sein Herz gelegentlich. Er sagt es

mir nicht, aber manchmal sieht er aus, als horche er gespannt in sich hinein, auf etwas, was sich da drinnen irre-
gulär benimmt. Wenn ich ihn frage, wird er ärgerlich, und
deshalb habe ich aufgehört zu fragen. Ununterbrochen
muß er sich und der Welt beweisen, daß er genauso gesund und tüchtig und robust ist, wie seiner Meinung nach
ein Mann sein sollte. Wäre er das je gewesen, hätte ich ihn
nie geheiratet. Das darf er aber nicht erfahren. Er will ein
Held sein und weiß nicht, daß diese Anstrengung ganz
überflüssig ist.

Ich lernte Hubert auf einer kleinen Feier kennen. Ein
Mensch namens Kranawettreiser hatte promoviert; und
nur weil ich mir unter diesem Namen weiß Gott was vorstellte, ging ich hin. Kranawettreiser war aber ein ganz
gewöhnlicher junger Mann, der schon betrunken war, als
wir eintrafen. Ich war mit seiner Braut befreundet, und sie
hatte mich mitgenommen. Da er unmäßig lang studiert
hatte, war die Freude über die Promotion besonders groß.
Es waren sieben oder acht Leute dort, Studenten und
junge Mädchen. Kranawettreiser war der älteste unter ihnen, er hatte nur so lange studieren können, weil er irgendein Leiden hatte, das ihn militäruntauglich machte.
Um dieses Leiden wurde er allgemein beneidet.

Im Hintergrund saß einer und wechselte die Grammo-
phonplatten. Das war Hubert. Er war ziemlich nüchtern
und schien sich unter den Betrunkenen zu langweilen.
Wir hatten also sofort etwas gemeinsam. Hinter den
Rauchschwaden sah sein Gesicht ein wenig verloren und
hochmütig aus. Ich muß einen sehr unglücklichen Eindruck auf ihn gemacht haben, denn plötzlich kam er hinter den Rauchschwaden hervor und fragte mich, ob wir
nicht ein bißchen an die Luft gehen sollten. Dann stellte er
sich mir ganz korrekt vor, und das schien mir in dieser
Umgebung recht komisch. Ich war sofort einverstanden,
an die Luft zu gehen, wenn es auch mitten im Jänner war.
Sogar Schnee und Kälte fand ich verlockend im Vergleich

zu der Luft in diesem viel zu kleinen Zimmer. Niemand bemerkte, daß wir weggingen, und wenn es einer bemerkt hätte, wäre es mir ganz egal gewesen. Ich legte damals keinen Wert auf einen besonders guten Ruf und tat alles, was mir gefiel, nur daß mir das, was ich tat, nicht wirklich gefiel. Das war der Haken bei der Sache. Ich wollte mich nicht von den anderen jungen Leuten unterscheiden und um keinen Preis als altmodisch und prüde gelten. Tief in mir steckte aber noch immer das Entsetzen eines braven Landmädchens vor der Verworfenheit der Großstadt. Ich wollte es nur nicht wahrhaben. Vielleicht ist das der Grund dafür, daß ich fast alles aus dieser Zeit vergessen habe, so als hätte es mich nicht wirklich betroffen.

Ich ging also mit Hubert Luft schöpfen, in der Annahme, wir würden in seiner Studentenbude landen. Ich hoffte, es würde mir gelingen, mich letzten Endes aus dieser Lage irgendwie herausreden zu können, denn ich war müde, und mir war nicht danach zumute. Ich war deprimiert, weil Winter war und weil ich Betrunkene nicht ausstehen konnte.

Es zeigte sich aber, daß Hubert wirklich nichts anderes im Sinn hatte, als Luft zu schöpfen und spazierenzugehen.

Wir gingen über den Graben und hielten uns an den Händen, und Hubert erzählte mir, daß er nur vierzehn Tage Urlaub habe und wieder zu seinem Regiment zurück müsse. Er war in Uniform, und wir ärgerten uns jedesmal, wenn ein Offizier vorüberkam und Hubert salutieren und dabei meine Hand loslassen mußte.

Wir redeten wirklich miteinander, nicht nur so nach den üblichen Spielregeln, sondern ganz ohne Hintergedanken und Vorbehalte, wie vielleicht zwei Kinder miteinander reden, die sich auf dem Spielplatz kennengelernt haben.

Es war ein wunderbares Gefühl, plötzlich nicht mehr

allein zu sein, zum erstenmal seit ich in diese Stadt gekommen war. Erst jetzt merkte ich, wie allein ich gewesen war in diesen Jahren. Der Schnee sank lautlos nieder auf den Kragen seines Uniformmantels und auf meinen kleinen Pelzkragen, und die Luft roch beinahe wie daheim. Hubert begleitete mich in die Lerchenfelderstraße, wo ich damals wohnte, eine Straße, an der nichts schön ist als ihr Name. Das war ein weiter Weg, aber ich war daran gewöhnt, weite Strecken zu Fuß zurückzulegen, und immer noch hielten wir uns an den Händen, und der Schnee fiel immer dichter.

Vor der Haustür küßte er mich, eher freundschaftlich, und ich legte meine Wange an die seine, und sein Gesicht war so kalt wie meines. Ich hatte immer schon eine Schwäche für schöne Gesichter, und ich fand Huberts Gesicht im Schein der schwachen Lampe schön, und ich wünschte mir, es zeichnen zu können. Aber das war nicht das Wesentliche, wichtig war nur, daß wir so miteinander geredet hatten. Hubert wußte jetzt mehr über mich als irgendein anderer Mensch, denn alle Leute, die mich wirklich gekannt hatten, waren ja längst tot.

Deshalb, so bildete ich mir ein, gehörte ich jetzt zu ihm. Ich weiß nicht, wie er darüber dachte, jedenfalls trafen wir uns täglich, bis er wieder weg mußte.

Gleich nach Kriegsende heirateten wir, und obgleich wir uns in der Zwischenzeit wenig gesehen hatten, war es, als hätten wir einander immer gekannt. Alles ging ganz einfach, und wir waren glücklich und konnten uns gar nicht vorstellen, daß wir früher ohne einander ausgekommen waren. Und wäre Hubert eine Waise gewesen wie ich, hätte sich daran nichts ändern müssen. Oder doch, ich weiß es nicht, sicher aber nicht so bald und so unwiderruflich.

Heute erscheinen mir dieser Spaziergang über den Graben, das Schneetreiben und die Kälte wie eine sehr alte Legende. Eine schöne Geschichte, die vielleicht gar nicht wahr ist. Wir waren dafür geschaffen, einander im Winter kennenzulernen, langsam aufzutauen und endlich wieder zu erstarren. Das alles war uns angemessen.

Wenn es auch nur eine Legende ist, besaß sie, wie alle Legenden, sehr viel Kraft und half uns später, aus den Trümmern unserer untergegangenen Welt wieder ein kleines Haus zu bauen, überall gekittet, die Sprünge mit Werg verstopft, daß man nicht hören kann, wie draußen der Wind heult. Ein bißchen hört man es natürlich doch, aber nicht sehr laut. Das ist nicht weiter schlimm und nicht tödlicher als irgendein anderes Leben, aber viel angenehmer.

Schon war also Hubert wieder weg und mein geflüstertes »Fahr vorsichtig« ungestört verhallt. Ich sah ihm vom Fenster aus zu, wie er in den Wagen stieg. Plötzlich blickte er zurück und hob die Hand, das ist seine melancholische Art zu winken. Sein Gesicht sah jetzt wieder jung aus, es war noch immer wert, gezeichnet zu werden. Ich bin ja etwas kurzsichtig, und so winkte ich entzückt dem jungen Hubert aus der Legende zurück. Es war sehr sonderbar und so, als faßte eine fremde Hand in mein Gehirn und risse meinen Kopf zurück. Es tat nicht weh, machte mir aber angst, weil es ein rein körperliches Empfinden war, und das nicht zum erstenmal. Ich nehme an, es hat etwas mit dem Blutkreislauf zu tun, hat also ganz natürliche Ursachen.

Ich möchte nur wissen, warum es uns beruhigt, wenn alles Böse, Dumme und Schmerzliche, das geschieht, natürliche Ursachen hat. Was ist daran so erfreulich? Ein freundliches Gespenst ängstigt uns mehr als ein widerlicher Mensch, und das ist nicht ganz zu verstehen. Dieses Verlangen nach natürlichen Ursachen muß unserer menschlichen Erddummheit entspringen. Wenn wir sie ablegen könnten, wäre mit einem Schlag alles möglich. Es ist nicht auszudenken, wie eng und armselig wir die Welt gemacht haben.

Huberts Lächeln, das Lächeln seines jugendlichen Schemens, hatte mich ein wenig aufgeheitert, selbst wenn es mir nur meine kurzsichtigen Augen vorgegaukelt hatten. Vielleicht würde ich jetzt die Baronin leichter aushalten können.

Ich zog mich um. Meine Strümpfe hatten schon wieder Laufmaschen, das kommt davon, daß meine Hände ein wenig rauh sind von der Hausarbeit, aber rauhe Hände mag ich lieber als glatte Gummihandschuhe. Ich zog also neue Strümpfe an und ein altes graues Kostüm und darüber meinen ältesten Mantel, den ich sonst nur bei Begräbnissen trage. Er ist nämlich mein einziger schwarzer Mantel, und ich verabscheue alles, was schwarz ist. Das alles tat ich, um ja nicht zu jung und farbig auszusehen, ich legte auch nur ganz wenig Lippenstift auf. Je besser ich nämlich aussehe, desto aufgebrachter wird die Baronin, sie kann gutaussehende Leute einfach nicht ertragen.

Ich ging zur Straßenbahnhaltestelle, genau acht Minuten, eine gesunde kleine Übung, zumindest rede ich mir täglich ein, daß sie gesund ist. Das Wetter hatte sich gebessert, und der Schneematsch war zerronnen, die Luft war sehr feucht, mit einer Ahnung von Wärme darin. Graue Wolken flogen über den Himmel, bestimmt würde es bald regnen.

Ich mußte zweimal umsteigen und bemühte mich, aufmerksam zu sein und mich nicht in Gedanken zu verlieren. Die Straßenbahn war überfüllt. Ich spürte weder Zuneigung noch Abneigung gegen meine Mitfahrer. Es roch nach nasser Schafwolle und leider auch nach Tabak, Knoblauch und Mottenkugeln. Aber das durfte mich nicht ablenken. Ich war schon zweimal eine Haltestelle zu weit gefahren und hatte zurückgehen müssen, das wollte ich heute vermeiden. Es gelang mir auch, rechtzeitig in der Lerchenfelderstraße auszusteigen, in jener Straße, an der nur der Name schön ist. Ich kam an einem Blumengeschäft vorüber, sah Rosen, Veilchen und Nelken und verwarf sofort den Gedanken, sie zu kaufen. Ich mag Blumen und kann nicht sehen, daß man sie in eine Vase stopft und ihnen nie wieder frisches Wasser gibt, wie die Baronin das tut. Vielleicht würde ein anderer Mensch vorbeikommen und sie besser behandeln. Vor Jahren hatte ich einmal den Fehler begangen, der Baronin einen Wellensittich zu kaufen. Er war nach einer Woche an rätselhaften Symptomen eingegangen. Mörderischen Personen darf man eben weder Blumen noch Tiere schenken. So kaufte ich eine Schachtel Bonbons und ging mit gutem Gewissen weiter. Bonbons kann man zerbeißen, und das war genau das Richtige für die Baronin.

Es gab einen Lift im Haus, einem großen Haus aus der Jahrhundertwende, aber ich benütze Lifts ungern, bis zum dritten Stock gehe ich jedenfalls immer zu Fuß. Natürlich war ich ein bißchen außer Atem und wartete ein paar Minuten, ehe ich auf die Klingel drückte. Ich wollte der Baronin nicht geschwächt in die Hände fallen, überhaupt wollte ich ihr nicht in die Hände fallen und wäre am liebsten umgekehrt und davongerannt. Aber da erhob sich hinter der Tür etwas wie ein Orkan, ein Rauschen und Brausen und Trampeln. Die Baronin mußte schon auf mich gewartet haben. Sie riß die Tür auf, zerrte mich hinein und schleuderte mich, meine Schultern umklammernd, gegen ihren Busen. Dieser Busen ist etwas sehr Rätselhaftes und Unheimliches. Er ist nicht weich, wie ein Busen sein sollte, sondern steinhart, und er knisterte, als wäre er mit Sägespänen gefüllt. Dabei ist er echt. Die Baronin trägt tiefausgeschnittene Kleider, und ich habe notgedrungen soviel von ihrem Busen gesehen, um zu wissen, daß er echt ist. Trotzdem fühlt er sich nicht menschlich an. Darüber habe ich oft und ergebnislos nachgedacht.

Nachdem sie mich eine Weile in eiserner Umklammerung gehalten und mich wiederholt auf den Mund geküßt hatte, gelang es mir, den Kopf so weit zu drehen, daß sie beim nächsten Kuß meine Wange erwischen mußte. Sie ist der einzige Mensch, der mich auf den Mund küßt, und einmal hat sie mir dabei vom oberen linken Schneidezahn einen kleinen Splitter abgebrochen. Ich fand, dies ginge zu weit. Seither schließe ich fest den Mund und versuche durch die Nase zu atmen, was nicht leicht ist, weil die Nase von irgendwelchen Teilen der Baronin gequetscht wird.

Seit Jahren frage ich mich, was diese Begrüßung bedeuten soll. Ich kann es mir nur so erklären, daß sich alle Gier der Baronin in diesem Augenblick entlädt. Ich bin dann gar nicht ich, sondern die ganze Welt, die sich ihr mit eherner Konsequenz verweigert. Ich roch Lavendel, Puder und den metallischen Körpergeruch der Baronin. Sie entriß mir den Mantel und trieb mich mit großen Handbewegungen ins Wohnzimmer, genau wie man Hühner in den Stall scheucht. In ihrem altdeutschen Wohnzimmer hat sich, seit ich es kenne, nichts geändert, ein schrecklicher Raum, der genau zu seiner Besitzerin paßt. Es gibt dort keine einzige Sitzgelegenheit, auf der man sitzen kann, ohne die peinlichsten Zustände zu bekommen. Mir schlafen immer die Füße ein auf diesen Sesseln, später bekomme ich Kreuzweh und noch später ein Ziehen in den Schultern, und dann fangen meine Sitzknochen an, sich unerbittlich durch mein Fleisch zu bohren. Dann weiß ich, daß ich sofort heimgehen muß, denn der Schmerz ist nicht lange auszuhalten. Die Baronin ist natürlich besser gepolstert als ich, aber wie sie es aushält, verstehe ich trotzdem nicht.

Jetzt hatten wir uns also niedergelassen, und die Qual konnte beginnen. Die Baronin hatte die Hände auf den Tisch gelegt und die Finger gespreizt. Ihre Hände sind weder runzlig noch gefleckt, sondern dick und glatt und an den Fingerspitzen abgestumpft und sehr breit. Die Baronin muß vier- oder fünfundsiebzig sein, aber sie sieht viel jünger aus, nicht eigentlich jünger, nur so, als habe ein

Künstler seines Fachs sie mit fünfzig einbalsamiert. So-lange ich sie kenne, ungefähr siebenundzwanzig Jahre müssen es sein, hat sie sich kaum verändert, sie ist gar nicht verfallen oder zerbrechlich, einfach zum Fürch-ten.

Übrigens ist sie keine wirkliche Baronin, nur ein sehr rei-ches Großbürgermädchen, das einen Baron geheiratet hat. In jedem ihrer Zimmer hängt ein großes Ölbild, das sie in verschiedenen Stadien zeigt, einmal als junges Mäd-chen, dann als junge Frau und schließlich als Witwe. Angeblich war sie einmal eine Schönheit, aber auf den Bildern sieht sie immer gleich aus, wie eine Menschen-fresserin. Man möchte sie mit einer großen Kohlenzange weit von sich wegschieben, vielleicht wäre sie dann leich-ter zu ertragen.

»Und wie geht es dir, Tante Lilly?« sagte ich. Das sage ich jedesmal, es ist ein Stichwort. Daraufhin muß ich längere Zeit gar nichts sagen und brauche nur aufmerksam in das große, rosagepuderte Gesicht zu starren. Eine Minute später waren wir schon dort angelangt, wo jedes Ge-spräch mit ihr anlangt, nämlich beim verstorbenen Baron. Ich bemühte mich, nichts zu hören, aber so auszu-sehen, als hörte ich jedes Wort. Der Baron ist schon vier-zig Jahre tot, aber sie will ihm nicht gestatten, tot zu sein, denn der Haß auf ihn erhält sie schön, gesund und vital. Nachdem ich so viele Jahre über ihn nur das Widerlichste gehört habe, mache ich mir ein deutliches Bild von ihm: ein kranker, unglücklicher Mann, der sich für viel Geld verkauft hat. Ich sehe ihn, wachsgelb und mit zitternden Händen, in seinem Zimmer sitzen, die schwarzen Augen auf die Schreibtischlade gerichtet, in der seine einzige Hoffnung liegt, sein Armeerevolver. Und Tag und Nacht das Geschrei einer Frau in den Ohren, die er nur einmal, in betrunkenem Zustand, in der Hochzeitsnacht, angerührt hat. Angeblich soll er später immerzu Weiber ausgehalten haben, aber ich glaube es nicht, seine Lebemannslaufbahn muß bestimmt in jener Nacht ihr Ende gefunden haben. Und dann, endlich, der Griff in die Schublade. Ich habe eine gewisse Schwäche für den Baron, besonders gefällt es mir, daß er mit seiner Frau kein Kind gezeugt hat. Das war ein schöner Zug von ihm, wenn ich auch zugebe, es war ein kleiner Betrug dabei. Das viele Geld einstecken und dann nicht einmal Kinder zeugen, ist ja nicht sehr ehrenhaft, wenn auch vernünftig. Alles in allem kein erfreulicher Lebensweg. Für den Spaß, den er als junger Mann hatte, mußte er zu teuer bezahlen. Ein leichtsinniger Mensch, nicht sehr gescheit, vielleicht ein Feigling. Die Zeit und der Haß haben ihn aufgebläht zu einem Dämon, der er nie gewesen sein kann. Überhaupt ist das alles ein Dreigroschenroman und so unwirklich und unmenschlich wie der Sägespänebusen der Baronin.

Ich frage mich manchmal, wie ich es hier jemals aushalten konnte. Aber damals erschien mir das kleine Untermietzimmer, ehedem für das Dienstmädchen bestimmt, als ein Segen vom Himmel. Ich durfte sogar das Bad benützen und die Küche, und schon nach einer Woche durfte ich die Baronin Tante Lilly nennen. Dann fingen ihre furchtbaren Erzählungen an, das Geschrei und Getobe, und ich fing an, mich vor ihr zu fürchten. Und doch, einmal, in einem eisigen Kriegswinter, als ich die Grippe hatte, pflegte sie mich, gab mir Aspirin ein und wickelte mich in ein feuchtes Leintuch. Sie tat es mit großer Brutalität, aber anders kann sie ja nichts tun, und ich wurde schnell wieder gesund, vielleicht schon aus Angst vor einem zweiten Wikkel. Damals, das darf man nicht vergessen, hielt sie sogar stundenweise den Mund und ließ mich schlafen. Deshalb hielt ich sie lange Zeit für einen Menschen. Später klammerte sie sich dann im Luftschutzkeller an mich und klapperte mit den Zähnen, und sie schrie nicht, dort unten, wo es nach Angstschweiß und alten Kartoffeln roch, sie wimmerte. Dieses Gewimmer beeindruckte mich mehr als der ganze Luftangriff. Gewiß, es war keine Schande, zu wim-

80

mern und mich zu umklammern, aber beinahe hätte sie mir die Rippen dabei gebrochen. Es war eben überhaupt eine arge Zeit.

Einmal schrieb sie mir sogar nach Pruschen, irgendwie mußte sie Hubert die Adresse entrissen haben. Sie schrieb: »Sei tapfer, mein unglückliches Kind. An allem sind die Männer schuld, ich hoffe, Du siehst das endlich ein.« Und dann folgte eine lange Epistel über die Scheußlichkeiten des Barons. Ich antwortete nicht, und daraufhin schrieb auch sie nicht mehr. Ein Mensch, der nicht antwortet, hört auf zu existieren, zumindest für die Baronin. Später, als ich wieder zurück war, traf sie mich auf der Straße und schleppte mich zu sich. Es war für sie ein Freudentag, und seither besuche ich sie jeden vierten Dienstag im Monat. Ich muß wirklich nicht ganz normal sein.

Niemals erwähnt die Baronin meinen Mann. Das ist sehr klug von ihr, denn sie könnte es nicht über sich bringen, ein freundliches Wort über ihn zu verlieren, da er für sie eine Miniaturausgabe des Barons ist; und weil sie mich um keinen Preis verlieren will, hält sie darüber lieber den Mund. Ich bin ein Ding, das an ihrem Tisch sitzt und sich ihren Unrat aufladen läßt, mehr nicht. Alles was es auf der Welt gibt, existiert ja nur in bezug auf sie, also ist ihre Welt winzig klein.

Sie schlug mit der Faust auf den Tisch, und die Teetassen klirrten laut. Hatte ich nicht hingehört? Natürlich nicht. »Ein Schweinehund war er«, schrie sie, »sonst nichts«, und starrte mich an. Es ist sehr merkwürdig, daß ihre Augen, kleine kreisrunde gelbe Augen, nichts von der Wut ausdrücken, die ihren Körper schüttelt. Ich habe nie so ausdruckslose Augen gesehen. »Reg dich nicht so auf, Tante Lilly«, sagte ich; »er ist ja längst tot und verdient es auch nicht.« Das war eine widerwärtige Schmeichelei, aber wer würde neben ihr nicht widerwärtig? Ich bin kein Held. »Ich werde es ihm heimzahlen«, schrie sie, mich immerzu aus diesen gelben Augen anstarrend, die gar nichts sehen konnten. Dann weinte sie. Nicht aus Kummer, aus Haß. Doch wo hört der Haß auf, und wo fängt der Kummer an? Sie hatte mir einen Wickel gemacht und Aspirin gegeben und war vielleicht doch ein Mensch. »Er war so schön«, sagte sie, »ein so vornehmer Mann.« Sie flüsterte beinahe, und eine Gänsehaut überlief mich. Ich habe es lieber, wenn sie schreit. Ich hatte Angst. Sie mußte doch längst wissen, wie ich über sie denke. Eines Tages würde sie vielleicht die Lust anwandeln, mich mit der gußeisernen Stehlampe zu erschlagen. Aber das kann sie sich wohl nicht leisten, denn dann wäre ich tot, und sie müßte mit sich selber schreien.

Jetzt verlor sie sich in Erinnerungen an ungeheure erotische Erfolge, eine Racheaktion gegen die Gleichgültigkeit des Barons, er sollte sich bloß nicht einbilden, sie wäre ihm treu gewesen. Ich glaubte ihr kein Wort. So mutig sind Männer einfach nicht. Wenn ich sie frage, wo alle diese Männer hingekommen sind, versagt ihre Phantasie. Einige mögen ja gestorben oder ausgewandert sein, aber doch nicht ein ganzes Regiment von Männern. Während ich hier wohnte, kam außer einem Handwerker nie ein Mann in die Wohnung. Damals hoffte ich sehr, es würde sich ein Mann für sie finden, vielleicht ein deutscher Offizier, der ihren Ruf nicht kannte, aber vergeblich.

Ich saß ganz still und wunderte mich, daß ich nicht aufsprang und weglief oder hellauf lachte und den ganzen Spuk verscheuchte. Vorsichtig sah ich nach der Wanduhr. Noch eine Stunde mußte ich durchhalten. Langsam verwandelten sich die Erzählungen für mich in Meeresbrausen und ein gelegentliches Aufbrüllen der Brandung.

Ich versuchte, in die Mansarde zu flüchten und im Geist einen Vogel zu zeichnen. Meine Finger zuckten ein bißchen, als führten sie einen Zeichenstift, und ich fühlte mich sicher und abgeschirmt. Beinahe war ich glücklich, aber da brüllte die Brandung: »Was sagst du dazu? Er hat nicht einmal einen Abschiedsbrief hinterlassen.« Mein

Mund sagte: »Er war vielleicht zu unglücklich, Tante Lilly, unglückliche Leute schreiben keine Briefe.« – »Unsinn«, schrie sie. »Er war nicht unglücklich, er hat es aus Gemeinheit getan, aus purer Gemeinheit. Versuch ja nicht, ihn zu verteidigen, er war einfach ein Schweinehund.« Kalte Drohung lag in ihrer Stimme, und ich bat den toten Baron insgeheim um Vergebung und sagte: »Du hast schon recht, er war ein Schweinehund.«

Meine Füße waren längst eingeschlafen, mein Kreuz tat weh, und jetzt fingen die Sitzknochen an, sich durch mein Fleisch zu bohren. Ich war so geschlagen, daß ich nichts mehr sagen konnte. Dann hörte ich mich zu meinem Entsetzen leise lachen. Ich war offenbar im Begriff, überzuschnappen. »Was gibt es da zu lachen?« sagte die Baronin kalt. »Ich lache«, versuchte ich zu erklären, »weil die Menschen so dumm sind.« Sonderbarerweise gefiel ihr dieser Ausspruch. Drei altvertraute Berichte folgten: über eine dumme Köchin, die ein Kind bekommen hatte, über einen dummen Neffen, der ein Mädchen unter seinem Stand geheiratet hatte, und über eine dumme Hausmeisterin, die ihren alten Hund nicht vertilgen ließ. Ich spürte, wie meine Stirn vor Anstrengung feucht wurde. Dabei war es kalt im Zimmer. Die Baronin spart mit den Kohlen. Eine Temperatur von fünfzehn Grad genügt ihr. Sie dünstet so wohlig in ihrem Haß und trinkt dazu in großen Mengen Eiswasser. Literweise schüttet sie es in sich hinein, aber der Brand ist nicht zu löschen.

Wenn sie einmal stirbt, wohin geht dann ihr Haß? Stirbt er mit ihr? Das ist kaum glaubhaft. Vielleicht bleibt er im Zimmer zurück und sickert dann ganz langsam durch die Fensterritzen hinaus und vereinigt sich mit der großen Haßwolke, die immer über der Stadt brütet.

»Zwischen den Brauen«, sagte die Baronin, »hatte er einen Leberfleck, es sah aus wie ein Kastenzeichen. Hütet euch vor den Gezeichneten.« Ihre Faust, eben noch auf dem Tisch geballt, löste sich auf, wurde zu einer plumpen hilflosen Hand, und dann sagte die Baronin: »Er hat mich nicht gemocht. Ich war jung, schön und reich, aber er wollte lieber mit Huren schlafen. Verstehst du das?« Ich verstand es sehr gut, schüttelte aber benommen den Kopf. »Natürlich nicht«, sagte sie, »kein normaler Mensch kann das verstehen. Er war eben wahnsinnig und ein Schwein, ein wahnsinniges Schwein.« Diese Formulierung schien ihr zu gefallen, denn sie wiederholte sie noch zweimal. Sie lachte dabei, daß eine Ader an ihrer Schläfe bedrohlich anschwoll. Sie wird bald sterben, dachte ich, und ich werde von ihr erlöst sein. Eigentlich hätte ich etwas Beruhigendes sagen müssen, aber ich konnte einfach nicht. Ich fühlte mich elend. Es roch nach bösen alten Dingen, Mumien, die irgendwo eingesperrt sein mußten. Die Baronin merkte nicht, daß ich erschöpft war. Sie merkt nie, was in mir vorgeht, weil ich für sie nur ein Ding bin. Man muß sich schon erschießen, um ihr zu zeigen, daß man genug hat von ihr. Sie erging sich jetzt in der Aufzählung aller Todesarten, die sie dem Baron zugedacht hatte: vergiften, erschlagen, erstechen, elektrische Fallen im Badezimmer und so weiter.

»Verzeih, Tante Lilly«, sagte ich, »ich muß jetzt wirklich gehen, aber in vier Wochen komme ich ja wieder.« Sie fiel in sich zusammen wie ein angestochener Luftballon. Ich küßte sie flüchtig auf die Stirn, und ein Geruch von erhitztem Metall stach in meine Nase, nur leicht überdeckt von Puder und Lavendel. Immer riecht sie nach Metall und einem glosenden Brand, das finde ich sehr passend. Sie begleitet mich nicht ins Vorzimmer, das tut sie nie, und so konnte ich schnell entkommen.

Bestimmt hatten ihre Möbel und Teppiche jetzt Angst vor ihr, so allein mit ihr im Zimmer. Ich möchte nicht derjenige sein, der sie nach ihrem Tod beim Trödler kaufen wird. Man sollte überhaupt nie alte Dinge kaufen, es hängt zuviel an ihnen.

Als ich in der Straßenbahn saß, fiel mir zum erstenmal

auf, daß die Baronin zwar jedesmal den Teetisch gedeckt hat, daß es aber nie Tee oder Backwerk gibt. Nur das Eiswasser, das sie pausenlos in sich hineinschüttet. Aber auch davon bietet sie mir nie an. Ich weiß nicht, ob sie den Teetisch jemals abräumt oder ob er so stehen bleibt, bis ich wiederkomme. Ich möchte wissen, warum ich in vier Wochen wieder dort sitzen werde, ja, das möchte ich wirklich wissen.

Daheim ging ich sofort ins Badezimmer und legte mich in die Wanne. Bewegungslos verharrte ich eine Viertelstunde im warmen Wasser und starrte auf die kleinen Luftbläschen, die sich auf meiner Haut sammelten und langsam aufstiegen. Früher hatten fünf Minuten genügt, jetzt brauche ich schon fünfzehn. Die Baronin floß gurgelnd ab. Blitzartig kam mir die Erleuchtung: Ich bin ein Ungeheuer, ein Ungeheuer, das frei und einsam durch die Wälder streifen will und nicht einmal die Berührung einer Ranke auf der Stirn erträgt. Das wäre weiter nicht schlimm. Aber von Zeit zu Zeit wünscht dieses Ungeheuer, geliebt und gestreichelt zu werden, und kriecht winselnd zurück zu den Menschen.

Gleich darauf vergaß ich, was ich gedacht hatte oder was durch mich hindurchgegangen war, nur ein leichtes Stechen in der Schläfe blieb zurück. Ich zog meinen alten Hausanzug an und deckte den Tisch, da rief Hubert an und sagte, er werde später kommen. Enttäuscht und glücklich zugleich legte ich den Hörer auf, glücklich, weil ich in die Mansarde gehen konnte, enttäuscht, weil die Mansarde neuerdings ein bedrohlicher Ort für mich geworden ist. Langsam stieg ich die Stufen hinauf.

2. Dezember

Es schneit. Ich fühle mich leer und friedlich. Zum erstenmal seit ich hier bin, verstehe ich, was ich lese. Ich lasse mir von einer Bibliothek Bücher schicken. Ich bestelle nur geschichtliche Werke, Romane oder Gedichte kann ich nicht lesen. Seit einer Woche lese ich über den Aufstieg und Untergang des Römischen Reiches, aber ich mußte bisher jeden Tag von vorn anfangen, weil ich kein Wort davon verstand, es drang einfach nicht bis zu mir durch. Erst seit gestern kann ich wieder wirklich lesen. Der Aufstieg und Untergang des Römischen Reiches ist wirklicher für mich als mein eigenes Leben.

Der Wald vor dem Fenster steht starr und schwer von nassem Schnee. Manchmal fällt ein Klumpen Schnee zu Boden, und ein Stückchen Grün der jungen Fichten leuchtet auf.

Das Römische Reich rührt mich sehr. Ich habe Mitleid mit ihm wie mit einem großen prächtigen Tier, das in der Steppe schläft. Seine Flanken heben und senken sich im Schlaf, und es weiß nicht, daß man es eines Tages vernichten wird. Es tut mir gut, wenigstens mit dem Römischen Reich Mitleid haben zu dürfen. Dieses Mitleid ist nämlich ganz ungefährlich für mich und schmerzt nicht wirklich. Ich fühle mich ein bißchen besser. Vielleicht kann ich bald ins Dorf gehen. Daran zu denken, macht mich aber gleich wieder unruhig, also lasse ich es sein. Ich bin ja hier, um endlich zur Ruhe zu kommen und nachzudenken. Ich fürchte nur, ich bin nicht zum Nachdenken geschaffen; früher wußte ich das nicht, aber jetzt kommt diese Unfähigkeit deutlich zum Vorschein.

Hubert will am Stefanitag kommen. Weihnachten muß er natürlich mit dem kleinen Ferdinand verbringen. Ich freue mich nicht auf seinen Besuch. Er ist mein Mann, aber ich spüre es nicht mehr. Ich habe kein Verlangen nach seiner Berührung. Tief in mir steckt eine große Kälte. Ich denke weniger an Hubert als an das Römische Reich. Es ist schon lange tot, und tote Dinge darf man lieben, ohne dafür bestraft zu werden. Hubert ist viel zu lebendig. Ich stelle mir vor, daß er die Hand auf meine Wange legt, und das ist eine seltsame Vorstellung. Warum sollte er es tun,

und warum sollte meine Wange sich darüber freuen? So
lange hat mich kein Mensch berührt, daß ich fürchte, ich
könnte bei der ersten Berührung zerspringen, in tausend
kleine Eiskristalle. Ich stelle mir das unerträglich vor.
Alles was zwischen Hubert und mir vorgefallen ist, erscheint mir ganz unglaublich.

In der ersten Zeit klammerte ich mich an ihn; wenn ich ihn
auch nicht hören konnte, so war da wenigstens seine
Wärme und sein vertrauter Körper. Ich konnte sein Gesicht sehen und seinen Geruch riechen. Das muß alles für
ihn sehr unheimlich gewesen sein. Ich konnte es an seinen
Augen sehen, sie waren unsicher und erschrocken. Vielleicht hatte er sogar Angst vor mir. Jetzt verstehe ich ihn
sehr gut. Ich verstehe auch seine Mutter, die das nicht
mehr haben wollte. Ihr einziger Sohn und eine taube Frau.
Meine Angst wurde sehr groß. Ich lief davon, wenn Besuch kam, und sperrte mich ein. Ich gehörte ja nicht mehr
zu ihnen, ich war ihrer Wirklichkeit entrückt. Was war ich
aber überhaupt?

Einmal dachte Hubert, es wäre besser gewesen, ich hätte
die Nacht, in der die Sirene heulte, nicht überlebt. Woher
weiß ich das? Immer schon wußte ich manchmal plötzlich, was die Leute dachten. Das war sehr unangenehm
für mich. Eine schlagartige Erleuchtung, und ich bin im
Gehirn des anderen und weiche entsetzt zurück. Es geschieht sehr selten, aber damals geschah es eben. Hubert
saß an seinem Schreibtisch und studierte. Ich kam zur Tür
herein und bemühte mich, leise zu sein. Das tat ich damals
immer, gepeinigt von der Vorstellung, unmäßigen Lärm
zu verursachen. Die Sonne schien ins Zimmer. Ich blieb
stehen, ich wollte ihn ja nicht erschrecken. So stand ich in
einer breiten Bahn von Sonnenstäubchen und wußte, daß
mein Haar im Licht flimmerte. Es schien mir unmöglich,
noch einen Schritt weiterzugehen. Es war ja nicht nur so,
daß ich nicht hören konnte, ich wagte auch kaum noch zu
reden, weil ich nicht wußte, wie meine Stimme klang. Ich

kam mir vor wie etwas, das auf dieser Welt nichts verloren hat.

Dabei war noch vor ein paar Monaten diese Welt auch meine Welt gewesen, und ich hatte mich in ihr sicher und behaglich gefühlt. So sicher und behaglich, daß ich es manchmal gar nicht glauben wollte.

Plötzlich spürte Hubert, daß jemand hinter ihm stand, und wandte den Kopf zurück. Er sah mich im Licht stehen, in diesem Band aus flirrenden Goldstäubchen, und seine Augen wurden ganz schwarz vor Schmerz. Ich war in seinem Gehirn und wußte, daß er mir den Tod wünschte. Was nachher war, habe ich vergessen. Von da an wollte ich nicht mehr dort bleiben. Hubert war dagegen, daß ich wegging, aber ich sah, wie ihn mein Vorschlag erleichterte.

Und dann die Geschäftigkeit der Hofrätin. Zum erstenmal war sie freundlich zu mir. Sie wollte sogar ein Sanatorium bezahlen und tätschelte mir den Rücken, um mich zu trösten. Ich saß ganz still und sagte, ich wollte in kein Sanatorium, sondern irgendwohin, wo ich nicht unter Menschen sein mußte. Ich sah, wie froh sie darüber war, denn das kostete viel weniger Geld, und sie hing sehr an ihrem Geld. Ich wollte auch wirklich allein sein, und der Gedanke, daß Hubert wegen der Kosten für das Sanatorium von seiner Mutter abhängig geworden wäre, schien mir unerträglich. So ist alles wirklich viel besser.

Deshalb wäre es nicht gut, wenn Hubert käme. Ich will nicht sehen, wie er sich kränkt, und ich will nicht wissen, daß er mir den Tod wünscht, und ich will auch nicht an den kleinen Ferdinand denken. Der wird mich hoffentlich schnell vergessen.

Ich will in diesem alten Ledersessel sitzen und über das Römische Reich lesen, und manchmal will ich aus dem Fenster schauen, auf den Schnee, der auf den Fichten liegt, und ich will nicht, daß jemand mich berührt, weil ich nicht in Stücke zerspringen will. Der Arzt sagte, ich selber hätte mir das angetan, und nur ich selber könnte es wieder ändern. Das kann ich nicht verstehen. Warum hätte ich mir das antun sollen? Aber wenn er recht hat, muß ich wohl warten, bis es dem seltsamen Wesen in mir gefällt, wieder hören zu wollen. Ich kann jedenfalls nichts erzwingen; dieses Wesen läßt sich nicht zwingen. Ich muß Geduld haben.

10. Dezember

Der Verlag, für den ich manchmal arbeite, schreibt mir, ob ich ein Buch über Insekten illustrieren will. Es wird ein Buch für Laien, bei dem es nicht auf jeden Fühler ankommt. Aber ich bin mit Fühlern sehr genau und muß mir die entsprechenden Vorlagen beschaffen. Ich werde zusagen. Insekten sind genau das Richtige für mich, auch sie sind anders als alle übrigen Lebewesen. Außerdem will ich nicht, daß Hubert in alle Ewigkeit für mich bezahlen muß. Ich lebe hier zwar sehr billig, aber Hubert muß sich eine Existenz aufbauen, und das kostet viel Geld.

Ich habe meine Malutensilien mitgebracht, das heißt: Hubert hat daran gedacht; er sagte, das würde mich angenehm ablenken. Er sagte es natürlich nicht, sondern schrieb es auf einen Zettel. Er hatte für diesen Zweck einen dicken Block gekauft, und abends verbrannten wir dann alles, was er mir tagsüber aufgeschrieben hatte. Es gab übrigens immer weniger zu verbrennen.

Eigentlich wäre ich viel lieber ganz im Römischen Reich geblieben. Ich träume jetzt viel von zerfallenen Städten und von Landschaften, in denen es keine Menschen mehr gibt, nur verwitterte Statuen. Ich gehe dann von einer Statue zur andern, und sie betrachten mich aus weißen Augenhöhlen. Sie können mich sehen und haben nichts dagegen, daß ich bei ihnen bin. Es ist ganz still im Traum, und ich werde schläfrig und steige tief hinunter in Gewölbe, die warm und trocken sind und an deren Wänden alte Inschriften stehen, die ich nicht lesen kann. Daß ich sie nicht lesen kann, beruhigt mich im Traum sehr. Ich weiß: sie sind nicht dazu da, gelesen zu werden. Ich lege mich auf den Boden, der von Gras überwuchert ist, und schlafe ein. Aber es ist kein Schlaf, sondern Bewußtlosigkeit, und es ist für immer. Im letzten Augenblick des Erlöschens bin ich immer sehr glücklich.

Bei Tag erscheint mir dieser Traum gefährlich und unheimlich, aber im Traum selbst ist mir alles sehr vertraut, und ich fühle mich daheim und geborgen wie nach einer langen, mühsamen Reise. Noch tiefer daheim als damals im Haus meines Großvaters.

Ich habe versucht, die Landschaft und die Statuen zu zeichnen, aber es gelingt mir nicht, und das befriedigt mich ebenso sehr wie die Unlesbarkeit der Inschriften in den unterirdischen Gewölben.

Der Jäger bringt mir fleißig Holz und stapelt es vor dem Ofen auf. Ich lese in seinen Augen und rieche es an seiner mißgünstigen Ausdünstung, daß er mich für ein überflüssiges Frauenzimmer hält, womit er gar nicht so unrecht hat.

Bestimmt werde ich bald ins Dorf gehen, damit er nicht mehr für mich einkaufen muß. Warum tue ich es eigentlich nicht schon längst? Es ist doch ganz einfach. Man tritt durch die Tür und schiebt der Ladnerin den Zettel über den Tisch. Dazu würde ich lächeln. Mein Lächeln hat immer gewirkt und die Menschen für mich eingenommen. Warum sollten sie mein Lächeln nicht mehr mögen, nur weil ich nicht hören kann?

Ich werde lieber doch noch nicht ins Dorf gehen, bald einmal, aber nicht heute und nicht morgen.

Der Jäger hat eine Katze, die im Stall haust. Ich sehe sie manchmal grau und geschmeidig über die Straße huschen. Bestimmt gibt er ihr höchstens ein bißchen Milch, sie darf auch nicht ins Haus oder versucht es erst gar nicht. Es wäre schön, eine Katze zu haben, Katzen sind warm, weich und lebendig. Ich könnte sie gern haben. Aber wenn ich hier weggehe, wäre sie wieder allein mit dem Jäger. Es ist besser, sie lernt die Zärtlichkeit nicht erst kennen, dann wird sie ihr nie fehlen.

Wer sagt denn, daß ich jemals wieder von hier weggehen werde?

30. Jänner

Heute war ich im Wald. Eisige Stille und Schönheit. Nichts lenkt mich davon ab, kein Knistern in den Bäumen und nicht das Knirschen meiner Schuhe im Schnee. An jenes trockene Knirschen erinnere ich mich sehr deutlich. Die Stille gibt mir ein Gefühl der Unwirklichkeit, als wäre ich ein Gespenst, das den verschneiten Wald heimsucht. Kein Tier war zu sehen. Wo sind sie alle geblieben? Vielleicht unter den Schneehauben der Büsche oder in den Höhlen der Wurzelstöcke und in hohlen Bäumen. Viele Meisen und Bergfinken kommen an mein Fenster, um zu fressen, aber im Wald sah ich keinen einzigen Vogel. Vielleicht hatten sie Angst vor meinen Schritten, ich darf nicht vergessen, daß ich wie jeder andere Mensch Geräusche erzeuge. Sitzen sie in die Astgabelung der Bäume geschmiegt, in der weißen Schneedämmerung, ihr bißchen Leben in einen winzigen warmen Ball gesammelt, bestrebt, die schwache Glut nicht erlöschen zu lassen? Und hoch über den Wolken dieser Erde kreist langsam der unerbittliche, rotgefiederte Vogelgott. Manchmal schließt er seine schwarzen Augen, und dann erstarren Tausende winzige Krallen und lösen sich von den Zweigen. Später liegen die kleinen Bälge im Schnee, die Federn grau bereift, die Krallen weit gespreizt, und es wird noch einen Hauch kälter im Wald. Und nichts ist geschehen, gar nichts.

Meine Hände und Füße sind kalt und gefühllos. Sehr wenig Wärme ist in mir, wenn ich an die toten Vögel denke.

Der Jäger hat bestimmt Angst vor mir. Wenn er das Holz

bringt und mich so in meinem Sessel hocken sieht, dreht er den Kopf zur Seite, um mir nicht in die Augen schauen zu müssen. Es ist zum Lachen; aber der Jäger ist ein ungebildeter, abergläubischer Mensch, warum sollte er sich nicht vor mir fürchten? Sogar Hubert hat ja Angst vor mir.

Ich hatte recht. Hubert hätte nicht kommen sollen. Daß wir früher miteinander reden konnten, war also für uns das Wesentliche gewesen. Jetzt erschreckt es ihn, daß er nicht weiß, was ich denke oder fühle, denn das kann man auf keinen Zettel schreiben. Hubert, das einzige Kind, das endlich einen Spielgefährten gefunden hatte, fühlt sich jetzt betrogen. Der Spielgefährte ist zu einer schweigsamen, tauben Puppe geworden und hat ihn im Stich gelassen. Sein Gesicht war angestrengt, ein einziges Lächeln, starr und gequält. Er wagte es kaum einmal, dieses Lächeln abzulegen, es stand wie ein Schild zwischen uns, magischer Schutz gegen das Fremde, das in vertrauter Gestalt auftritt. Nachts lagen wir eng aneinandergedrängt und hielten uns an den Händen. Ich spürte, wie seine Angst in meine Fingerspitzen sickerte. Es war eine mondlose Nacht, und ich hoffe, daß er wenigstens im Schlaf das Lächeln abgelegt hat. Ich wagte nicht, die Hand wegzuziehen, und war froh, als er nach einer verzweifelten Umarmung endlich einschlief.

Ich lag wach bis zum Morgen und fand, daß wir einfach nicht genug Platz hatten in einem Bett. Wir waren bestimmt nicht länger und breiter geworden, und das Bett war geräumiger als andere Betten, in denen wir früher geschlafen hatten. Damals hatte uns das aber nicht gestört.

Hubert schlief noch, als es heller wurde, und ich konnte sein Gesicht sehen. Es sah nicht mehr sehr jung aus, der hochmütige Zug war daraus verschwunden und hatte der Müdigkeit Platz gemacht. Von der Nase zum Mund hatten sich zwei Falten eingegraben, noch nicht tief, aber doch sichtbar.

Ich fühlte mich sehr schuldbewußt, wußte aber nicht, warum. Später schrieb Hubert auf einen Zettel: »Ich komme wieder. Du mußt noch ein bißchen durchhalten.« Er hat eine Wohnung in Aussicht und Räume für eine Kanzlei. Und eines Tages werden wir drei wieder beisammen sein. Das schrieb er auch noch auf. Und er bat mich um Geduld. Das war sehr merkwürdig, denn ich hatte kein einziges ungeduldiges Wort geäußert. Dann mußte er zur Bahn. Später habe ich alles Geschriebene verbrannt, so wie der Jäger jeden seiner Zettel sorgfältig vernichtet. Er will nicht, daß etwas von ihm in meine Hände fällt. Ich kann mir aber nicht genau vorstellen, was in seinem urweltlichen Gehirn vorgeht.

14. Februar

Noch immer liegt Schnee, aber es ist etwas wärmer geworden. Die Insekten sind fertig, Heuschrecken, Hummeln, Rosenkäfer, buntschillernde Fliegen und schreckliche Hornissen, auch Libellen und noch viele andere. Diese Wesen sind nicht zu verstehen und deshalb leicht zu zeichnen.

Als Kind hatte ich Angst vor Maulwurfsgrillen, vielleicht weil sie auf dem Land so verhaßt sind. Man sagte, sie seien so schädlich, daß ein Reiter vom Pferd steigen müsse, um sie zu zertreten. Ich selber habe mit großem Widerwillen und Grausen viele von ihnen zertreten. Sie waren für mich das Urbild des Häßlichen und Bösen. Jetzt mußte ich zum erstenmal eine zeichnen. Sie sah aus wie ein Alptraum, und ich begriff endlich, daß sie nur meine eigene Häßlichkeit und Bosheit war, fünf Zentimeter Bosheit auf gelbem Papier. Ich zerriß sie und zeichnete eine neue. Mitleid überfiel mich. Eine Maulwurfsgrille ist nicht böse und auch kein Alptraum. Ihr Braun ist nicht häßlich, sondern die Farbe der Erde. Ein armes, plumpes Geschöpf, das gehaßt und verfolgt wird, weil es Wurzeln frißt und dem Menschen unwissentlich in die Quere kommt. Sie sah so erstaunt und verloren aus, ein Wesen, das nicht begreifen kann, warum es gehaßt und verfolgt wird. Ich schloß sie ins Herz, und es wurde mein bestes Insektenbild. Kein Reiter soll mehr vom Pferd steigen und sie zertreten. Ich mag sie lieber als den schillernden Rosenkäfer oder die goldene Hornisse, die von aller Welt bewundert werden.

Bei den Insekten stört es nicht, daß sie so einsam aussehen. Jedes von ihnen ist umgeben von einer Aura der Fremdheit, meiner eigenen Fremdheit natürlich. Sie sind ganz in Ordnung so, nicht aber meine Vögel. Ich weiß, es müßte möglich sein, einen Vogel zu zeichnen, der nicht einsam ist; nur ich stehe mir dabei im Wege. Ich kann es einfach nicht, dabei schrecke ich nicht einmal vor unlauteren Methoden zurück. So malte ich einmal ein Meisenpärchen auf einem Ast. Sie hatten die Köpfchen einander zugewandt, und vielleicht täuscht das die Betrachter. Mich kann es nicht täuschen. Ich weiß nicht, was sie sehen, aber bestimmt erkennt keiner den andern. Es muß ein einzelner Vogel sein, und alles an ihm muß schreien: Ich bin nicht der einzige Vogel auf dieser Welt. Ich singe, und Millionen Stimmen erheben sich und antworten mir. Mein Lied ist ihr Lied, und meine Wärme glüht in ihren Körpern, wir sind eins. Ich bin ein sehr glücklicher Vogel, weil ich nicht allein bin.

Nachdem ich das alles gelesen hatte, trug ich es in den Keller und warf es in den Heizofen. Warum ich es verbrannte, weiß ich nicht genau, vielleicht nur aus einem gewissen Sinn für Ordnung. In meiner Mansarde soll es nur meine Bilder geben und nicht dieses gefährliche Zeug. Denn es ist gefährlich. Es erinnert mich an Dinge, die ich längst vergessen glaubte. In meiner Erinnerung war die Zeit in Pruschen ein sehr verschwommener Alptraum, ich will die Einzelheiten gar nicht mehr wissen, muß sie aber lesen, damit ich weiß, was da verbrannt und zerstört wird. Gestern hatte ich noch das Gefühl gehabt, die Geschichte einer fremden, unglücklichen jungen Frau zu lesen, heute war sie mir schon nähergekommen und versuchte, mich dorthin zurückzuziehen. Aber ich will nichts mit ihr zu tun haben. Ich mag sie nicht einmal.

Ich zweifle keinen Augenblick daran, morgen wieder ein Kuvert zu bekommen, es kann ja nicht einfach so aufhören; oder doch? Jedenfalls werde ich alles lesen, ehe ich es verbrenne. Ich ändere niemals meine Entschlüsse, auch die dümmsten nicht. Das muß eine Art Zwangsvorstellung sein; ein gefährlicher Zug, der mir schon häufig sehr geschadet hat. Ich kann etwas einmal Beschlossenes nicht rückgängig machen. Vielleicht bin ich ein bißchen verrückt und weiß es nur nicht. Es wäre schließlich kein Wunder. Die Verrücktheit, die meine ganze Generation befallen hat, ist die Folge von Ereignissen, denen wir nicht gewachsen waren. Wahrscheinlich gibt es Ereignisse, denen keine Generation gewachsen ist. Komisch und unverständlich müssen wir uns für unsere Kinder ausnehmen. Bis sie eines Tages vielleicht in eine ähnliche Lage kommen und so zurückbleiben werden, wie wir zurückgeblieben sind, unverständlich für alle Außenstehenden.

Deshalb ist es so wichtig, Geduld miteinander zu haben und jedes Wort zu überlegen und so zu leben, als sei gar nichts geschehen. Deshalb wundere ich mich nicht darüber, daß Hubert stundenlang vor seinem Schreibtisch sitzt, nur so sitzt und vor sich hinschaut. Was weiß ich denn von seinen Schutzmaßnahmen? Was weiß ich von seinen Erinnerungen, die er ganz fest abgekapselt hat und die immer wieder einmal durchzubrechen versuchen? Er hat mir nie über gewisse Zeiten seines Lebens erzählt, Zeiten, die ich im Luftschutzkeller verbrachte und er im Schützengraben. Lebenslang arbeitet er daran, diese Dinge zu vergessen; wenn er dabei ein bißchen seltsam wird, wer könnte es besser verstehen als ich?

Ein paar Jahre lang hat uns unsere Jugend und das Glück des Überlebthabens darüber hinweggetäuscht. Aber wir sind nicht jung geblieben, und ich habe als erste versagt. Hubert hätte übrigens nie Aufzeichnungen über sein Unglück gemacht, dafür muß ich ihn sehr bewundern.

Was den Mann betrifft, von dem ich annehme, daß er der Absender der Briefe ist, so war eigentlich nichts anderes von ihm zu erwarten. Denn er war ja schon damals, vor siebzehn Jahren, verrückt, nein, richtig wahnsinnig. Ich habe nicht das Recht, ihm seinen Wahnsinn zu verübeln, er steht ihm zu wie uns allen. Ich habe auch keine Angst vor ihm, obwohl man vor ihm Angst haben könnte. Es ist nur so sinnlos, sich darüber den Kopf zu zerbrechen; soll er doch tun, was er will und was ihm Erleichterung verschafft!

Ich ging hinauf ins Wohnzimmer und setzte mich in einen Polstersessel. Jetzt spürte ich wirklich Ärger, aber nur darüber, daß ich die ganze Woche nicht zeichnen konnte und in einer für mich lebenswichtigen Sache behindert und gestört wurde.

Ich legte die Stirn auf die Hände und schlief tief und traumlos, bis Hubert heimkam und mich weckte. Ich sah mich verschlafen im Zimmer um und wußte, daß ich hier nicht zu Hause bin. Aber ich weiß, daß ich lieber hier nicht zu Hause bin als anderswo. Das ist eigentlich schon ein großes Glück.

Jeden Mittwoch putze ich das Haus, immer abwechselnd ein Zimmer gründlich und die anderen oberflächlicher. Bestimmt könnte ich irgendwo eine Hilfe auftreiben, doch ich habe in diesen Dingen keine glückliche Hand; ich verwöhne die Leute zu sehr, um sie mir vom Halse zu halten. Außerdem gibt es mir ein Gefühl von Nützlichkeit, wenn ich arbeite. Wenn schon Hubert sich für dieses Haus plagt, möchte ich mich mitplagen. In meinem Alter kann mir körperliche Arbeit auch nur guttun, da ich keinen Sport betreibe. Hubert bleibt am Mittwoch immer über Mittag in der Stadt. Manchmal trifft er dann einen gewissen Dr. Melichar, einen Bekannten, den er nie hierherbringt. Er möchte wohl nicht, daß ich ihn lächerlich oder langweilig finde. Auch wenn ich kein Wort sagte, er wüßte es sofort, und in diesem Punkt ist er recht empfindlich. Ich habe aber eine Schwäche für diesen Dr. Melichar, weil er Hubert sehr aufzuheitern scheint. Hubert ist überhaupt mehr ein Mann für Männer, Frauen gegenüber ist er leicht mißtrauisch, außerdem ist er allergisch gegen ihr Geschwätz oder das, was er eben als Geschwätz bezeichnet. Wenn man bedenkt, daß er so lange von seiner Mutter drangsaliert wurde, muß man es begreifen. Mittwoch also ist für ihn der Dr. Melichar-Tag und für mich Putztag. Eine sehr angenehme Regelung.

Natürlich handle ich nach einem festen Plan. Täte ich das nicht, könnte ich nie mit meiner Arbeit fertig werden, oder ich würde allmählich überhaupt aufhören zu putzen, denn im Grunde ist mir diese Arbeit zuwider. Ich tue nur so, als machte sie mir Spaß, auch das gehört zu meinem System.

Vormittags kommen die Zimmer an die Reihe, nachmit-

tags Küche, Bad und Nebenräume und die Holzveranda.

Die Mansarde wird an einem anderen Tag gesäubert, so
mache ich ihre Trennung vom übrigen Haus deutlich. In
der Mansarde hat nie jemand von der Familie geschlafen,
nur die Köchin Serafine.

Alle paar Wochen lege ich einen Fensterputztag ein. Die
kleine Wäsche wird zwischendurch gewaschen, die große
gebe ich aus dem Haus. Ich kann nämlich sehr schlecht
bügeln, besonders Herrenhemden kann ich nicht bewältigen, die grobe Arbeit ist mir lieber. Auch nähen oder
handarbeiten mag ich nicht, hauptsächlich, weil ich so ungern sitze. Sogar beim Zeichnen oder Malen stehe ich immer wieder auf und gehe hin und her. Dabei schließe ich
die Augen, um die Dinge besser sehen zu können, und es
kommt vor, daß ich irgendwo anstoße und blaue Flecken
bekomme. Wirklich sehen kann ich nur mit geschlossenen Augen.

Hubert kann stundenlang sitzen. Lange Zeit habe ich ihn
deswegen bemitleidet, das war aber ganz überflüssig,
denn er scheint gern zu sitzen. Er fühlt sich offenbar wohl
dabei, was mir ganz unvorstellbar ist. Er ist dann oft auf
einen Gedanken so konzentriert, daß er nicht merkt, was
ringsum vorgeht. Ich kann mich viel schwerer konzentrieren, nur wenn ich ganz allein bin, und auch immer nur
kurze Zeit. Ich denke im Gehen, und deshalb sind meine
Gedanken flüchtig und schweifend. Aber ich kann nie
aufhören zu denken. Hubert kann das. Ich sehe es seinem
Gesicht an. Es wird dann ganz leer und sieht ein bißchen
dumm aus, aber hübscher als sonst. Und weil ich sein Gesicht auch im Schlaf mag und in völlig entleertem Zustand, bilde ich mir ein, ihn zu lieben. Jedenfalls ist er der
einzige Mensch, den ich längere Zeit um mich ertragen
kann. Natürlich ist es gut, daß er fast den ganzen Tag außer Haus ist. Ferdinand dagegen ist eine Beunruhigung
und Störung, wenn auch eine angenehme. Und Ilse geht

mir zeitweise auf die Nerven, weil sie so gesund und laut ist. Aber die beiden sind eben meine Kinder, sie stören mich gelegentlich wie meine eigenen Arme oder Beine, doch sind sie, darüber darf ich mich nicht täuschen, keine Partner. Mein einziger Partner ist Hubert. Viele Frauen würden ihn als unmöglichen Partner empfinden. Für mich ist er richtig. Er ist da und doch nicht ganz da, und er kommt mir nie zu nahe.

Früher einmal war das anders. Wir waren einander näher und manchmal zu nahe. Aber das hätten wir beide ohnedies nicht lange ausgehalten, wir waren nicht gewöhnt an Nähe und Einssein. Manchmal frage ich mich, ob das einer der Gründe für meine Krankheit war, doch das sind Mansardengedanken, die ich sofort verscheuchen muß. Ich weiß wenig über Hubert, und das wenige ist schon zuviel. Manchmal erscheint es mir nicht ganz anständig, soviel über seinen Partner zu wissen.

Ich schaltete den Staubsauger ein und ließ ihn brummen. Sofort schwammen meine Gedanken in alle Richtungen auseinander.

Das Haus erinnert kaum noch an früher. Hubert hat fast alle alten Möbel verkauft, mit den schöneren hat Ferdinand sein Zimmer eingerichtet, die anderen waren nicht alt genug, um schön zu sein. Nur den Schreibtisch des alten Ferdinand hat Hubert behalten, ein dunkles, schweres Stück, das ich nicht allein rücken kann. Ich beklage mich aber nicht darüber, denn Hubert liebt den Schreibtisch und achtet sehr darauf, daß niemand ein nasses Glas darauf abstellt oder ihn zerkratzt. Er läßt auch nie Zigarettenasche auf die Platte fallen, was ja ganz leicht vorkommen könnte. Ebensowenig würde er seinen Vater zerkratzen oder verbrennen.

Hubert redet selten über seinen Vater, aber wenn man sieht, wie er seinen Schreibtisch behandelt, weiß man alles.

Manchmal tut es mir weh, daß er kein einziges Stück von

seiner Mutter behalten hat; ihre Möbel waren zwar recht scheußlich, trotzdem hätte er irgendeine Kleinigkeit von ihr um sich lassen können. Ich habe keine Ursache, sie zu bemitleiden, es wäre mir nur lieber, Hubert hätte sich besser mit ihr vertragen. Und schließlich war ich der letzte Anlaß für Huberts Feindseligkeit.

Der alte Ferdinand war von Anfang an sehr lieb zu mir. Er war auch damals noch ein anziehender Mann, sehr dunkel, hager und von eleganter Haltung. Er sah eher düster aus, konnte jedoch sehr charmant sein, und er war auf jeden Fall ein wenig undurchsichtig. Ihn hätte ich gern haben können, aber ich sah ihn nur dreimal. Er starb ganz plötzlich, mit vierundsechzig, an seinem Schreibtisch. Seine Frau war beim Friseur, die Köchin Serafine auf den Markt gegangen, und als sie ihn fand, war er schon kalt. Er hatte sich rechtzeitig aus dem Staub gemacht und war so allen Unannehmlichkeiten des Alters entgangen, besonders aber der, eines Tages von seiner Frau gepflegt werden zu müssen.

Der Staubsauger brummte, und ich liebte den alten Ferdinand, der meine Mädchenhand geküßt hatte, und ich ließ diese Liebe durchs Zimmer schweben und sich als Wolke auf dem Schreibtisch niederlassen.

Armer Hubert, er kann nicht sein, wie sein Vater war. Er hat Frauen nicht gern, er braucht sie nur; und er liebt das Leben nicht wirklich, es ist für ihn eine Aufgabe, die ihm ein unbekannter Lehrer gestellt hat und die er nicht bewältigen kann, sosehr er sich bemüht. Und er bemüht sich sehr.

Ferdinand ist dem alten Ferdinand ähnlich, Hubert nur in unwichtigeren Zügen. Er ist auch etwas kleiner als sein Vater, von zarterem Knochenbau; Hubert wirkt nicht düster und elegant, sondern korrekt und ausgetrocknet.

Ich ging in die Küche und leerte den Staubsaugerbeutel.

In letzter Zeit geht etwas Merkwürdiges vor sich. Hubert wird seinem Vater ähnlicher, und das ist nicht gut, er sollte eher dem wirklichen Hubert ähnlich werden. Das bekümmert mich manchmal sehr, obwohl ich einsehe, daß man dagegen nichts tun kann. Die Dinge laufen eben nie so, wie es gut wäre. Ich frage mich nur, wohin der wirkliche Hubert gekommen ist. Wie ein guter Schauspieler versteht er es, einen hageren eleganten Mann von düsterem Aussehen zu mimen. Aber wo ist er wirklich geblieben?

Der Staubsauger heulte plötzlich auf und entriß mich dem üblen Verdacht, es hätte einen wirklichen Hubert nie gegeben oder nur in Ansätzen, die frühzeitig verkümmert waren. Ich tat etwas mit dem Staubsauger, nur so auf gut Glück, einen Griff, der manchmal nützt, und das Heulen wurde wieder zu friedlichem Gebrumm.

Ja, so war es, äußere Erstarrung war die einzig mögliche Form geworden.

Ich fuhr mit dem Staubsauger unter die Betten und ärgerte mich, wie immer, daß ich nicht überall hinreichen konnte. Ein unbestimmtes Unbehagen verfolgte mich. Immer liegen ein paar Federn unter den Betten. Das Inlett muß nicht mehr ganz dicht sein. Man müßte ein neues kaufen, und das kostet ziemlich viel Geld. Ich beschloß, die Federn zu vergessen, und das fiel mir sehr leicht.

Als ich jung war, glaubte ich fest, die Hofrätin hätte keine Seele. Ich weiß nicht mehr, was ich mir damals unter Seele vorstellte, aber irgendeine feste Vorstellung von Seele muß ich wohl gehabt haben, daß ich sie der Hofrätin so entschieden absprechen konnte. Vielleicht, weil mir alles an dieser Frau nur kalte, harte und undurchdringliche Oberfläche schien. Ich hatte nie das Gefühl, mit einem wirklichen Menschen zu sprechen, soweit von Sprechen zwischen uns überhaupt die Rede sein konnte. Ich wußte, daß sie mich nicht mochte, aber auch das schien nicht persönlich gemeint zu sein. Wahrscheinlich mochte sie überhaupt kaum einen Menschen. Ich war für sie nur eine Störung im Lebensplan ihres Sohnes, das heißt: in dem Plan, den sie für ihn aufgestellt hatte, ein Faktor, der ausgeschaltet werden mußte. Ich weiß nicht, was sie getan hätte, wenn ich mich nicht nach vier Jahren Ehe entgegenkommenderweise selber ausgeschaltet hätte.

Einzelne Eigenschaften konnte ich an ihr wahrnehmen, aber die konnte jeder wahrnehmen, der mit ihr in Berührung kam. Sie war herrschsüchtig, geizig und mißtrauisch. Sie war eine schlechte Frau für ihren Mann und eine schlechte Mutter für Hubert, aber eine sehr gute Großmutter für Ferdinand, den sie niemals schikanierte und den sie sogar zeitweilig mit Geschenken überhäufte. In ihren letzten Jahren muß sie Ferdinand viel aus ihrer Kindheit und Jugend erzählt haben, denn er weiß Dinge, von denen Hubert keine Ahnung hat. So hatte Hubert nie etwas über ihre Verwandtschaft gehört, Ferdinand aber eine ganze Menge. Sie war eines von acht Kindern einer Beamtenfamilie, bei der nie das Geld reichte. Damit die Söhne studieren konnten, mußten die Mädchen daheim ein armseliges Leben führen. Das scheint sie nie verwunden zu haben.

Nach ihrer Heirat, die sie in gute Verhältnisse brachte, kümmerte sie sich nicht mehr um ihre Familie und sprach auch nie über sie. Erst im Alter grub sie das alles wieder aus und erzählte ihrem Enkel davon. Es scheint, daß sie sich als Kind immer ihrer Haut wehren mußte gegen die vielen gleichgearteten Geschwister. Am meisten hatte es sie erbittert, daß sie stets die abgelegten Kleider ihrer älteren Schwestern tragen mußte, und das bis zu ihrer Hochzeit. Daher legte sie später den größten Wert auf Kleider und Schmuck.

Sie war eine gutaussehende Frau, groß und schlank, mit sehr dichtem dunklen Haar, das nicht wie Haar, sondern wie ein Helm aus schwarzem Lack wirkte. Irgendwie sah sie scharf und blankpoliert aus. Daß sie trotzdem nicht wirklich elegant war, lag an ihrer Vorliebe für Schmuck; sie trug immer ein paar Stücke zuviel. Blumen und Tiere konnte sie nicht leiden. Ich habe in ihrer Wohnung nicht einmal eine Blattpflanze gesehen, und der alte Ferdinand war unglücklich darüber, daß er nie einen Hund halten durfte. Sie sammelte eifrig Gegenstände aus Kupfer und Porzellan. Diese Schätze und ihren Schmuck verkaufte sie vor ihrem Tod. Wahrscheinlich konnte sie den Gedanken nicht ertragen, daß diese Dinge in meine Hände kommen würden. Wenn es auch unklug von ihr war und sie Geld dabei verlor, bin ich doch sehr froh darüber.

Als ich sie kennenlernte, wußte ich noch nicht viel von Menschen, ich spürte nur ihre Ausstrahlung, und die Hofrätin besaß die Ausstrahlung geschliffenen Marmors. Ich kann nicht sagen, daß ich sie gehaßt oder verabscheut hätte. Sie war für mich ein unangenehmes, aber faszinierendes Bild, und ich starrte sie oft lange an, wenn ich sicher war, daß sie es nicht merkte. Böse war ich nur, weil sie Hubert unglücklich gemacht hatte, denn als ich ihn kennenlernte, war er unglücklich. Er verbrauchte viel zuviel Kraft in seiner Jugend, um sich von ihr frei zu machen, und sie war natürlich die Stärkere.

Als er mich gefunden hatte, ging alles eine Weile ganz gut. Wir wohnten in Untermiete, und Hubert verbrauchte das Erbe seines Vaters. Erst viel später wurde mir klar, daß die alte Frau ihm leicht hätte helfen können. Wir beide hatten keine Ahnung, wieviel Geld sie besaß. Sie tat aber nichts für Hubert, und das war wohl auch besser so. Es ist sehr wichtig für ihn, daß er alles, was wir haben, selbst erarbeitet hat, bis auf das Haus, das sein Vater besaß und das ihm eines Tages zufallen mußte. Hubert gehört zu den Leuten, die es nicht ertragen, beschenkt zu werden, weil sie niemals gelernt haben, dankbar zu sein. Wenn man seine Mutter gekannt hat, versteht man das sehr gut. Nicht einmal ich, die ich mich kindisch über jeden Blumenstrauß freue, hätte von ihr beschenkt werden mögen.

Das war Huberts Mutter und meine Schwiegermutter. Ferdinands Großmutter dagegen muß eine ganz andere

Frau gewesen sein, eine, die er gern hatte und von der er noch immer gelegentlich erzählt.

Ich fand es an der Zeit, mich von diesen Gedanken abzuwenden, und begann über das Haushaltsgeld nachzudenken und komplizierte Rechnungen aufzustellen. Das lenkt mich ab, weil ich schlecht Kopfrechnen kann und mich sehr damit plagen muß. Schließlich fing ich an, mir nach den Geburts- und Sterbedaten meiner Eltern und Großeltern gewisse Ereignisse in ihrem Leben auszurechnen. Ein altes Spiel, das ich treibe, wenn ich von meinen fruchtlosen Gedanken genug habe. Ich errechnete, während meine Hände automatisch weiterarbeiteten, die Militär- und Kriegsjahre meines Vaters, das Jahr, in dem meine Mutter operiert wurde, und Daten aus dem Leben meines Großvaters. Dabei spähte ich nach Spinnweben aus, was ohne Augengläser eine gewisse Anstrengung für mich bedeutet.

Als ich genug gerechnet hatte, war meine Stirn feucht, und die Bluse klebte mir am Körper. Ich war bei der Erstkommunion meines lahmen Onkels gelandet, und das war eine außerordentlich schwierige Rechnerei gewesen. Ich hob den Kopf und streckte das Kreuz durch, und als ich mich so aufrichtete, sah ich im Speisezimmer, dort, wo früher das altdeutsche Buffet seinen Platz hatte, meine Schwiegermutter stehen, schlank und groß, in einem schwarzen Wollkleid, eine Goldkette um den Hals, die ihr bis zur Taille reichte. Der schwarze Lackhelm umrahmte ihr nacktes, kleines Gesicht mit den zierlichen Lippen und den dünnen hochgewölbten Brauen. Die ganze Rechnerei war umsonst gewesen. Sie hatte sich nicht verändert, lächelte noch immer nicht und sah hochmütig durch mich hindurch. Ein bißchen ähnelte sie den Libellen, die ich so oft gemalt hatte. Ich sagte: »Laß es gut sein für heute und geh dorthin, woher du gekommen bist.« Da ging sie gehorsam zurück in meinen Kopf und versteckte sich dort. Manchmal ist es lästig, daß in meinem Kopf so viele Bilder sich versteckt haben und jederzeit herauskommen können. Wahrscheinlich sind die Leute, die Gespenster sehen, so beschaffen wie ich. Sie wissen es nur nicht und erschrecken über ihre eigenen Geschöpfe. Es ist ein merkwürdiger Gedanke, daß ich der einzige Mensch bin, der die Hofrätin so deutlich sehen kann. Ihr Bild ist in seiner Art schön, wie eben eine Wasserjungfer schön sein kann.

Ich ging daran, den Speisezettel für die nächsten Tage aufzustellen, Rostbraten und Leberknödelsuppe, Kalbsleber mit Rahm, am Sonntag ein Brathuhn und Apfelschnitten. Ferdinand würde zum Essen kommen, und er liebt Apfelschnitten. Er ißt überhaupt gern, nicht viel, aber gut. Um so höher ist es ihm anzurechnen, daß er den Verlockungen meiner Küche widersteht und meist sein kleines Gasthaus vorzieht. Er soll auch nicht in die jämmerliche Lage kommen, ohne die Küche seiner Mutter nicht leben zu können.

Hubert hingegen ißt, was man ihm vorsetzt. Er ist in diesem Punkt nicht verwöhnt, seine Mutter konnte oder wollte nicht kochen, und Serafine tat zwar ihr möglichstes, hatte aber nie Kochen gelernt. Der alte Ferdinand, der eine Schwäche für schmackhaftes Essen hatte, kam nie mittags heim. Gelegentlich verfällt Hubert in völlige Gleichgültigkeit gegen Essen überhaupt; das ist für mich nicht angenehm, weil es nämlich keine echte Gleichgültigkeit ist. Sie bedeutet: Seht her, ich, Hubert, ein düsterer, vergeistigter Mann, halte nichts von Tafelfreuden. Ich bin so sehr mit meinen Gedanken beschäftigt, daß ich mich mit derart niedrigen Dingen nicht abgebe. – Dann zieht er die Wangen nach innen und sieht nicht etwa düster aus, sondern vergrämt, und zwischen seinen Brauen steht eine steile Falte, von der er glaubt, er hätte sie von seinem Vater geerbt. Die Falte ist aber auch nicht echt, er hat sie sich mit großer Mühe anerzogen, und wenn er sie vergißt, verschwindet sie fast ganz.

Beim Staubwischen fiel mir plötzlich Ilse ein, als eine große Neuigkeit, als erführe ich heute zum erstenmal, daß ich eine Tochter habe. Ich sorgte mich ein paar Minuten lang um sie, auf Schikursen kann schließlich verschiedenes passieren; dann kam ich dahinter, daß ich Angst und Sorge nur spielte. Ich schämte mich. Nein, ich sorge mich nie um Ilse, sie bedarf meiner Sorge nicht. Das mag ein Irrtum sein, aber so ist es eben. Ich beschloß, ihr lange Stiefel zu kaufen, und schämte mich noch einmal. So kauft man sich nämlich los, wenn man ein schlechtes Gewissen hat, und um so mehr, wenn man nicht einmal das hat.

Es liegt in meiner Natur, gern Geschenke zu machen, vielleicht weil ich mich selber gern beschenken lasse, vielleicht aber auch, weil ich von den Beschenkten geliebt werden will oder weil ich mich auf diese Weise für eine Weile freikaufe. Nichts ist schwieriger, als sich selber auf die Schliche zu kommen. Ich habe manchmal plötzliche Erleuchtungen. Durch Nachdenken bin ich noch nie weitergekommen. Ich weiß oder ich weiß nicht. Meine Gedanken sind wie ein Vogelschwarm, der in alle Richtungen auseinanderstiebt. Manchmal streift mich ein Flügel und scheucht etwas in mir auf, Bilder, die tief geschlafen haben. Ich kann sie nicht willkürlich erzeugen, sie sind plötzlich da, in leuchtenden Farben, und ich weiß Dinge, die ich nie zuvor gewußt habe. Dann vergesse ich sie wieder. Deshalb halte ich das Denken für eine zweitrangige Beschäftigung. Das gilt aber nur für mich. Andere Leute kommen vielleicht durch Denken wirklich irgendwohin, ich niemals. Denken ist gut und nützlich in kleinen Dingen, die nicht so wichtig sind. Darüber hinaus stiftet es bei mir nur Verwirrung und Unheil. Alle Fehlentscheidungen meines Lebens habe ich nach gründlichem Denken getroffen. Ich tue es noch immer, weil man mir von klein auf eingeprägt hat, daß der Mensch denken müsse. Entweder bin ich kein Mensch, oder die Anweisung war falsch. Ich benütze das Denken als Blindenhund, wenn meine Augen geschlossen sind und ich keine Bilder sehen kann. Leider hat die anerzogene Gewohnheit zu denken dazu geführt, daß meine Gedanken mit mir Schindluder treiben und mich nie in Frieden lassen.

Beim Abstauben, Ilse war längst vergessen, befiel mich Überdruß. Das geschieht häufig beim Abstauben, vielleicht weil diese Tätigkeit wie keine andere mir die Vergeblichkeit allen menschlichen Strebens vor Augen führt. Sogar der Bücherkasten war schon wieder von einer feinen grauen Schicht überzogen. Ich schleppte mich mühsam dahin wie eine sehr alte Frau, vom Tisch zum Bücherkasten und zum Schreibtisch, und ich fühlte mich von dickem, grauem Nebel eingehüllt.

Ich beschloß mit letzter Kraft, gegen diese Verdunkelung einzuschreiten, lief ins Badezimmer, ließ einen Kübel voll Wasser laufen, ergriff ein Tuch und kniete mich im Wohnzimmer auf den Boden, um das versiegelte Parkett aufzuwischen. Ich nahm nicht den Stielbesen, sondern kroch auf den Knien herum und säuberte wirklich jede Ecke, was man mit dem Besen nicht kann. Es war eine große Wohltat, und ich hörte endlich auf zu denken. Eine wunderbar anstrengende Arbeit ist das, man muß unter Verrenkungen unter Kästen langen, Möbel verschieben, der Rücken schmerzt, und die Hände brennen. Es gibt nichts Besseres gegen lästige Gedanken.

Als ich damit fertig war, lag zwar vor dem Fenster dichter Nebel, aber er störte mich nicht. Wenn Hubert mich so hätte sehen können, wäre er entsetzt gewesen. Ich wünschte einen Augenblick lang, er wäre hier, und ich könnte ihm entgegenlaufen und ihn umarmen und dazu lachen oder weinen, jedenfalls etwas tun, das ihm beweist, daß ich noch lebe. Das hätte ihn schrecklich aus der Fassung gebracht. Nichts verwirrt ihn mehr, als wenn jemand übertriebene Gefühle zeigt, das heißt: Gefühle, die ihm übertrieben erscheinen. Ich verschone ihn weitgehend mit derartigen Überraschungen, ein winziger Stoß könnte ihn aus dem Gleichgewicht bringen, und das will ich auf keinen Fall. Außerdem ist mir ja selber sehr selten nach Lachen oder Weinen zumute. Ich spiele nur manchmal mit dieser Vorstellung, aber das hat nichts weiter zu bedeuten.

Ich lachte leise vor mich hin und hielt erschrocken inne. Es gab nichts zu lachen, für mich bestimmt nicht. Im Gegenteil, draußen im Briefkasten mußte ja schon wieder ein Geschenk auf mich warten.

Ich beschloß, mich vorläufig nicht darum zu kümmern und weiterhin ein bißchen Theater zu spielen. Vielleicht tue ich das auch, weil ich in einem Haus nicht gern allein bin; ich bin gern allein in einem Zimmer, aber nicht in einem ganzen Haus. Wenn man allein in einem Zimmer ist, kann man gelegentlich zur nächsten Tür gehen, klopfen und fragen: »Darf ich ein bißchen hineinkommen?« Und der da drinnen ist, sagt: »Ja, mein Kind, komm nur herein.« Wir sitzen dann auf dem großen grünen Sofa, der andere raucht seine Pfeife und erzählt mir kleine Geschichten, die keinen Anfang und kein Ende haben, und nach einer Weile bin ich wieder soweit, daß ich gehen und in meinem Zimmer allein sein kann.

Der andere Mensch im anderen Zimmer ist immer mein Großvater, immer noch, und nie wird ein anderer seinen Platz einnehmen. Das ist ein Bild, und gegen Bilder bin ich wehrlos. Wer sonst würde auch »mein Kind« zu mir sagen? Bilder kann man nicht verändern, selbst wenn man einsieht, daß sie einem nicht guttun.

Hubert sitzt nicht auf einem grünen Sofa, und er raucht keine Pfeife, sondern Zigaretten. Er sitzt an seinem Schreibtisch, und ein Schreibtisch ist ein einsames Möbel. Niemals sitzen zwei Leute an einem Schreibtisch. Hubert erzählt auch keine Geschichten, und die er weiß, will er mir nicht erzählen, er wird schon wissen, warum. Bestenfalls sitzen wir in Polstersesseln und berichten einander kleine Ereignisse, die sich am Tage zugetragen haben. Ich habe dazu mehr Talent, ich erzähle, was der Trafikant mir gesagt hat, wieviel Vögel auf dem Balkon waren und daß eine weiße Katze in der Nachbarschaft aufgetaucht ist. Ich weiß nicht einmal, ob Hubert das braucht, aber wenn er es nicht hören wollte, könnte er ja aufstehen und weggehen. Er steht aber nicht auf, sondern hört mir zu und macht erstaunte Augen, manchmal lacht er sogar, ein bißchen zögernd zwar, aber doch wie Leute lachen, die aus der Übung gekommen sind. Die Hauptsache ist: Wir sitzen hier und spielen eine Szene, die nicht ganz stimmt, die aber doch ein ganz guter Ersatz ist für die wirkliche Szene, die nie gespielt wird.

Ich kniete auf dem Boden und starrte in den Kübel mit Schmutzwasser. Etwas sehr Wichtiges war mir gerade durch den Kopf gegangen, etwas, das sehr böse und nicht in Ordnung ist: Niemand und nichts sollte jemals Ersatz für irgendeinen oder irgend etwas sein. Offenbar hatte ich seit meinem neunzehnten Jahr eine Menge Verbrechen begangen und Menschen nur dazu benützt, meine Kinderträume ungestört weiterträumen zu dürfen. Der Gedanke war schrecklich, und ich beschloß, ihn zu vergessen.

Ich war jetzt wirklich erschöpft. Ich trug den Kübel ins Bad und leerte ihn aus. Ich säuberte ihn so sorgfältig, als hinge das Heil der Welt von seiner Sauberkeit ab. Ich tat es, um meine frühere Erleuchtung recht schnell vergessen zu können.

Der erste Teil meiner Arbeit war fast beendet, nicht ganz, die Teppiche mußten noch geklopft werden, nicht alle, nur die aus dem Wohnzimmer, alle wären zuviel für mich gewesen.

Der Garten ist eher klein und schäbig, umgeben von einer Taxushecke, die unerfreulich nach Friedhof riecht. Ich würde Hainbuchen vorziehen, aber wer sollte sie setzen? Hier wird nichts Altes ausgegraben und nichts Neues gepflanzt. Der Garten weiß, daß er nicht geliebt wird, und verkümmert. Nichts will wachsen, die Taxushecke ist das einzige wirklich Grüne. Der Rasen wächst nur spärlich und neigt zum Gelbwerden, die Rosen entarten und tragen jedes Jahr kleinere Blüten, außerdem sind sie befallen von allem, was Rosen befallen kann. In einer Ecke steht ein Tisch, und im Sommer kommen ein paar Gartenstühle dazu. Dahinter wächst ein Birnbaum. Er trägt Früchte, die nach Rüben schmecken und schon am Baum zu faulen anfangen. Und ich tue nichts für diesen armen Garten. Ich verstehe selber nicht, warum. Einmal pflanzte ich zwei Stauden Pfingstrosen, aber nicht einmal sie hielten es hier aus. Sie wurden krank und gelb, und ich grub sie mit einer gewissen Genugtuung wieder aus. Pfingstrosen sollen hier nicht blühen, sie gehören in einen ganz anderen Garten, in einen Garten, den es nur noch in meinem Kopf gibt. Dort leuchten ihre roten Bälle, und die Ameisen laufen an den Stengeln auf und nieder, in alle Ewigkeit.

Ich hielt mit dem Klopfen inne und stand, nur so, um Atem zu holen, und sah, wie die Sonne sich wieder einmal damit abquälte, den Nebel zu durchdringen. Es gelang ihr nicht. Meine Augen wurden ganz heiß, und ich bemühte mich, die schönen alten Quälgeister verschwinden zu lassen, die Herzblumen, den Schneeballstrauch und die Georginen und Dahlien.

Dann nahm ich die Teppiche über den Arm und schleppte sie ins Haus zurück. Jetzt war der Vormittag wirklich vorbei. Im Badezimmer wusch ich mir Gesicht und Hände und sagte mir, daß ich meine Arbeit recht gut gemacht hatte, und spürte, wie ich diese Arbeit verabscheute und wie notwendig sie für mich war.

Dann holte ich das gelbe Kuvert aus dem Briefkasten und trug es hinauf in die Mansarde. Ich war zu erschöpft, um einen Gedanken daran zu verschwenden, und stopfte das Ding unter das Zeichenpapier in der Lade. Dann ging ich in die Küche, schenkte ein Glas Milch ein und strich mir ein Butterbrot. Hubert war sehr weit weg von mir und speiste vielleicht gerade mit Dr. Melichar. Er ging seiner eigenen lustvollen Wiederkäuerei nach. Wir hätten Zwillinge sein können.

Ich setzte mich nicht hin, denn dann hätte ich ja wieder aufstehen müssen, und bei meinem Grad von Müdigkeit schien mir das nicht zu bewältigen. Die Milch, die zwar nicht nach Milch schmeckte, war wenigstens gut kalt. Das Butterbrot konnte ich nicht essen. Den Bissen, den ich schon im Mund hatte, spuckte ich wieder aus, weil er immer größer wurde und sich nicht schlucken ließ. Dann bemerkte ich, daß das Brotmesser mit der Schneide nach oben lag. Ich drehte es sofort um. Ein Messer darf nie mit der Schneide nach oben liegen, denn dann müssen die armen Seelen darüberreiten. Dieser Gedanke verfolgt mich seit meiner Kindheit, ich weiß nicht, wer mir diese Geschichte erzählt hat. Ich glaube nicht an arme Seelen, aber der Gedanke, daß sie über mein Messer reiten müssen, ist mir unerträglich.

Ich spürte jetzt eine gewisse Befriedigung darüber, die armen Wesen gerettet zu haben, aber gleichzeitig wurde mir bewußt, daß ich ganz unglaublich müde war an diesem Mittwoch. Vielleicht fange ich an, mein Alter zu spüren. Hubert hat mir einmal geraten, eine Hilfe aufzunehmen. Ich habe abgelehnt. Seither scheint er die Sache vergessen zu haben; er fragt nie danach. Das ist ganz in Ordnung so. Ich frage ihn ja auch nicht, wie er seine Kanzlei führt, ob er ein guter oder schlechter Verteidiger ist und ob er nicht noch eine weitere Bürokraft aufnehmen sollte. In diesen Dingen können Menschen einander nicht helfen.

Manchmal, sehr selten, erzählt er mir von einem seiner Fälle, und ich höre aufmerksam zu, seltsam berührt von der fremden Welt, in der er seine Tage verbringt, Tage, Jahre, sein ganzes Leben. Dafür darf er manchmal in meine Mansarde kommen und meine Bilder ansehen. Ihm gefällt alles, was ich zeichne, weil ich es zeichne und weil er froh ist, daß ich etwas habe, das in seinen Augen ein Hobby ist. Daß es das nicht ist, soll er gar nicht wissen. Vielleicht ahnt er es ohnedies längst. Eheleute wissen eine Menge Dinge übereinander, auch wenn sie nicht darüber reden.

Nach derartigen Besuchen gehen wir einander ein bißchen aus dem Weg. Aber es kommt ohnedies so selten vor, daß man kaum darüber zu reden braucht. Hubert rührt sich dann nicht von seinem Schreibtisch weg. Ilse geht ohnedies ihre eigenen Wege. Und ich halte mich viel in der Mansarde auf. So büßen wir für ungebührliche Vertraulichkeiten.

Ilse pflegt übrigens bei Schlagermusik zu lernen, was ihren Vater mit tiefem Mißtrauen erfüllt. Da sie nicht zu laut spielt, verbietet er es nicht. Ich zerbreche mir nicht den Kopf darüber. Vielleicht kann man wirklich bei Schlagermusik lernen, wenn man so beschaffen ist wie Ilse. Es steht mir nicht zu, daran zu zweifeln. Oft kommen auch Freundinnen zu Ilse, weil ihr Zimmer groß ist und eine Sitzecke hat. Ich stelle dann immer eine Jause in die Küche, die Ilse sich holen kann. Ich freue mich, daß diese fremden jungen Mädchen kommen und daß Ilse in ihrer Welt beliebt und angesehen ist. Es ist schön, daß sie Freunde hat und mit ihnen lachen kann. Ich weiß nicht, worüber sie sich unterhalten. Sie sehen auch ganz anders aus, als die Mädchen zu meiner Zeit aussahen, die meisten sind groß und üppig und völlig unbekümmert. Auch Ilse ist jetzt schon größer als ich und kann meine Sachen nicht tragen. Ich kann auch nicht jene Neugierde an Ilse entdecken, die zu meiner Zeit üblich war. Sie scheint alles zu wissen und nicht besonders daran interessiert zu sein. Sie beschäftigt sich nur mit ihren Schallplatten, mit Handarbeiten, was mich sehr wundert, und mit ihren Stofftieren, die überall im Zimmer herumsitzen. Sehr merkwürdig ist das alles. Ich verstehe davon überhaupt nichts. In der Schule kommt sie sehr gut durch, sie hat das gute Gedächtnis ihres Vaters geerbt, und das erleichtert ihr das Lernen natürlich sehr. Ich weiß nicht, was sie einmal tun wird, die Schule scheint ihr nur ein notwendiges Übel zu sein.

Mit Hubert kann ich nicht über sie reden, für ihn ist sie ein Kind, das mit Stofftieren spielt und zufällig schon wie eine Frau aussieht. Es wäre ihm sehr zuwider, sich Gedanken über Ilses Weiblichkeit zu machen und gar darüber zu sprechen. Manchmal habe ich den Eindruck, er hofft im stillen, Ilse werde immer in ihrem Zimmer sitzen, bei Schallplatten und Schularbeiten, und daran werde sich bis zu seinem Tod nichts ändern. Ich glaube, er wundert sich genau wie ich darüber, daß dieses junge Mädchen, das wir nur oberflächlich kennen, unsere Tochter ist. Natürlich wissen wir auch von Ferdinand nicht viel, aber auf die gleiche Weise, auf die wir übereinander nicht viel wissen. Das ist ein großer Unterschied. Ferdinand ist nur zufällig jünger als wir, aber er gehört zu uns, weil er aus unserer Vorzeit stammt, die nicht grau war, sondern schön, bunt und leuchtend. Ferdinand, mit dem man reden kann wie mit einem erwachsenen Menschen, der er ja auch ist, erzählt nie von seinem Privatleben. Hubert hat ihn gelegentlich in der Stadt gesehen, mit einer jungen Frau, die etwas älter sein muß als er und von Hubert als apart bezeichnet wird. Wahrscheinlich werde ich sie nie zu Gesicht bekommen.

Das alles ist sehr verwirrend für mich. Leute, die mit ihrem eigenen Leben nicht fertig geworden sind, sollten sich nicht in fremde Leben mischen. In Wahrheit verstehe ich überhaupt nichts von diesen Dingen. Noch heute finde ich, daß alles, was zwischen Männern und Frauen geschieht, sehr sonderbar und, mit nüchternen Augen betrachtet, ziemlich unverständlich ist. Aber es geschieht eben ununterbrochen, man hat sich daran gewöhnt und denkt nicht mehr darüber nach.

Ich erinnere mich nur undeutlich an meine ersten Erlebnisse. Ich weiß nur, daß es großen Eindruck auf mich machte, wenn ein Mann sehr warme Hände hatte. Freilich, meine Mädchenjahre in dieser Stadt erscheinen mir heute als ein einziger langer Kriegswinter, und ich nahm mir Wärme, wo ich sie nur bekommen konnte. Einige junge Männer, die ich damals kannte, litten nicht unter der Kälte, für mich gaben sie wunderbare große Kachelöfen ab, und wenn ich mich auch nicht an ihre Gesichter erinnern kann, bin ich ihnen noch immer dafür dankbar.

Wie sollte ich unter diesen Umständen wagen, mich mit den Angelegenheiten anderer Leute zu beschäftigen? Wer weiß, warum sie etwas tun oder nicht tun?

Einmal, in den langen Ferien im Dorf, als mein Großvater noch lebte, traf ich mich nachts manchmal mit einem jungen Mann, den ich von klein auf kannte. Wir gingen auf Igeljagd, und hin und wieder küßte er mich dabei, das schien dazu zu gehören. Mir war es aber mehr um das Abenteuer und um die Igel zu tun. Die Igel raschelten und tapsten im Gebüsch und waren leicht zu finden. Sie hängten uns ihre Flöhe an und trollten sich dann wieder. Die Wiesen rochen nach Heu, und gelegentlich fiel eine Birne vom Baum. Das klang in der Nacht sehr laut, und wir drückten uns erschrocken aneinander.

Das Telephon läutete. Benommen hob ich den Hörer ab. Die liebe Dame war am Apparat und fragte, ob sie mich am Freitag besuchen dürfe. Der lieben Dame kann man nicht nein sagen, wir tauschten ein paar Höflichkeiten aus, und ich hängte wieder auf. Es paßte mir eigentlich nicht, aber bei Telephongesprächen wird man immer überrumpelt. Die liebe Dame hat auch einen bürgerlichen Namen, aber ich denke nie an ihn, eines Tages werde ich ihn bestimmt vergessen, ich kann mir Namen ohnedies schlecht merken. An die liebe Dame denke ich nur, wenn sie mich anruft, was ungefähr dreimal im Jahr geschieht. Sie ist ein sonderbares Geschöpf. Als Ilse geboren wurde, lagen wir in der Klinik im selben Zimmer, zehn Tage lang. Seither besucht sie mich. Wir haben nichts gemeinsam als die Tatsache, daß wir gleichzeitig ein Kind bekamen, das scheint ihr aber zu genügen.

Weil ich mich immer noch nicht hingesetzt hatte, fingen meine Knie zu zittern an. Ich schenkte mir noch ein Glas Milch ein, setzte mich an den Küchentisch und blätterte in der Zeitung. Plötzlich wurde mir sehr kalt, kein Wunder, ich hatte beim Teppichklopfen geschwitzt und mich nicht umgezogen. Mir war, als würde ich nie wieder aufstehen können. Dann dachte ich an mein Bett und sagte mir, es stünde mir ja frei, mich hinzulegen. Aber natürlich hätte das mein ganzes System durcheinandergebracht, und deshalb kam es nicht in Frage.

Ich lege großen Wert auf mein Bett. Es ist lang und breit, und die Steppdecke ist wunderbar weich und warm. Schon als Kind ging ich immer gern zu Bett. Ich betrachtete es als eine tröstliche Höhle, in die ich mich nach einem traurigen Tag verkriechen konnte. Und damals, als meine Eltern noch lebten, gab es ja fast nur traurige Tage.

Wenn ich im Bett liege, lese ich noch zehn Minuten, dann ziehe ich die Decke über die Schultern und gebe mich ganz dem Genuß des langsamen Erlöschens hin. Ich träume viel, und in meinen Träumen gibt es noch eine Gewißheit, daß alles gut ausgehen wird, ein bißchen Hoffnung, die ich im Wachsein nicht mehr kenne. Warum sollte ich da mein Bett nicht gern haben?

Es ist mir unheimlich, daß Hubert so ungern schlafen geht. Die Augen fallen ihm schon zu, und er sitzt noch immer vor dem Fernseher. Manchmal trinkt er abends Kaffee, um an seinem Schreibtisch noch arbeiten zu können. Ich sehe aber nicht, daß er arbeitet, er sitzt nur so und starrt vor sich hin. Natürlich kann er dann nicht einschlafen. Er sagt, das Bett sei für ihn etwas Sargähnliches, deshalb mag er es nicht. Immer glaubt er, etwas Wichtiges zu versäumen, aber was gibt es denn zu versäumen? Ich verstehe ihn nicht. Er behauptet, nie zu träumen. Wahrscheinlich vergißt er seine Träume sofort wieder. Manchmal nützt es ihm, wenn ich ihm im Bett kleine alltägliche Geschichten erzähle. Dann kommt es vor, daß er von einer Sekunde zur andern einschläft. Aber meistens kommt er ja erst, wenn ich schon im Einschlafen bin. Ich höre ihn, das Bett bewegt sich, ich möchte etwas sagen, es geht aber nicht mehr, und schon bin ich wieder in den Schlaf geglitten, wo es noch immer Hoffnung gibt. Es beunruhigt mich sehr, daß Hubert nicht schlafen will. Auch ich schlafe ja nicht mehr so gut wie früher. Gegen vier Uhr erwache ich und bin ein ganz anderer Mensch als am Tag. Davor habe ich Angst, denn mein Vier-Uhr-Ich ist ein fremdes, zerstörerisches Wesen, das darauf aus ist, mich umzubringen.

Es wurde immer kälter. Ich stand auf und wusch das Milchglas aus. Das Telephon klingelte; eine Fehlverbindung. Ich zog die Weste an und ging auf die Veranda, um dort ein bißchen sauberzumachen. Die Veranda ist aus Holz, und ich mag sie. Das Holz ist alt und grau und schimmert seidig, wenn Licht darauf fällt. Hubert wollte sie abreißen lassen, aber ich habe ihn davon abgebracht. Im Sommer ist sie mein kleines Holzhaus, ich sitze viel lieber auf der Veranda als im Garten. Im Vorbeigehen streichle ich manchmal ihre Wand, es ist so angenehm, altes Holz zu streicheln.

Ich arbeitete noch bis halb fünf, dann war ich für heute fertig, wusch mich, zog mich um und ging einkaufen. Nach sechs Uhr kam Hubert heim, an Dr.-Melichar-Tagen kommt er immer ein bißchen früher als sonst. Er war recht aufgeräumt, und seine Augen glänzten. Mir tat jeder Knochen weh, aber ich war sehr froh bei seinem Anblick. Gesegnet sei der Dr. Melichar, was immer er sein mag, und ich nehme an, er ist ein Filou, sonst könnte er Hubert nicht so guttun.

Das Essen verlief recht angeregt, und wir tranken eine

Flasche Rotwein dazu. Ich trank nicht viel, trotzdem fühlte ich mich ein wenig schwindlig, dabei aber ganz wach. An diesem Abend setzte sich Hubert nicht zum Fernsehen, sondern sah einen Kunstband an, den ihm die Post gebracht hatte. Mir hatte die Post auch etwas gebracht, und als ich Hubert so gut versorgt sah, stieg ich hinauf in die Mansarde.

An Zeichnen war nicht zu denken, aber meine Pflicht wollte ich wenigstens tun. Diesmal ging ich beim Lesen nicht hin und her, sondern setzte mich an den Tisch. Da ich selten Wein trinke, fühlte ich mich sonderbar, so als säße mein Kopf nicht fest auf den Schultern, sondern schwebe ein Stückchen höher in der Luft, und dieser Kopf war ganz leer und leicht.

2. April

Der Schnee ist vergangen und auch der Frost, dessen Knistern ich nicht hören konnte. Im März taute es. Der Schnee wurde bläulich und stumpf, und eines Morgens lag die südseitige Wiese schneefrei. Gelbbraune Grasstoppeln richteten sich auf, befreit von der winterlichen Last, und später erschienen die ersten Blumen, Leberblümchen und Schlüsselblumen, nein, zuerst nur Leberblümchen. Ich versuchte sie zu malen, brachte aber ihr Blau nicht richtig heraus. Sie sind einfach zu schön, um gemalt zu werden, das ist keine Aufgabe für mich.

Der März war im ganzen nicht angenehm, das Tauwetter und die Unruhe, die ich nur spürte, nicht hörte, taten mir nicht gut.

Ich sehe, wie das Schneewasser über die Ufer tritt, und stelle mir vor, wie es rauscht und gluckst. Aber allmählich höre ich auf, mir Geräusche vorzustellen. Auch in meinen Träumen ist alles verstummt. Die Welt wird immer lautloser, und ich sondere mich immer mehr von ihr ab. Das ist schlecht für mich, ich weiß, aber ich kann nichts mehr dagegen tun. Auch ins Dorf bin ich noch nicht gegangen. Der Jäger bringt mir, was ich brauche, und ich brauche immer weniger. Es kostet mich zunehmend Überwindung, aufzustehen, mich zu waschen, frische Wäsche anzuziehen und meinen winzigen Haushalt zu besorgen. Jeder Handgriff ist eine Mühe. Von Zeit zu Zeit schneide ich mir die Haare mit einer Papierschere, immer wenn sie bis auf die Schultern reichen und lästig werden. Ich halte sie mit einem Band aus der Stirn. Ich benütze keinen Lippenstift mehr, mein Mund ist blaß, manchmal fast weiß.

Ich gehe im Wald herum. Der Jäger mag das nicht. Er schrieb mir auf: »Nicht weit weggehen! Gefährlich!« – »Warum?« fragte ich. Er sah mich kalt und ärgerlich an. »Gauner treiben sich herum«, schrieb er, »ich bin verantwortlich.« Da mußte ich lachen. Vielleicht klang es wie das Krächzen der Raben oder wie das Scheppern der Elstern, denn er riß mir den Zettel aus der Hand und steckte ihn in den Ofen. Dann ging er und schlug die Tür hinter sich zu, ich spürte die Luftwellen auf meinem Gesicht. Ich zog meine Bergschuhe an und ging in den Wald. In den Wald, der gleich hinter dem Haus aufsteigt und den größeren meiner beiden Kerkermeister bedeckt.

Ich stelle mir vor, daß die Berge ungern so nahe beisammenstehen. Jeder von ihnen träumt davon, allein inmitten einer weiten Steppe aufzuragen. Er müßte sich deshalb nicht einsam fühlen. Manchmal käme ein Adler geflogen und brächte von einem anderen Berg ein bißchen Erde und Gras in den Krallen mit. Diese Vertrautheit müßte einem großen Berg genügen und sein Steinherz angenehm erwärmen. Schön wäre es, ein Berg zu sein, aber ich bin kein Berg, ich bin immer nur die gekränkte und erstaunte Maulwurfsgrille.

Ich versuche einen Vogel zu malen, einen Bergfinken, aber es wird nichts aus ihm, schön sieht er aus und einsam, der einzige Bergfink auf der Welt. Einmal, als ich Hubert kennenlernte, zeichnete ich einen Star, er sah fast fröhlich aus und schien zu lauschen. Ich hob ihn in einem Koffer auf, den wir bei Bekannten auf dem Lande sicher glaubten. Aber genau dort schlug eine Bombe ein. In dem Koffer, der sehr groß war, befand sich meine Wäscheaussteuer, die noch mein Großvater gekauft hatte, mein Silberbesteck für sechs Personen, etwas gutes Porzellan und der Star. Die anderen Sachen konnte ich verschmerzen, aber um den Star tut es mir leid. Damals war ich gegen materielle Verluste ganz unempfindlich. Zeitweise bin ich sicher, daß mir nie wieder so ein Star gelingen wird. Wie sollte das auch möglich sein?

Hubert schreibt, er hat Kanzleiräume bekommen und ist dabei, sie einzurichten. Die Wohnung aber haben ihm Leute weggeschnappt, die mehr dafür bezahlen können. Doch hat er schon eine andere in Aussicht. Ferdinand geht es gut, er schickt mir tausend Küsse und ein kleines Photo. An die Küsse glaube ich nicht. Ferdinand muß mich längst vergessen haben, bestenfalls kann ich eine Sagenfigur für ihn sein. Er ist jetzt vier Jahre alt. Das Bildchen habe ich gleich versteckt.

Ich laufe jeden Tag in den Wald. Wenn ich schnell gehe, an Baumwurzeln stoße und achtgeben muß, daß ich nicht falle, bin ich sehr beschäftigt und denke nicht. Ich steige hinauf auf den Bergkamm, auf der anderen Seite hinunter und komme zu einem kleinen Bergsee, in den die Prusch mündet. Der See ist ganz bequem auch auf einem anderen Weg zu erreichen, aber ich ziehe diesen Umweg vor, bequeme Wege sind nichts für mich. Den angekündigten Gaunern bin ich noch nicht begegnet, nur ein paar Holzknechten oder am See einem Fischer. Ein paar kleine Holzhäuser stehen am Ufer, weit voneinander entfernt. Ich nehme an, sie sind im Sommer bewohnt und gehören Leuten aus der Stadt.

Der See ist tiefgrün und sieht sehr kalt aus. An manchen Stellen ist er fast schwarz, dort muß er tief sein. Bestimmt kann man selbst im Sommer nicht darin baden.

Ich stehe am Ufer und beobachte die Fische. Unvorstellbar, daß sie in dieser ewigen Kälte leben können. Sie sehen aber recht munter und sehr lebendig aus. Ich rede zu ihnen. Ich sage: »Schwimmt weit weg vom Ufer, daß euch keiner sehen kann.« Ich weiß, es besteht keine Möglichkeit der Verständigung. Trotzdem rede ich zu ihnen. Es scheint, daß der Mensch reden muß, wenn er nicht den Verstand verlieren will. Vielleicht habe ich ihn längst verloren und weiß es nur nicht. Manchmal spüre ich, wie mich Augen aus dem Dickicht beobachten. Kleine Waldtiere starren mich an, wie ich die Fische anstarre. Und wir alle miteinander wissen nichts voneinander.

26. Juni

Fast drei Monate habe ich nicht geschrieben. Der Frühling ist schwerer zu ertragen als der Winter. Hubert wollte zu Ostern kommen, aber ich habe ihn gebeten, wegzubleiben. Wozu sollten wir uns quälen? Er ist so pflichtbewußt, daß ich ihn nur vom Kommen abhalten kann, wenn ich ihm schreibe, ich könne seinen Besuch nicht ertragen, und es sei nicht gut für mich. Er tut ja alles, was gut für mich ist. Ich stelle mir vor, wie er unter der Erleichterung leidet, die er über meine Briefe empfinden muß. Es macht mir keine Freude, mir seine Leiden vorzustellen, nicht aus Edelmut, sondern weil alles, was ihm weh tut, auch mir weh tun muß. Daran hat sich nichts geändert. Die Wohnung soll er wirklich bekommen. Aber es wird nie meine Wohnung sein. Was sollte ein junger Rechtsanwalt wohl mit einer tauben Frau, was kann überhaupt irgendein Mann mit einer tauben Frau anfangen, und was wäre ich für eine Mutter für den kleinen Ferdinand? Das alles ist undenkbar. Es genügt schon, daß Hubert mich erhalten muß. Aber auch das wird eines Tages aufhören. Ich bekomme Aufträge, Kinderbücher zu illustrieren und dergleichen. Zuletzt mußte ich Schmetterlinge malen, konventionell schöne Schmetterlinge, genau das, was mein

Auftraggeber wollte. Ich werde eines Tages aufhören, Hubert finanziell zur Last zu fallen; aber eine Last werde ich für ihn sein, solange wir leben.

Wir waren so glücklich miteinander, noch ein bißchen ungläubig zwar und nicht ganz sicher, aber das hätte ja noch besser werden können. Vielleicht auch nicht. Es ist gut möglich, daß wir die allzugroße Nähe auf die Dauer nicht ertragen hätten und in unseren früheren Zustand zurückgekehrt wären, ich zu meiner Malerei und Hubert zu seinen Freunden, die er sich hielt wie Hofnarren. Das wird man natürlich nie wissen. Ich wünsche ihm, daß er eine andere Frau findet oder wenigstens muntere Hofnarren.

Ich weiß nicht mehr, wie es ist, wenn er mich berührt. Ich erinnere mich deutlich nur daran, daß der kleine Ferdinand immer heiße Hände hatte und daß er immer sehr gut roch, auch wenn er nicht frisch gewaschen war. Erwachsene riechen nie so gut wie Kinder. Seit ich hier bin, habe ich kein einziges Kind gesehen. Darüber bin ich froh.

Im Mai kam noch einmal der Winter. Die Schmetterlinge waren abgeschickt, und ich war zum Römischen Reich zurückgekehrt. Das Wetter wurde kalt, und es schneite. Der Jäger schien mir von Tag zu Tag mürrischer, und einmal schlug er seinen Hund besonders arg. Ich sah es von der Veranda aus. Der Hund heulte, er heulte lautlos, und das war so entsetzlich, daß ich mich in mein Bett verkroch und weinte. Vielleicht heulte ich ebenso laut wie der Hund. Ich glaubte ersticken zu müssen. Gegen Abend kroch der Hund auf dem Bauch ins Haus zurück, und wenig später ging er schweifwedelnd neben seinem Herrn in den Wald. Er hinkte noch ein bißchen, schien aber glückselig zu sein. Ich wollte sie beide umbringen. Vielleicht ist der Hund sogar besser dran als der Jäger, ich könnte es mir vorstellen.

An diesem Abend geschah etwas mit mir, und ich blieb zwei Tage im Bett, das Gesicht zur Wand gedreht. Ich

weiß nicht mehr, was ich dachte, nur, daß es sehr schrecklich war.

Am dritten Morgen stieß der Jäger den Schlüssel aus
dem Schloß und sperrte mit einem Dietrich auf. »Gehen
Sie weg«, schrie ich. Der Jäger schrieb einen Zettel: »Ich
bin verantwortlich, soll ich den Doktor holen?« –
»Nein«, sagte ich ergeben, »gehen Sie hinaus, dann stehe
ich auf.« Er ging und nahm den Zettel und den Schlüssel
mit. Gegen Mittag kroch ich aus dem Bett. Es war eiskalt im Zimmer, außerdem war ich sehr schwach und
sah alles doppelt. Der Jäger mußte mich gehört haben,
denn er kam herauf, heizte ein, und dann brachte er mir
einen Teller Suppe, dicke graue Einmachsuppe. Ich
hockte im Ledersessel und konnte den Löffel nicht halten. Da fütterte mich der Jäger. Die Suppe schmeckte
sehr gut.

Warum sollte ich nicht einen Teller Suppe von ihm nehmen? Wer bin ich denn? Seine Augen waren farblos wie
immer, aber kummervoll. Er will nicht, daß ich sterbe, er
braucht das Geld. Vielleicht hatte er wirklich Mitleid, ich
will das nicht ganz ausschließen.

Das war irgendwann im Mai. Manche Tage sind lang wie
Wochen, manche Wochen sind wie ein einziger Tag.
Wenn ich sehe, daß der Jäger sein bestes Gewand anzieht
und ins Dorf geht, ist Sonntag. Sehr oft übersehe ich das
und weiß dann nicht, welcher Tag ist. Ab und zu bringt er
mir eine Zeitung. Ich lese sie, aber alles, was darin steht,
geht mich nichts an. Ich verwende sie zum Einheizen.

Weil ich nicht wollte, daß der Jäger mich noch einmal füt-
tert, fing ich wieder an zu leben. Das heißt: ich stand auf,
wenn es hell wurde, tat meine Arbeit und ging in den
Wald. Später saß ich dann im Sessel und las über den Aufstieg und Untergang des Römischen Reiches. Jeden Tag
fütterte ich die Vögel vor dem Fenster, und manchmal
zeichnete ich etwas. Aber das alles tat ich nur, um nicht
krank zu werden und um nicht vom Jäger abhängig zu

sein. Ich möchte nie wieder den seltsamen Ausdruck in seinen Augen sehen, soweit soll es nicht kommen, daß sogar er mich bemitleiden darf.

4. Juli

Seit Tagen geht es mir besser. Ich gehe viel in den Wald, und manchmal spüre ich, daß ich noch jung und lebendig bin. Es riecht nach Heu, dieser Geruch hat mir immer gutgetan.

Hubert schreibt, daß er die Wohnung noch in Aussicht hat. Er bittet mich, geduldig zu sein. Er schreibt so, als wäre es eine abgemachte Sache, daß er mich eines Tages holen wird und wir unser früheres Leben fortsetzen werden, als wäre nichts geschehen. Bildet er sich ein, daß ich beim Betreten dieser Wohnung wieder hören werde, oder was geht in seinem Kopf vor? Ich weiß nicht, warum er an dieser Fiktion festhält und wem damit gedient sein soll. Wenn ich nicht bei ihm bin, kann er vielleicht an mich denken, als wäre ich ganz normal und nur ein bißchen verreist. Hubert hat Angst vor alten, häßlichen und kranken Leuten. Er wagt nicht, sich die Wirklichkeit vorzustellen. Indem er mich abgeschoben und verraten hat, ist er sich selber treu geblieben. Jetzt habe ich niedergeschrieben, was ich nie denken und schon gar nicht schreiben wollte. Abgeschoben und verraten. Sogar der Jäger fühlt sich verantwortlich, aber Hubert, der nie einen Hund schlagen würde, hat mich verraten. Das muß ihm schrecklich sein. Wenn er die Wohnung wirklich bekäme, würde er sie wohl jahrelang einrichten müssen. Die Frau, der er zwar selten, aber doch fürsorgliche Briefe schreibt, existiert nur mehr in seinem Kopf.

Ich wollte, er würde sich nicht schuldig fühlen. Wenn man am Leben bleiben will, muß man auch einmal einen Verrat begehen können. Und man müßte sich damit abfinden wie mit der Tatsache, daß man X- oder O-Beine hat. Hubert wird sich nie damit abfinden.

Heute lag ich auf der Wiese und schloß die Augen. Die Sonne brannte auf mein Gesicht, und ich wurde schläfrig. Ich erwachte davon, daß jemand mich anstarrte. Die Katze saß drei Schritt neben mir und sah mich aus ihren gelben Augen an. Ich konnte sehen, daß in ihrem Kopf etwas vorging. Ich redete ganz leise auf sie ein, zumindest hoffte ich, daß es leise war. Da wich sie erschrocken vor mir zurück. Reden bedeutet für sie nur die Einleitung von Tätlichkeiten. So schwieg ich, und sie beruhigte sich wieder. Getrieben von dem Drang, sie zu streicheln, ich habe so lange nichts gestreichelt, streckte ich die Hand aus. Da entwich sie mit hohen Sprüngen hinter einen Busch. Es ist auch besser so. Sie soll gar nicht lernen, daß es sehr angenehm ist, gestreichelt zu werden. Es könnte sie so verwirren, daß sie ihren gesunden Katzenverstand verlöre. Sie soll frei und mutig bleiben und voller Haß gegen ihre Peiniger; nur der Haß und die Vorsicht können sie am Leben erhalten. Ich sagte: »Vertrau keinem Menschen, Katze, sie wollen dich nur quälen und bringen alle deine Kinder um. Bleib für dich allein, Katze. Einmal werden sie dich erwischen und dein Fell verkaufen, aber es ist nicht so schlimm, von einem Feind umgebracht zu werden wie von einem Freund. Das schreib dir hinter deine schönen Ohren!« Sie schaute mit langgestrecktem Hals hinter dem Busch hervor, und in der Mittagssonne sahen ihre Augen rot aus. Meine Hand zitterte vor Begierde nach dem weichen Fell, aber ich bewegte mich nicht und schloß wieder die Augen.

6. August

Hubert sieht ein, daß es besser ist, in seinem Urlaub nicht mit dem kleinen Ferdinand zu mir zu fahren. Es wäre hier viel zu rauh für das Kind. Das findet Hubert sehr vernünftig von mir. Ich bin froh, daß er sein schlechtes Gewissen soweit in der Gewalt hat, daß er keine Dummheiten macht. Es würde dem Kleinen bestimmt schaden, mich zu sehen. Ich habe Hubert gebeten, mich nicht zu besuchen, ehe die Wohnung fertig ist, ich wäre einer derartigen Aufregung nicht gewachsen. Dieser Briefwechsel ist traurig für uns beide, ein Außenstehender würde ihn vielleicht komisch finden. Manchmal bin ich selber so außenstehend, daß ich ihn komisch finde. Man wird hier mit der Zeit überhaupt sehr außenstehend. Ferdinand geht es sehr gut, schreibt Hubert. Das glaube ich sogar, er war ja immer der schwache Punkt meiner Schwiegermutter. Sie wird ihn mehr verwöhnen, als ich es getan hätte.

Auch aus anderen Gründen möchte ich nicht, daß Hubert kommt. Vielleicht würde ich schreien, wenn er mich anfaßt. Das wäre äußerst unpassend, besonders weil ich nicht weiß, wie mein Schreien klingt. Ich stelle mir vor, es klingt ganz schrecklich und würde Hubert zutiefst entsetzen.

Sehr oft denke ich jetzt an meine Eltern. Ohne viel Aufhebens zu machen, haben sie es fertiggebracht, an Tuberkulose zu sterben. Sie haben mich weggegeben, sooft es nur möglich war, und sie haben mich nie geküßt und kaum angefaßt. Vielleicht hat es ihnen weh getan, zu sehen, daß ich nur bei meinem Großvater daheim war. Über diese Dinge dachte ich früher nie nach. Und jetzt ist es zu spät. Alle, die mir Auskunft geben könnten, sind tot. Als Kind war ich sehr hungrig nach Liebe, ich streichelte damals jeden Hund und jede Katze, und wenn keine in der Nähe waren, küßte ich sogar Bäume und Steine. Ich muß wirklich ganz ausgehungert gewesen sein. Aber andererseits konnte ich es nicht ertragen, selber festgehalten, geküßt und gestreichelt zu werden. Ich war froh, daß meinem Großvater etwas Derartiges nie in den Sinn kam. Er sah mich an, und ich wußte, er liebt mich, und manchmal gingen wir Hand in Hand über die Felder, aber das war alles.

Hubert war am Anfang unserer Ehe sehr zärtlich zu mir. Davor hatte ich manchmal ein bißchen Angst. Als Kind hatte ich einmal Angina und litt sehr unter Durst, aber wenn man mir zu trinken gab, konnte ich nicht schlucken.

Ich hoffe, er hat es nie bemerkt. Ich war ja auch vollkommen glücklich, so glücklich ein erwachsener Mensch eben sein kann. Deshalb fällt es mir ja schwer, der Katze aus dem Wege zu gehen. Ich kann mir Huberts Gesicht nicht mehr vorstellen, und das ist so quälend, daß ich es nicht mehr versuchen will.

Gestern badete ich im See. Es war, als würde ich in zwei Teile geschnitten. Nachher lag ich zitternd auf der Wiese. Das Wasser ist mörderisch kalt. Es ist unheimlich, zu baden, wenn man das sanfte Platsch des Untertauchens nicht hören kann. Was ist das nur für eine Gegend, in der sogar im August das Wasser vor Kälte brennt?

7. September

Ich bin froh, daß der Sommer zu Ende geht. Ein Sommer der tödlichen Stille. Gewitter, die ich nur sehen kann, Regengüsse, die nicht an mein Ohr dringen, Wind, der lautlos an meinen Haaren zerrt, ein Vogelkonzert, nicht für mich gesungen, Jagdhunde, die hechelnd an mir vorüberrennen, und alles ganz lautlos. Wie die stumme Welt in einem alten Gemälde. Es wird besser für mich sein, im Winter in meinem Ledersessel zu hocken, zu lesen und zu zeichnen. Es tut dann sicher nicht so weh. Ich werde langsam einfrieren und es nicht einmal bemerken.

Der Jäger hat sich eine Frau zugelegt. Sie besucht ihn fast jeden Abend, eine Frau in mittleren Jahren, schlank, aber mit großem, schwappendem Busen. Zwei Vorderzähne fehlen ihr, und ihre Augen sind genauso farblos wie die des Jägers. Bei Anbruch der Dämmerung verschwindet sie im Haus. Vielleicht schlägt er sie wie seinen Hund, ich kann ja nicht hören, was unter meinem Zimmer vorgeht. Wenn sie mir begegnet, sieht sie mich schief von der Seite an, frech und unterwürfig zugleich. Ich werde ihr Geheimnis bestimmt nicht ausplaudern, wenn es überhaupt ein Geheimnis ist.

Immer wieder nehme ich mir vor, ins Dorf zu gehen. Ich war sogar schon einmal unterwegs. Als ich aber von ferne die Häuser sah, kehrte ich um und steckte dem Jäger meinen Einkaufzettel durch den Türspalt. Ich habe den Zeitpunkt versäumt. Sofort hätte ich es tun müssen, die Leute hatten sich längst an mich gewöhnt. Es ist zu spät, zu spät für alles.

Ich zeichne jetzt eine Elster, ein schönes, schillerndes Geschöpf. Sie sieht einsamer aus als irgendein Vogel zuvor, dazu ein bißchen böse und kalt. Ich mag diese Elster nicht, aber sie ist mir sehr gut gelungen. Nur möchte ich sie nicht in meinem Zimmer haben, ich fürchte mich vor ihr.

15. Oktober

Gestern war ich auf einer unbewohnten Alm. Der Jäger kümmert sich jetzt nicht mehr darum, wohin ich gehe. Er scheint begriffen zu haben, daß er mich mit seinen »Ich-bin-verantwortlich«-Zetteln nicht einschüchtern kann. Sehr einsam ist es dort oben, und ich passe sehr gut dorthin. Beim Abstieg fand ich eine Stelle, an der Preiselbeeren wachsen. Sie waren noch nicht ganz rot, weil es noch nicht gereift hat, und sahen aus wie Perlen einer Korallenkette. Ich aß eine Handvoll davon. Sie sind unbeschreiblich bitter und schmecken nach Gerbsäure.

Als ich zum See hinunterkam, saß vor einem der Holzhäuser ein Mann und starrte ins Wasser. Ich nehme an, daß er das tat, denn ich konnte ja nur seinen Rücken sehen und seinen Hinterkopf, der mit kupferrotem, kurzgelocktem Haar bedeckt war. Er drehte sich um und sagte etwas zu mir. Ich bemühte mich, deutlich zu artikulieren, und sagte: »Ich bin taub; wenn Sie etwas wissen wollen, müssen Sie es mir aufschreiben.« Er starrte mich eine Weile an, dann schien ihm ein Gedanke zu kommen, denn er holte einen Kugelschreiber und ein Stück Papier aus seiner Jakkentasche und schrieb in Blockbuchstaben: »Sie können wirklich gar nichts hören?« Ich nickte. Das schien ihm zu gefallen, jedenfalls bat er mich, schriftlich natürlich, ein Glas Limonade mit ihm zu trinken. Ich konnte sehen, daß er es nicht aus Mitleid tat, und deshalb nahm ich seine Einladung an. Es erschien mir als ein großes Abenteuer, mit einem anderen Menschen ein Glas Limonade zu trinken. Der Mann hat ein sehr merkwürdiges Gesicht, ganz weiß und breit, und seine Augen stehen auffallend weit auseinander und sind hell wie Wasser. Sein Mund ist groß und blaß, mit gesunden Zähnen, gelb vom Rauchen. Das auffallendste an ihm sind diese weit auseinanderstehenden Augen und das kupferrote Haar. Der Gesamteindruck ist eher häßlich als schön und ein wenig furchterregend. Aber ich kann mir ja die Leute nicht aussuchen, die mit mir Limonade trinken wollen und reden, ja, auch reden. Er schien nur darauf aus zu sein, mit mir zu reden, und es gefiel ihm offenbar, daß ich ihn nicht hören konnte; er sieht aus wie ein Mensch, der ganz allein ist, aber das Alleinsein nicht ertragen kann. Anfangs beobachtete er mich sehr genau, als er aber sah, daß ich wirklich nichts hören und auch nichts von seinen Lippen ablesen konnte, ließ er sich gehen und achtete nicht mehr auf mich. Ich glaube, er schrie sogar, zumindest sah es so aus. Da es mir zuwider war, ihn anzustarren, schaute ich schließlich auf den See. Nach einer Weile drehte ich mich zu ihm herum und sah, daß mit seinem Gesicht etwas Schreckliches geschehen war. Es war ganz aufgelöst und zerronnen, eigentlich war es überhaupt kein Gesicht mehr. Das Haar klebte ihm an der Stirn, und Schweiß rann in kleinen Bächen in seinen Kragen. Er roch sehr scharf und unangenehm. Ich stand auf und sagte: »Danke für die Limonade, ich muß jetzt gehen.« Einen Augenblick lang sah er aus, als wollte er mich mit Gewalt festhalten, dann besann er sich und schrieb wieder etwas auf das Papier. Ich konnte es fast nicht lesen, trotz der Blockbuchstaben, so stark zitterte seine Hand.

Das ist eine sehr sonderbare Geschichte. Er will, daß ich ihn so oft wie möglich besuche und ihn zu mir reden lasse. Weil er so verzweifelt aussah und überhaupt nicht ganz bei Trost, versuchte ich zu lächeln und sagte: »Morgen.« Dann ging ich weg und blickte mich nicht mehr um. Ich glaube, er stand dort und starrte mir nach, bis er mich nicht mehr sehen konnte.

Inzwischen habe ich darüber nachgedacht. Ich glaube jetzt nicht mehr, daß er verrückt ist, obgleich diese Art von Augen nicht ganz normal sein kann; ich nehme an, er muß etwas verschweigen, und das ist für ihn unerträglich. Er könnte auch zu einem Hund reden oder zu einem Baum, das wäre noch sicherer, aber vielleicht hat er nicht viel Phantasie und braucht eine menschliche Attrappe. Der Jäger würde schreiben: »Er kann ein Mörder sein. Ich bin verantwortlich.« Aber selbst wenn er ein Mörder wäre, mich wird er nicht ermorden, weil er mich braucht.

Es ist ein sonderbares Gefühl, wieder gebraucht zu werden, nach so langer Zeit. Ich werde wieder hingehen. Vielleicht kann ich mich an sein Gesicht und an seinen Geruch gewöhnen. Seltsam, jemand braucht mich, nicht mich persönlich, aber meine körperliche Anwesenheit. Die Limonade schmeckte abscheulich und klebrig. Ich kann mir jetzt den Geschmack der Preiselbeeren nicht mehr vorstellen, das tut mir leid.

Ich knüllte das Gelesene zusammen und trug es in den Keller. Dann sah ich zu, wie die Blätter langsam verglosten. Meine Schrift hat sich seit damals sehr verändert, sie ist nicht mehr so schräg, und die Anfangsbuchstaben sehen anders aus, sie erinnern nicht mehr an die Schrift, die ich in der Schule gelernt habe. Das war alles, worüber ich im Augenblick nachdenken konnte.

Mein Kopf saß jetzt wieder fest auf den Schultern, aber ich war sehr müde und wünschte, die Woche wäre vorbei. Ich saß auf einer Kiste, das Gesicht in die Hände gedrückt, und wartete, bis alles zu Asche zerfallen war.

Hubert war gerade dabei, das Fernsehen einzuschalten. Ich setzte mich neben ihn auf die Couch und muß gleich eingeschlafen sein, denn als ich erwachte, lag mein Kopf auf seiner Schulter, und er sagte, ich hätte eine ganze Stunde geschlafen. Er schenkte mir ein Glas Cognac ein, und ich sah, daß auch er schon getrunken hatte. Das geschieht selten, Hubert trinkt nur, wenn er angeregt ist, nicht um Depressionen zu vertreiben, und ich trinke überhaupt nur zur Gesellschaft mit.

Dann drehte er das Fernsehen ab, obgleich das Stück noch nicht zu Ende war, und ging mit mir zu Bett. Es wurde wie immer, wenn der Alkohol ihn ein bißchen enthemmt hat. Dann schlief er sofort ein, und ich lag noch eine Weile wach. Ich hatte ja schon vor dem Fernsehapparat eine Stunde geschlafen.

Da Hubert über Mittag bei Gericht zu tun hatte, beschloß ich, zum Friseur zu gehen. Ich tue das gern nach einem Putztag, mein Haar war ganz staubig und stumpf. Es war angenehm, daß ich mich nicht abhetzen mußte, denn ich hasse nichts mehr, als gehetzt zu werden.

Über Nacht hatte Föhn eingesetzt, und ich bildete mir nachträglich ein, es schon gestern gespürt zu haben. Der Himmel war blau, und es war unnatürlich warm. Föhn ist mir nicht unangenehm. Ich leide nur unter Nordwind, dann fühle ich mich krank und zerschlagen, und es tut mir alles weh, was einem eben in meinem Alter weh tun kann. Bei Föhn dagegen bin ich aufgekratzt und munter und unnatürlich wach. Ich kann besser sehen, hören und riechen als sonst. Am Abend bin ich dann meist recht müde, aber noch immer hellwach und kann ohne Tablette nicht einschlafen. Nicht-einschlafen-Können ist in einem Ehebett qualvoll. Ich wage nicht zu lesen oder mich herumzuwälzen, damit ich Hubert nicht wecke. Wenn ich gar nicht schlafen kann, schleiche ich mich aus dem Zimmer und gehe in die Mansarde, sehe alte Bilder an oder lese ein bißchen. Das macht mich natürlich noch wacher. Schließlich lege ich mich auf den Diwan, wälze mich noch eine Weile herum und schlafe endlich doch ein.

Überhaupt wäre es zeitweise angenehm, in der Mansarde zu schlafen. Hubert will aber davon nichts hören. Ich weiß nicht, warum ihn dieser Vorschlag kränkt. Aber er kränkt ihn sichtlich, und deshalb komme ich kaum noch darauf zu sprechen. Schlimm ist es bei einer Erkältung. Ich begreife nicht, warum Hubert unbedingt neben einer Frau schlafen will, die sich alle paar Minuten schneuzt. Nach jedem Schneuzen oder Husten seufzt er leise und ergeben. Dabei gibt es nichts Ärgeres, als sich diskret schneuzen zu müssen, eine Methode, der nicht der geringste Erfolg beschieden sein kann. Wenn Hubert dann seufzt, hasse ich ihn jedesmal ein paar Minuten. Denn warum, o Gott, darf ich nicht frei in der Mansarde hausen und mit meiner Nase treiben, was ich will? Zumindest dürfte er nicht seufzen. Dieses Seufzen ist unlogisch und eine Erpressung obendrein. Es bringt mich dahin, mich schuldbewußt zu fühlen, wo doch von Schuld keine Rede sein kann.

Regelmäßig im Herbst und im Frühling erkälte ich mich, und die Leidenszeit beginnt. Meine Erkältungen dauern zwar nur eine Woche lang, aber sie sind von unerhörter Heftigkeit. Und da kann eine Woche sehr lang werden. Ich bin dann ganz zerrüttet, und es graut mir vor meinem eigenen Körper. Wenn Hubert dann bleich und übernächtigt vor seinem spartanischen Frühstück sitzt, könnte ich ihm eine Semmel an den Kopf werfen. Ich tue es natürlich nicht, aber ich sähe gern, wie er es aufnähme.

Beim ersten Nieser sage ich: »Ich glaube, heute werde ich in der Mansarde schlafen.« Hubert setzt ein hausväterliches Gesicht auf und sagt: »Du wirst schön dableiben. In der Mansarde zieht es, und im Diwan ist eine Feder kaputt. Bin ich denn ein Blaubart, daß meine Frau bei Schnupfen in einer kalten Mansarde schlafen muß?« Dabei zieht es in der Mansarde nicht mehr als im übrigen Haus, und die kaputte Feder im Diwan stört mich überhaupt nicht. Es ist sehr komisch, daß er nicht die geringste Absonderung vertragen kann. Wollte ich allein verreisen, er würde es als äußerste Lieblosigkeit betrachten. Dann habe ich manchmal Mansardengedanken, die ich eigentlich nicht haben sollte. Hat er wirklich alles vergessen, oder will er etwas gutmachen? Tut er lebenslänglich Buße, oder liebt er mich mehr als damals? Ich werde nie dahinterkommen, und es spielt auch keine Rolle, weil ich ohnedies nicht die Absicht habe, allein zu verreisen. Hubert versteht zu schweigen. Vielleicht erfindet er dauernd Motive für seine Handlungen und errichtet ein Gebäude, das unter keinen Umständen einstürzen darf. Das kostet ihn viel Kraft. Ich sollte ihn, wenn er seufzt, nicht einmal eine Minute lang hassen, tue es aber dennoch.

Ich trödelte ein bißchen herum, und es wurde neun Uhr, ehe ich aus dem Haus kam. Das Kuvert lag schon im Briefkasten, ich nahm mir aber nicht die Mühe, noch einmal zurückzugehen. Der Föhn machte meinen Kopf sehr klar, und ich bildete mir ein, eine Menge zu wissen. Dabei wollte ich gar nichts wissen. Ich verdrängte die Mansardengedanken und stellte fest, daß der Tag eigentlich nicht günstig war für einen Besuch beim Friseur. Meine Haare sind bei Föhn schwer zu legen; elektrisch wie Katzenfell, streben sie nach allen Seiten auseinander. Aber Lisa würde schon irgendwie mit ihnen fertig werden.

Lisa ist meine Friseurin, und ich bin ein bißchen verliebt in sie. Sie ist das Reizendste, was man sich vorstellen kann. Glattes, dunkles Haar, zu einem Knoten geschlungen, eine Haut wie heller Milchkaffee, ein kleiner, voller Mund und längliche schwarze Augen, sehr sanfte Augen. Stundenlang könnte ich sie anschauen, sie ist die vollendete Weiblichkeit. Alles an ihr ist wohltuend, die Stimme, die Bewegungen, die Ruhe und Anmut, die von ihr ausstrahlen. Nicht daß sie dicklich wäre, keine Spur, sie ist sanft gerundet und zierlich. Natürlich muß auch Lisa Knochen haben wie jeder andere Mensch, aber man sieht sie nicht, und das ist sehr angenehm. Noch nie habe ich Lisa unfreundlich gesehen. Ihr Lächeln erfüllt den kleinen Salon mit vollkommenem Frieden und macht aus ihm einen Tempel, in dem unter geheimnisvollen Zeremonien einer sehr alten Göttin geopfert wird.

Lisa arbeitet tagsüber im Salon, abends versorgt sie noch ihren Mann und ihre kleine Tochter, kocht das Essen für den nächsten Tag, wäscht und bügelt und kommt nie vor elf Uhr ins Bett. Das hat sie mir nicht erzählt, aber ich kann es mir ausrechnen. Am Montag putzt sie, und am Sonntag ist sie nur für ihre Familie da. Dabei sind ihre Hände glatt und weich, und nie ist ein Nagel abgebrochen. Seit drei Jahren staune ich über Lisa. Wie macht sie das, wie bringt sie es fertig, was geht in ihr vor? Manchmal glaube ich, es geht nicht viel in ihr vor, und sie ist deshalb so vollkommen. Keine Falte verunziert ihre Stirn. Dabei muß Lisa klug sein, aber man merkt es nicht. Auch das ist angenehm. Alles was sie sagt, ist schicklich und passend. Aber sie sagt nicht einen Satz, den ich nicht in jeder Frauenzeitschrift lesen könnte. Vielleicht ist sie obendrein eine Gedächtniskünstlerin. Sie hat, als einzige Frau, die ich kenne, tatsächlich alle Waschmittel ausprobiert, sie weiß, wie man einen Tisch richtig deckt, was mir noch immer Kopfzerbrechen verursacht. Sie weiß auch, welcher Hut zu welchem Kleid gehört, welche Schuhe man dazu trägt und wie die Handtasche beschaffen sein muß. Das alles würde mich entsetzlich langweilen, wenn es nicht aus Lisas hübschem Mund käme. Es klingt dann wie höchste Weisheit, und ich fühle mich dumm und ungeschickt.

Im übrigen ist Lisa nicht redselig, gewisse Gespräche meidet sie überhaupt. So redet sie nie über Krankheiten oder über Politik. Die einzige Bemerkung, die ich von ihr über Politik gehört habe, ist, daß sie alle Ausschreitungen verwerflich findet. Wiederum eine sehr passende und schickliche Bemerkung. Meist tut sie ihre Arbeit ganz still, manchmal zuckt eine ihrer Brauen, oder ein Lächeln vertieft ihre Mundwinkel. Gewiß hat sie ihre Geheimnisse, die sie für sich behält. Es ist schon Herablassung genug, daß sie mit ihren schönen Händen die unerfreulichen Köpfe ihrer Kundinnen behandelt, immer gleich wohlwollend. Nie spießt sie eine Nadel in die Kopfhaut, nie zieht sie einen Wickler zu fest an, und wenn dann alle unter den Hauben sitzen, geht sie umher wie eine gute Göttin, regelt da und dort die Temperatur, bringt Zeitschriften und schenkt allen ihr Lächeln. Wenn jemand raucht, kraust sie ihre kleine Nase ein bißchen, und die Übeltäterin löscht die Zigarette aus; so gut hat Lisa uns erzogen. Sie trägt hohe graue Schnürschuhe, die Zehen und Fersen freilassen und eigentlich häßlich sind, ihr aber einen mütterlichen Anstrich geben, was wiederum sehr passend ist.

Lisas Mann sieht ein bißchen holzköpfig aus, aber sehr gewaschen und wohlgenährt. Ich begreife nicht, was ihr an ihm gefällt, vielleicht nur, daß er ihr Mann ist. Doch das sind nur müßige Spekulationen, in Wirklichkeit weiß ich nichts darüber. Das kleine Mädchen gleicht dem Vater und ist brav und wohlerzogen. Was für ein Pech, daß es nichts von Lisa mitbekommen zu haben scheint. Ich glaube aber nicht, daß Lisa darüber betrübt ist. Der Mann ist Radiomechaniker und verdient recht gut, Lisa verdient auch gut, und die kleine Familie besitzt ein Auto und sämtliche technischen Geräte, die man heutzutage angeblich haben muß, jedenfalls viel mehr, als ich habe. Im Winter fahren sie auf Schiurlaub, im Sommer an die Adria, und alle drei sind sehr gut angezogen. Das ist Lisas Welt, von der ich nichts verstehe und die mir unerträglich erschiene, würde sie nicht von Lisa bewohnt.

Heute mußte ich ein bißchen warten. Sie war noch mit dem himmelblau getönten Haar einer alten Dame beschäftigt, die sich entzückt im Spiegel betrachtete. So konnte ich Lisas Gesicht in aller Ruhe anschauen, von vorn und dann im Profil, einem fast rührenden Profil mit der eher zu kleinen Nase und der leicht vorgewölbten Unterlippe. Einmal habe ich versucht, Lisa zu zeichnen, aus dem Gedächtnis natürlich, aber es wurde nichts daraus. Sie ist eben zu weit entfernt von Insekten, Eidechsen und Vögeln. Ich kann ja nicht einmal einen Hasen zeichnen, geschweige denn eine Katze. Ich kann sie zwar zeichnen, aber sie sehen nicht wirklich aus, etwas ganz Wichtiges fehlt ihnen. Es ist unheimlich, daß meine Begabung so begrenzt ist. Lisas Gesicht wurde unter meinem Stift eine dumme, glatte Larve.

Sie hatte die alte Dame verabschiedet und kam mich holen. Immer wäscht sie mir das Haar selber, ein Vorzug, der nicht jeder zuteil wird. Ich bilde mir nicht ein, daß Lisa mich besonders mag, ich bin ihr nur weniger lästig, weil ich mit allem, was sie tut, einverstanden bin. Ich lehnte den Kopf zurück ins Becken und überließ mich ihren sanften, kräftigen Fingern.

Früher ging ich nur sehr ungern zum Friseur. Ich mag nicht, daß fremde Hände mich anfassen, und besonders mag ich nicht, wenn man mich an den Haaren zieht. Mit Lisa ist alles anders. Ihre Hand ist keine fremde Hand. Manchmal bilde ich mir ein, vor langen Zeiten schon einmal von diesen Händen gehalten worden zu sein, so vertraut sind sie mir.

Beim Legen der Haare beobachtete ich unauffällig Lisas stilles, gesenktes Gesicht im Spiegel. Warum kann ich dieses Gesicht nicht zeichnen? Bei mir darf sie sich ausruhen, ich schweige fast immer. Ein Gefühl der Dankbarkeit breitete sich in mir aus. Lisa sah aus wie ein Kind, das in ein Spiel vertieft ist, und gleichzeitig wie eine Mutter, die sich über ihr Kind beugt. Das Kind war ich. Es war mir angenehm, daß ich so wenig über sie wußte und nie die wirkliche Lisa kennenlernen würde. Sie ist jetzt vielleicht siebenundzwanzig. Sobald sie anfangen wird, sich zu verändern, muß ich mir einen neuen Friseur suchen. Hoffentlich geschieht das nicht so bald. Der Gedanke war nicht schön, aber es war mir klar, daß auch Lisa eines Tages Falten und ein Doppelkinn bekommen wird, genau wie andere Leute auch. Ich konnte mich in diesem Augenblick nicht leiden, aber das hat nichts zu bedeuten, das geschieht recht oft. Ich bin längst daran gewöhnt. Ich bin ja überhaupt keine sehr angenehme Person. Mein bester Zug ist vielleicht, daß ich nicht zudringlich bin und die

Leute in Ruhe lasse, und gerade diese Eigenschaft stammt aus meiner tiefsten Unzulänglichkeit. Natürlich wird mir das Umgehen des Häßlichen und Erschreckenden nichts nützen. Die große Häßlichkeit und der große Schrecken erreichen uns alle eines Tages. Dann kann man nicht länger davonlaufen und wird an die Wand gepreßt. Es wäre gut, dann taub, blind und gefühllos zu sein, aber damit kann man nicht rechnen.

Lisa setzte mich unter die Trockenhaube, holte ein paar Zeitschriften und legte sie vor mich hin. Ich wollte nicht lesen und schloß die Augen. Überhaupt lese ich in letzter Zeit immer weniger. Es scheint mir manchmal, als sei das Lesen nur erfunden worden, um die Menschen von den wirklich wichtigen Dingen abzulenken. Ich weiß nur nicht, was wirklich wichtig ist, und bei meiner Art zu denken, werde ich auch nie dahinterkommen. Schon das Denken führt ja nirgendwohin, aber es ist eben so eine Gewohnheit. Manchmal gelingt es mir, nicht zu denken, und dann sehe ich Bilder. Vielleicht ist das wirklich wichtig für mich, wenn ich die Bilder auch nicht deuten kann.

Während Wärme meinen Kopf umspülte, sah ich hinter geschlossenen Lidern ein Bild. Ein monströses Geschöpf aus graubraunem Papier, wie die Puppe eines Insekts, das an einem silbrigen Faden hing. Es sah tot aus, schien aber doch nicht tot zu sein, denn von Zeit zu Zeit spielten sich kleine wellenförmige Bewegungen unter der knittrigen Haut ab, ein Stoßen und Pulsieren, das quälend und drängend war. Etwas war im Begriff, ans Tageslicht zu kommen. Dann zerbarst die Haut an einer Stelle, und ich erhaschte einen metallblauen Schimmer und riß die Augen weit auf. Ich wollte nicht sehen, was da heraus kam. Es war noch zu früh, es sollte noch in seiner Hülle bleiben. Mit der graubraunen Puppe konnte ich mich abfinden, das neue Geschöpf hätte mich erschrecken können, und ich will nicht erschreckt werden.

Als Kind, daran erinnere ich mich deutlich, hatte ich große Angst davor, plötzlich erschreckt zu werden. Ich stellte mir vor, daß ich dann tot umfallen müßte. Ich wußte nicht genau, was Totsein bedeutet, dazu war ich noch zu klein, es hieß für mich nur, nach dem Erschrecken nicht mehr sein zu können. Diese Angst habe ich nie ganz verloren. Ich habe nur gelernt, mich mit ihr einzurichten, und finde es nicht mehr so schlimm, nicht mehr sein zu können.

Ich hielt die Augen weit offen. Lisa war nicht zu sehen. Ihr Gesicht hätte mir jetzt gutgetan. So versuchte ich mich abzulenken und nahm mir vor, demnächst die Fenster zu putzen. In der Sonne sehen sie schon ganz trüb und verschmiert aus. Außerdem ist Fensterputzen eine Beschäftigung, nach der ich meist sehr gut schlafen kann. Es läßt sich leider nicht leugnen, daß ich, die ich früher eine leidenschaftliche Schläferin war, das Schlafen jetzt nur noch gewohnheitsmäßig betreibe. Es ist nicht mehr die Erlösung von allem Übel, sondern eine lahme Flucht.

Ich sah im Spiegel mein Gesicht, das in der Wärme jung und rosig schien. Später würde der trügerische Schimmer verblassen. Wenn die Wickler die Haut nicht mehr spannen, fallen die Wangen ein wenig ein, und die Haut liegt lose über dem Fleisch. Aber das ist nicht weiter schlimm. Das wichtigste am Jungsein ist ja nicht die straffe Haut, sondern die Hoffnung. Jeden Tag erwacht man in der Hoffnung, etwas Neues zu erleben, jede Stunde, jede Minute kann das große Ereignis eintreten, das man sich nicht vorstellen kann, das aber eintreten muß. Ich konnte mich nicht mehr auf den Tag besinnen, an dem mir diese Hoffnung gestorben war, oder war sie noch nicht ganz gestorben? Etwas gibt es ja noch immer, an das ich mich klammere: Eines Tages wird es mir gelingen, einen Vogel zu zeichnen, der nicht allein ist. Man wird es deutlich sehen, an der Art, wie er den Kopf hält, an der Stellung seiner winzigen Krallen oder auch nur an der Farbe des Gefieders. Jedenfalls schläft dieser Vogel in mir, ich muß ihn nur wecken. Es ist eine Beschwörung, die ich ganz allein vollbringen muß. Aber was würde nachher kommen, nach dieser Stunde des Triumphs? Vielleicht will ich deshalb nicht, daß der Vogel aus mir herauskommt. Für keinen Menschen auf der Welt ist es wichtig, daß meine Hoffnung sich erfüllt, nicht einmal für mich. Es ist eine Hoffnung, die sich von meiner Person abgelöst hat und mich nur als Mittel zum Zweck benützt. Aber zu welchem Zweck?

Ein Schatten fiel über den Spiegel und glitt vorüber. Und wie verhält es sich mit Hubert? Worauf hofft er? Eine Zeitlang hatte er davon geträumt, ein Haus zu bauen. Dann hatte er ein Haus geerbt, es war nicht sein Haus und brachte seinen Traum um. Manchmal fürchte ich, Hubert hofft auf nichts mehr. Aber das kann ich nicht wirklich wissen. Über diese Dinge schweigen wir uns aus.

Lisa kam und betätigte einen Schalter, und erst jetzt merkte ich, daß es unter der Haube unangenehm heiß geworden war. Wieso hatte Lisa es vor mir gewußt? Wunderbare Lisa, die immer ganz genau weiß, was zu tun ist. Wovon träumt sie beim Haareinlegen? Von neuen Schlafzimmervorhängen oder von einer großen Zukunft für ihre kleine Tochter, die ihr so wenig ähnlich ist? Das kleine Mädchen träumt sicher davon, abends von seiner Mutter zugedeckt und gestreichelt zu werden. Bestimmt darf es manchmal zu Lisa ins Bett, um sich die Zehen anzuwärmen. Es ist beruhigend, zu wissen, daß es so glückliche kleine Mädchen gibt. Meine Mutter war keine gute Mutter. Ich bin nur zufällig zur Welt gekommen, Störenfried in einem Haus, in dem nur die Fieberkurven meines Vaters wichtig waren. Ich selber bin auch keine gute Mutter, nicht einmal eine gute Frau. Ich tue nur mein möglichstes, aber wem nützt das?

Ich konnte den Kopf in der Haube nicht drehen und sah nur aus dem Augenwinkel Lisa verschwinden. Ein zartlila

Schimmer, und weg war sie. Ermüdet schloß ich die Augen.

Die Puppe war noch immer da. Sie hing nicht mehr an einem Silberfaden, sondern lag auf einem Tisch. Ängstlich beobachtete ich das Zucken und Pulsieren unter der grauen Haut. Das ungeborene Geschöpf regte sich immer heftiger. Gleich mußte die rissige Hülle aufplatzen. Ich öffnete schnell die Augen, aber es war zu spät. Ein purpurrotes Auge hatte mich angesehen. Es war ein böses Auge, und ich versuchte das Geschöpf zu vergessen, das sich da hinter meinen Lidern eingenistet hatte.

Dann machte es klick, und das sanfte Dröhnen um meinen Kopf verstummte. Lisa kam und hob mir die Haube vom Kopf, und irgendwie gelang es ihr, mein widerspenstiges Haar zu zähmen. Ich sagte etwas über den Föhn, und Lisa behauptete, ihre Mutter spüre den Föhn schon sechsunddreißig Stunden vorher. Es überraschte mich sehr, daß Lisa eine Mutter hat. Sie hielt mir den Spiegel hinter den Kopf, und jetzt blieb mir wirklich nichts mehr zu tun übrig, als aufzustehen und wegzugehen, fort aus diesem duftenden weiblichen Raum in Silber und Lila und fort von Lisa und ihrem Gesicht. Ich ließ das Trinkgeld in ihre Tasche gleiten, und sie bedankte sich, nicht devot und nicht patzig, sondern ganz natürlich, wie ein Mensch dem andern für ein kleines Geschenk danken sollte. Ihre schwarzen Augen leuchteten warm unter den breiten Lidern. Ich war versucht, ihre Milchkaffeewange zu berühren, tat es aber natürlich nicht. Im Gegenteil, ich beeilte mich, aus der Tür zu kommen, ohne mich umzusehen. Es wäre hübsch, Lisa mitzunehmen und daheim unter einen Glassturz zu stellen, aber das würde ihr gewiß nicht gefallen.

Es war recht warm im Freien, und ich wußte, daß meine Ohren ganz rot glühten, wie immer, wenn ich unter der Trockenhaube gewesen war. Das ist nicht einmal im Winter und bei eisiger Kälte angenehm, bei Föhn aber schon gar nicht. Ich wußte, daß kein Mensch es sehen würde. Wer interessierte sich denn für meine Ohren? Die Leute schienen auch alle in höchster Eile zu sein, die Mittagspause hatte offenbar gerade angefangen. Nur ein paar Schüler vom nahen Gymnasium hatten Zeit, Burschen und Mädchen, die nur so dahinschlenderten und sich in einer Sprache unterhielten, die mir fremd war, eben in der Schulsprache. Bestimmt unterhält sich auch Ilse mit ihren Freunden in dieser Sprache, aber niemals mit mir. Daran hat sich seit meiner Jugend nichts geändert. Alle jungen Leute leben ja in zwei Welten und sind noch so elastisch, daß es ihnen leichtfällt, von einer Welt in die andere zu schlüpfen. Alle diese jungen Leute schienen mir nahe und verwandt, nur daß ich mich ein wenig weiter fortbegeben habe, in eine Welt, die härter, kälter und hoffnungsloser ist. Sehr bald würden sich auch diese Kinder weiter fortbegeben und nie mehr zurückkehren in diesen föhnigen Februartag. Man bewegt sich nicht im Kreise, sondern von einem glühenden Punkt aus in die rote Wärme, in die blaue Kühle und später in die graue Dämmerung, ehe man in der Schwärze der Nacht erlischt.

Das alles dachte ich nicht wirklich, ich sah nur ganz deutlich einen Schwarm von Sternschnuppen, die, vom heißen Mutterstern losgerissen, in der Kälte des Raumes verglühten. Es hatte nicht die geringste Bedeutung. Alles das geschieht fortwährend, man kann es nur feststellen. Es geschieht nicht mit Absicht, keinem zuliebe und keinem zuleide. Daran kann man sich gar nicht oft genug erinnern, wenn ich auch nicht weiß, was ich daran so tröstlich finde.

Der warme Wind streichelte mein Gesicht, und das hieß: Mach dir nichts daraus, so ist es eben. Ich sah mich als Kind durch einen Park laufen. Ich weinte, und andere Kinder liefen hinter mir her und schrien häßliche Dinge. Ich war voller Zorn und Angst, und die Tränen liefen in meinen Mund. Der Wind trocknete meine Tränen, und ein gespanntes Gefühl blieb auf der Haut zurück, vielleicht vom Salz. Die Kinder hörten auf zu schreien. Immer hörten sie einmal auf zu schreien, und sie waren nicht länger böse und grausam, sondern meine guten Freunde. Sie hielten mich an den Händen, und wir liefen weiter dem warmen Wind entgegen. Manchmal waren sie Freunde und manchmal Feinde, und ich wußte nie, warum, und auch sie wußten es nicht.

Ich war jetzt auch ins Laufen gekommen und betrat ein wenig atemlos das kleine Café in einer Seitengasse. Ich wollte eine Kleinigkeit essen und später Serafine im Krankenhaus besuchen. Sonderbar ist es eigentlich schon, daß die Hofrätin nie selber kochen wollte und alles Serafine überließ, die Köchin, Hausmädchen und Kinderfrau war und zuletzt noch Krankenpflegerin. Jetzt ist sie achtzig und hat endlich Zeit, selber krank zu sein. An ihr war nie etwas Besonderes, man konnte sie nicht einmal gern haben, so ein Niemand war sie. Hubert erwähnt sie nie, und doch hat sie ihn gefüttert und herumgeschleppt und später seine Schuhe geputzt und seine Hemden gebügelt. Am Monatsletzten wird durch Dauerauftrag von der Bank eine Summe an sie überwiesen, denn von ihrer Rente könnte sie nie ein Einzelzimmer in einem Altersheim bezahlen. Es macht ihn ärgerlich, wenn ich von ihr rede. Er besucht sie auch nie, und das tut mir weh, wenn ich auch zugeben muß, daß ich sie selber höchst ungern besuche. Wenn ich komme, sehe ich in ihren Augen die Enttäuschung. Serafine lernt nie dazu, sie ist immer wieder enttäuscht. Ich hoffe nur, daß Ferdinands Besuche sie glücklicher machen. Insgeheim nimmt sie es mir übel, daß ich überhaupt komme, wenn sie auch meine Mitbringsel nicht zurückweist. Zwischen uns hat nie Vertraulichkeit geherrscht, schon weil sie wußte, daß ich der Hofrätin im Wege stand. Ich habe sogar vorgeschlagen, Serafine im Haus zu behalten, aber Hubert hat das abgelehnt. Natürlich hätte sie ihn immer an früher erinnert, und Hubert will nicht erinnert werden. Das verstehe ich sehr gut. Aber seine Härte, die manchmal zum Vorschein kommt, erschreckt mich. Verstoßen hat er Serafine, ja, das ist es. Er war ja in solchen Fällen immer sehr vernünftig.

Im Altersheim geht es ihr gut, und Hubert zahlt ausreichend für sie, so daß ihr auch noch ein Taschengeld bleibt. Seine Vernunft ist schrecklich, eine Kälte und Starrheit, die mich an seine Mutter erinnert. Sie kommt aber so selten zum Vorschein, daß ich es zeitweise vergessen kann. Der alte Ferdinand hätte Serafine nie in ein Altersheim gesteckt, und er hätte uns dadurch die größten Scherereien verursacht. Er war eben nicht sehr vernünftig.

Ich saß an einem kleinen Marmortisch, und meine Gedanken liefen in unterirdischen Labyrinthen, in einem Termitenbau, der immer unübersichtlicher wurde. Unterirdische Gänge haben mich von jeher geängstigt. Als die Bomben fielen, hätte ich mich viel lieber im Park versteckt als im Keller. Jetzt hatte ich mich endgültig verlaufen und fand nur mit Hilfe des Kellners wieder an die Oberfläche. Er beugte sich über meinen Tisch und fragte nach meinen Wünschen. Ich bestellte zwei Eier im Glas und eine Tasse Tee.

Das Café ist angenehm altmodisch, mit verschossenen roten Plüschbänken und alten Samtvorhängen mit Borten daran, ein richtiges Museum. Die Tische stehen weit auseinander, und keiner kann das Gespräch vom nächsten Tisch hören oder über die Schulter des Nachbarn die Zeitung lesen. Man sitzt auf einer Insel, auf der nur leises Löffelklirren und Blättergeraschel zu vernehmen ist. Ich komme hierher, sooft ich in der Stadt zu tun habe. Das Café wird bevorzugt von alten Leuten, auch ein paar Büromädchen kommen in der Mittagspause, und ab und zu verirrt sich ein Passant hierher. Wovon der Cafétier bei diesem Betrieb lebt, ist mir ein Rätsel. Weiter hinten ist ein Raum, in dem junge Leute Billard spielen, aber man hört sie kaum.

In der Nische neben mir saß eine junge Frau oder älteres Mädchen und schrieb einen Brief. Ich selber habe schon jahrelang keinen richtigen Brief geschrieben. Das ist nicht weiter verwunderlich, ich habe ja alle Freundschaften von früher abgebaut, es waren auch nie wirkliche Freundschaften. Ehe ich durch meine absonderliche Krankheit zwei Jahre aus dem Verkehr gezogen wurde, hatte ich eine Menge Bekannte, die meine Interessen zu teilen schienen, aber zwei Jahre genügen, um derartige Bindungen aufzulösen. Manchmal treffe ich noch einen Bekannten aus der Vorzeit auf der Straße, wir grüßen höflich, wechseln auch manchmal ein paar Worte, und das ist alles. Wahrscheinlich versäume ich durch meine Zurückgezogenheit manches, aber es tut mir nicht leid.

Der Ober brachte die Eier und den Tee und zog sich lautlos zurück. Ich kenne ihn schon lange und sehe, wie er immer älter und langsamer wird. Eines Tages wird er nicht mehr da sein, und ich werde ihn kurze Zeit vermissen. Die Eier schmeckten alt, das tun sie immer, und es wundert mich nicht sehr, seit ich weiß, daß sie nicht von munter scharrenden Hennen, sondern von unseligen, eingesperrten Kreaturen stammen. Diese Eier sind ihre Rache. Ich stehe natürlich ganz auf seiten dieser armen Roboter. Noch viel ärger müßten die Eier schmecken, um unser schändliches Tun zu strafen. Ich spülte sie mit Tee hinunter, der zwar nicht nach Tee schmeckte, aber wenigstens den Eigeschmack vergessen ließ. Dann wischte ich mir den Mund ab und sah in den Taschenspiegel. Alles in Ordnung soweit, die Ohren waren auch schon wieder blaß geworden, das erleichterte mich ein bißchen.

Alles was es in diesem Café zu essen gibt, habe ich schon durchprobiert, genießbar ist nur der Kaffee, er ist sogar vorzüglich. Der Schinken schmeckt nach stark gesalzenem Papier, der gebratene Speck ist ranzig, und Wurst kommt überhaupt nicht in Betracht. Dann kann man noch Russisches Ei bestellen, aber das tut keiner ein zweites Mal, genießbar daran ist nur das Salatblatt, das eben nach Gras schmeckt. In anderen Cafés ist es nicht besser, nur teurer, und hier sitzt man wenigstens angenehm und ungestört. Hubert behauptet immer, ich sei heikel, aber das stimmt nicht, ich erinnere mich unglückseligerweise nur daran, wie Speisen eigentlich schmecken sollten.

Ein paar ältere Damen stopften Torten in sich hinein, und ich vermied es, ihnen zuzusehen. Ich holte mir ein paar Zeitungen und fing an zu lesen. Nachdem ich die Darstellung ein und desselben Ereignisses, eines Raubüberfalls, in drei grundverschiedenen Versionen gelesen hatte, in denen sogar der Name des Verbrechens dreimal verschieden geschrieben war, gab ich es auf. Schließlich lese ich nicht die Zeitung, um Rätsel zu lösen.

Inzwischen hatte sich mir gegenüber mitten im Raum ein Herr niedergelassen. Ich sah sofort: das war ein Passant, den nur der Zufall hierhergebracht hatte. Ein selbstbewußter Mensch übrigens, denn er hatte sich an einen Mitteltisch gesetzt, wozu ich niemals imstande bin.

Er bestellte Kaffee, mit einer Stimme, die mich an irgend etwas erinnerte. Ich kam aber nicht dahinter, an was. Er mochte um die fünfzig sein, dichtes graumeliertes Haar, sehr kurz geschnitten, die Figur massig, leichte Hängebacken und eine eigensinnige Speckfalte über dem Rockkragen. Es war wirklich quälend. Endlich, als er mir das Profil zukehrte, erkannte ich ihn. Das war der alte Dr. Hofstätter aus Rautersdorf, der mich als Kind behandelt hatte. Ich starrte ihn an und war nahe daran, zu ihm hinzugehen, als mir einfiel, daß der Doktor jetzt etwa achtzig sein mußte. Das verwirrte mich sehr. Wenn er aber nicht der Doktor war, dann mußte es der Sohn sein, jener junge Mann, mit dem ich auf Igelfang ausgezogen war. Damals allerdings war er ein hübscher Bursche gewesen, grobknochig und athletisch. Wo waren diese Fleichmassen hergekommen? Bestimmt hatte er die Ordination seines Vaters übernommen und war jetzt ein vielbeschäftigter

Gemeindearzt. Man sah ihm an, daß er auf dem Lande lebte. Wenn der Krieg nicht gekommen wäre und der Tod meines Großvaters, hätte ich diesen Menschen womöglich sogar geheiratet und säße noch immer in Rautersdorf.

Das war unvorstellbar. Ich war plötzlich froh, nicht in Rautersdorf zu leben, nicht mit diesem Mann und nicht mit seinen Kindern, vier oder fünf wären es bestimmt geworden. Ich wäre nie krank geworden, und wenn auch, es wäre nicht so schlimm gewesen. Dieser Mann hätte mich nicht weggeschickt, er war robust genug, auch mit einer tauben Frau leben zu können. Er hätte gut für mich gesorgt und mich fleißig betrogen, wie sich eben ein normaler Mann in einem solchen Fall benimmt.

Ich wartete darauf, irgendeine sentimentale Regung zu spüren, aber ich empfand gar nichts, und ein Teil von mir belustigte sich über die Bemühungen des andern. Ich erinnerte mich deutlich an jene Sommernächte, an den Heugeruch und das Getrappel der Igel, aber diese Erinnerung hatte mit dem fremden Mann am Mitteltisch nichts zu tun. Übrigens hatte ich sogar seinen Vornamen vergessen. Er sah aus wie ein guter Onkel Doktor und gleichzeitig wie ein Mann, der über Leichen geht, aber das ist ja eine sehr verbreitete Mischung.

Ich winkte den Ober herbei, zahlte, schlüpfte in den Mantel und ging hinaus. Als ich am Fenster des Cafés entlangging, hob der Mann den Kopf und sah mir in die Augen. Angestrengt zog er die Brauen zusammen und dachte nach. Schon damals beim Igelfang war er viel langsamer gewesen als ich. Ich trat ins nächste Haustor und wartete. Nach ungefähr drei Minuten erschien er unter der Tür und sah die Straße hinunter. Dann schüttelte er den Kopf und ging zurück ins Café. Er hatte mich also erkannt, aber das war nicht schwer gewesen, ich hatte mich ja nicht so stark verändert wie er. Ich meine: äußerlich. Ich trat aus dem Haustor und setzte meinen Weg fort, sehr erleichtert, als sei ich soeben einer Gefahr entronnen. Rautersdorf war gestorben und sollte nicht auferstehen. Das Rautersdorf in meinem Kopf ist meine eigene Schöpfung, ein großes Bild, das ich gemalt habe und das keine Korrektur verträgt. Auf diesem Bild geht mein Großvater über die Holzlagerplätze, Jäger kommen an nebligen Abenden von der Jagd heim. Eine Kuh wird zum Stier getrieben, Kinder planschen in Wassertümpeln, die Nüsse stehen grün am Baum, und mein Großvater legt Nußblätter ins Fußbad, weil das so erfrischend ist. Die Donauauen sind weiß von Schneeglöckchen, Sonne brennt auf die gelben Felder nieder, Honig tropft aus grünen Waben, und ein Brotlaib liegt auf dem Tisch. In den Sommernächten singen die Grillen, und die Frösche quaken, und manchmal fällt ein Apfel ins feuchte Gras.

So würde es immer bleiben auf meinem Bild. Es war meinem Einfluß entzogen, und nichts konnte daran geändert werden. Ein bißchen Zauberei ist natürlich auch dabei. Aber damals hatte ich gern gezaubert. Heute zaubere ich nur noch in sehr bescheidenen Maßen; manchmal glaube ich, es verlernt zu haben, aber mit dem Zaubern ist es wie mit dem Schwimmen und Radfahren, ganz verlernt man es nie. Ein kleines bißchen zaubere ich auch noch immer für Hubert. Ich hoffe, er stirbt vor mir, denn ich weiß nicht, wie er ohne meine bescheidene Kunst auskommen könnte. Ferdinand hat dieses Talent geerbt. Ich bin nicht sicher, daß er seine Kunstfertigkeit auf ehrbare Weise ausübt, manchmal zeigt er Ansätze zu einem richtigen Hexenmeister. Ich lächelte, als ich an Ferdinand dachte, zog ihn, wo immer er gerade sein mochte, ganz nahe an mich und ließ ihn rasch wieder los. Ich spürte, wie er sich in eine andere Richtung entfernte. Das ist gut so, Zauberer müssen ihren Weg allein gehen.

Ich bin, scheint's, ziemlich verrückt, stellte ich fest, und der Wind fuhr unter mein Haar und hob das kunstvolle Gebäude, das Lisa errichtet hatte. »Ich mag dich«, sagte ich zum Wind, und eine Dame sah mich scharf an. Ich lachte ihr ins Gesicht und ließ sie in tiefster Verwirrung zurück.

Ich laufe gern durch die Stadt, es ist angenehm, weite Strecken zu Fuß zurückzulegen. Dann fiel mir Serafine ein, und alle Zauberei stob davon. Der Tag war bis jetzt schön gewesen, ich hatte mich leicht und rastlos gefühlt und ganz jung. Damit war es jetzt vorbei. Ich ging sofort langsamer und fühlte mich sehr alt. Das ist überhaupt merkwürdig, ich fühle mich jung oder alt, aber nie meinem wirklichen Alter entsprechend. Meine Schultern senkten sich, und ich schleppte die Füße wie eine sehr müde alte Frau.

Serafine liegt auf der dritten Klasse in einem Zimmer mit acht Betten. Offenbar hat man die sehr alten oder moribunden Frauen hier vereint, damit sie die anderen Patienten nicht stören. Daß sie einander stören können, spielt keine Rolle mehr. In den Betten liegen verhutzelte Weiblein und aufgedunsene Riesinnen, alle sterbenskrank. Ich habe eine gewisse Schwäche für alte Leute und bringe ein bißchen Geduld für sie auf, besonders wenn sie nicht herumlaufen, sondern brav in ihren Betten liegen. Aber hierher komme ich sehr ungern. Einige von diesen alten Frauen werden hier sterben, andere wird man ein wenig aufpäppeln und wieder heimschicken, dorthin, wo man vielleicht schon vor ihrer Rückkehr zittert.

Es riecht schlecht in diesem Raum, aber das erschreckt mich weniger als die geballte Wolke von Lebenswillen, die auf mich eindringt. Diese armen Wesen strömen nicht nur den Geruch ihrer kranken Leiber aus, sondern eine wilde Verbissenheit, mit der sie sich ans Leben klammern. Einige von ihnen haben vielleicht aufgegeben, weil sie im Sterben liegen, aber die meisten geben sich irgendwelchen verzweifelten Hoffnungen hin.

Ich besuche Serafine ungefähr alle zehn Tage. Sie liegt jetzt sieben Wochen hier, und dies war mein fünfter Besuch. Ihr Bett steht am Fenster, und auf meinem Weg zu ihr grüße ich nach allen Seiten. Ein paar alte Frauen kennen mich ja schon, aber ich weiß nie, welche es sind. Vor zehn Tagen war es Serafine etwas besser gegangen, und es hatte den Anschein gehabt, als würde sie sich noch einmal erholen. In Wahrheit hatte sie aufgehört zu leben, als die Hofrätin starb. Es machte sie ratlos, von keiner Seite mehr einen Befehl zu erhalten. Ihre Verwandten irgendwo auf dem Land waren längst tot. Die Hofrätin war alles für sie gewesen, Mutter, Herrin, Schwester und zuletzt ihr Kind.

Ihre Bettnachbarin, eine von den aufgeschwemmten Riesinnen, zischte mir zu: »Es geht bergab, gnä' Frau, sie macht es nicht mehr lang.« Serafine lag heute nicht mit dem Gesicht zum Fenster, sondern starrte an die Decke. Das war ein schlechtes Zeichen, denn sie hatte immer die Pflegerinnen beobachtet, die auf dem Hof hin und her laufen. »Da bin ich wieder, Fini«, sagte ich. »Ich hab' Ihnen auch was Gutes mitgebracht.« Sie sah mich an, aber so, als sähe sie mich nicht wirklich. Ich legte meine Hand auf ihren mageren fleckigen Arm, und sie bewegte sich noch immer nicht. »Fini«, sagte ich, »ich bin die Schwiegertochter von der Frau Hofrat. Kennen Sie mich nicht?« – »Der Frau Hofrat«, wiederholte sie gleichgültig und fing dann an zu murmeln. Sie murmelte sehr schnell, und ich konnte sie nicht verstehen. Sie hatte auch ihre Zähne heute nicht im Mund. »Bist du das, Anna?« sagte sie plötzlich ganz deutlich, und ihr kleines, herzförmiges Gesicht überzog sich mit ungesunder Röte. »Wo bin ich denn überhaupt, und wer melkt denn jetzt die Kuh?« Ich sprach sehr langsam und deutlich mit ihr und erzählte ihr, was geschehen war, und daß es ihr schon besser ginge. Das war eine Lüge, aber was sagt man denn in einem solchen Fall? Immer nur Lügen. Das alles schien sie überhaupt nicht zu interessieren, sie fragte nur wieder und wieder nach ihrer Mutter, ob sie noch immer krank sei, und wer denn die Kuh jetzt versorge, und sie nannte mich eine Schlampe, die alles verkommen lasse und der man eine Kuh nicht anvertrauen könne. Ich glaube, sie hielt mich für eine ihrer verstorbenen Schwestern. Verzagtheit überfiel mich. Etwas Schreckliches war mit Serafine geschehen. Die Frau nebenan rappelte sich hoch, stieß ein blaues Bein aus dem Bett und sagte: »Seit fünf Tagen ist sie so, sie kennt keinen mehr, und in der Nacht gibt sie keine Ruhe.«

Dann fing ich an, Serafine zu erzählen, daß ich mich sehr wohl um die Kuh annähme, daß es ihrer Mutter viel besser ginge und daß sie sich überhaupt nicht sorgen solle. »Ein Holzscheit ist dir auf den Kopf gefallen«, sagte ich, »aber du wirst wieder gesund, und die Kuh ist ganz munter.« Ich erzählte ihr lang und ausführlich, bis ich fast selber glaubte, jene schlampige Anna zu sein und daheim eine kranke Mutter und eine Kuh zu haben. Dann schälte ich Serafine, die sich allmählich beruhigte, eine Orange. Sie riß sie mir aus der Hand und verschlang sie gierig. Sie erlitt einen Hustenanfall, und der Orangensaft rann ihr über Kinn und Hals. Ich trocknete sie mit meinem Taschentuch. Kaum hatte sie sich erholt, stopfte sie die restlichen Schnitze in den Mund, die ich aufs Nachtkästchen gelegt hatte. Man hätte meinen können, sie sei am Verhungern. Danach lag sie wieder apathisch auf dem Rücken, und ihre Finger zupften an der Decke. Sie schien mich völlig vergessen zu haben. Ihre Nachbarin belehrte mich darüber, daß dieses Zupfen der Anfang vom Ende sei, sie habe es schon oft mitangesehen. Das sagte sie so laut, als könnte Serafine uns nicht hören oder wäre ohnedies schon so gut wie tot. Ich ärgerte mich und gab ihr keine Antwort.

Plötzlich sah Serafine mich an und sagte: »Fein bist du beisammen, hat er dich doch geheiratet, der Fallott.« – »Ja«, sagte ich, »schließlich ist ihm nichts anderes übriggeblieben.« Sie kicherte vor sich hin. Es fiel mir auf, daß sie sich in einer Weise ausdrückte, die die Hofrätin nie gestattet hätte. Aber es gab ja für sie keine Hofrätin mehr, warum sollte sie also noch länger fein und gesittet sein? Gleich darauf fing sie wieder an, auf die Decke zu starren und daran herumzuzupfen. Die Nachbarin äußerte sich noch einmal über das untrügliche Zeichen, und eine gewisse Befriedigung klang in ihrer Stimme mit. Ich saß noch eine Viertelstunde an Serafines Bett, und das war eine unendlich lange Zeit. Sie sah heute recht jung aus. Einmal mußte sie ein hübsches, zartes Mädchen gewesen sein, aber solange ich sie kannte, war dieses kleine, herzförmige Gesicht gezeichnet gewesen von Schwäche und Dummheit. Braves, dummes, fleißiges Nichts, genannt Serafine, ein Mensch, der immer aus zweiter Hand gelebt hatte. Aber was wußte ich denn von ihrem Leben, nichts, als daß sie die Sklavin meiner Schwiegermutter gewesen war.

Als ich aufstand, wandte sie mir das Gesicht zu, und ich sah, daß sie mich endlich erkannte. Ihr Blick war ganz klar und vernünftig, und gleichzeitig sah sie auch wieder viel älter aus als zuvor. Sie blickte mich an und sagte: »Ich bin ein verlorener Mensch.« Das schien ihr zu gefallen, denn sie wiederholte es noch zweimal: »... ein verlorener Mensch, ein verlorener Mensch.« Dann starrte sie wieder auf die Decke und nahm ihre zupfende Beschäftigung von neuem auf.

Ich ging, wiederum nach allen Seiten grüßend, aus dem Saal. Vielleicht hätte ich einen Arzt suchen sollen, aber was hätte das an Serafines Zustand geändert? Außerdem ist zur Besuchszeit weit und breit kein Arzt zu sehen. Ich nehme an, sie sperren sich in ihre Zimmer ein, bis der letzte Angehörige das Spital verlassen hat. Ich kann das sehr gut verstehen, es muß für sie sehr lästig sein, mit Angehörigen zu reden.

Auf der Straße merkte ich, daß mir die Füße weh taten. Das Laufen in der Stadt ist doch nicht das richtige. Ich nahm mir ein Taxi und fuhr heim. Immer noch war ich gespannt und hellwach, aber der Zauber des Vormittags lag weit weg. Serafine hatte keine Verwendung dafür gehabt, oder doch? Die Geschichte mit der Kuh war mir ganz gut gelungen. Es ist nur sehr traurig, Geschichten zu erfinden für einen, der sie im nächsten Moment vergessen wird. Jedenfalls waren es die einzigen Worte aus meinem Mund gewesen, die Serafine jemals interessiert hatten. Früher hatte ich ihr immer etwas vorlügen müssen über ihren Zustand und über Huberts Arbeitsüberlastung, und wie herzlich er sie grüßen ließe. Bestimmt hatte sie keine meiner Lügen geglaubt. Jetzt, da sie ein verlorener Mensch war, konnte ich mir diese Mühe sparen. Es würde gut sein, sie tot zu wissen und jenen furchtbaren Saal nie mehr betreten zu müssen. Es kam mir unwirklich vor, daß ich jetzt kochen mußte, während Serafine noch immer an ihrer Decke zupfte. Meine Zeit und ihre Zeit hatten nichts mehr miteinander zu tun.

Hubert kam heim und fragte mich, was ich nachmittags gemacht hätte. Er fragte nicht aus Neugierde, nur aus Höflichkeit. Es wäre besser für ihn gewesen, einmal diese Höflichkeit zu vergessen, denn ich mußte ihm natürlich erzählen, daß es mit Serafine zu Ende ging. Es schien ihn nicht sehr zu berühren, aber er aß wenig und setzte sich dann sofort an seinen Schreibtisch. Da ich ihm ohnedies in keiner Weise hätte helfen können, ließ ich ihn allein und ging in die Mansarde.

24. Oktober

Das Wetter ist ruhig, kalt und schön. Unter ruhig verstehe ich, daß kein Wind geht. Zweimal besuchte ich den fremden Mann in seinem Häuschen. In seinem Zimmer steht ein eiserner Ofen, den er mit Holz heizt, weshalb es dann abwechselnd eiskalt und glühend heiß ist.

Der Einfachheit halber werde ich den Mann X nennen. Er

hat sich mir nicht vorgestellt, wozu auch? Auf den Zetteln schreibt er in Druckbuchstaben. Natürlich nimmt er die Zettel sogleich wieder an sich; aber er schreibt ohnedies kaum etwas. Wir haben uns dahin geeinigt, daß ich ihm eine Stunde lang zuhöre, aber keine Limonade trinken muß. Ich wollte überhaupt nichts trinken, aber er bestand auf Kaffee, das ist jedenfalls besser als Limonade. Das Geschäft erschien ihm einseitig, und so schlug er mir vor, mich stundenweise zu entlohnen, etwa in der Höhe eines Nachhilfelehrers. Das lehnte ich ab, ich will mich zu nichts verpflichten. Außerdem ist das Geschäft nicht einseitig. Das habe ich ihm allerdings nicht gesagt. Er ist nicht der Mensch, zu dem man freundlich sein möchte. Wir unterhalten uns nie über mich, er sieht nicht aus wie eine mitfühlende Seele, und außerdem braucht er die geschlagene Stunde, um selber zu reden. Dann trinken wir Kaffee, er erschöpft und mit zitternden Händen, was mich nicht wundert, und dann gehe ich. Unangenehm ist nur, daß ich ihm beim Reden zuschauen muß, das verlangt er von mir. Das scheint mir recht anstößig zu sein, denn wenn ich beim Reden so aussähe wie er, würde ich mich dazu in eine finstere Kammer sperren. Ich weiß zwar nie genau, ob er spricht, schreit oder flüstert, aber ich glaube, er schreit fast die ganze Stunde. Ich kann kein Wort von seinen Lippen lesen, aber es müssen furchtbare Dinge sein, von denen er redet. Dinge, die man ihm angetan hat oder die er anderen angetan hat, vielleicht auch beides.

Wir sitzen einander gegenüber. Der Tisch trennt uns. Ich stütze das Kinn in die Hände und nehme den Ausdruck des Zuhörens an. Er beginnt immer langsam und gemäßigt und endet in äußerster Erregung. Sein Gesicht, das im allgemeinen ungesund weiß ist, wird dann blutrot, und das sticht häßlich von seinem kupferroten Haar ab. Seine Augen wechseln von einem kalten wasserhellen Blau zu Schwarz, wenn die Pupillen sich weiten. Manchmal sehen sie dann aus wie mit Silberstaub beschlagen, das muß an der Beleuchtung liegen. Da ich ihn ja nicht hören kann, befasse ich mich natürlich mit seinem Aussehen. Das merkwürdigste an ihm sind die Augen, sie stehen viel zu weit auseinander, das wirkt nicht ganz menschlich. Manchmal, wenn sein Gesicht blutrot geworden ist, verfällt es gleich darauf und bekommt einen grünlichen Ton. Das alles sehe ich, und ich sehe, wie er den Mund mehr oder weniger weit aufreißt, ich sehe seine Zähne, sie sind ziemlich in Ordnung, und ich sehe seine Zunge und seinen Gaumen. Dann schreit er ganz bestimmt, denn beim normalen Reden sieht man den Gaumen nicht. Während er redet, schreit oder flüstert, führen seine Hände ein eigenes Leben. Es sind große klobige weiße Hände, ganz mit hellroten Härchen bewachsen. Weil es mir so zuwider ist, sein Gesicht zu beobachten, weiche ich auf die Hände aus. Sie ballen sich zusammen, schlagen auf den Tisch. Ich spüre die Erschütterung im ganzen Körper. Dann liegen sie wieder breit, matt und erschöpft auf dem Tisch. Nach einer Weile kriechen sie aufeinander zu und fallen übereinander her. Eine Hand versucht, die andere zu erwürgen oder ihr die Finger einzeln auszureißen. Manchmal wüten sie so gegeneinander, daß Blutstropfen auf der weißen Haut stehen. X scheint davon nichts zu merken. Seine Fingernägel sind spitz zulaufend, was gar nicht zu den breiten Händen paßt, und gelb von Nikotin. Wenn er redet, vergißt er zu rauchen, aber das Zimmer stinkt nach kaltem Rauch. Ich rauche nie dort. Es genügt ja schon, daß ich seine Exzesse so gleichgültig mitansehe, obendrein dabei noch zu rauchen, könnte aufreizend wirken. Es könnte ja sein, daß die beiden Tiere, die seine Hände sind, viel lieber mir den Kragen umdrehen möchten, als sich selber zu malträtieren. Nur dürfen sie es nicht. Ihr Herr hat ihnen befohlen, mich nicht anzurühren. Ich bin derzeit sein kostbarster Schatz, den er um keinen Preis verlieren möchte.

Ich sitze also und schaue, und sein lautloses Geschrei

macht mich sehr müde. Geschrei zu hören, war mir früher schon schlimm genug, es zu sehen, ist fast nicht auszuhalten. Ich möchte jetzt aber gar nicht mehr in eine andere Richtung schauen wie beim erstenmal. Vor allem erscheint es mir sehr wichtig, die Hände nicht aus den Augen zu lassen, die mich mehr in Angst und Grausen versetzen als sein Gesicht. Sie sind so nackt und aufrichtig und vollkommen schamlos.

Warum ich überhaupt hingehe, weiß ich nicht genau. Vielleicht, weil es mich einbezieht in ein Leben, das ich schon fast vergessen hatte. Oder auch, weil ich lieber mit einem schrecklichen Menschen zusammen bin als mit gar keinem und weil mich der Geruch in seinem Zimmer daran erinnert, wie es bei Menschen riecht, nach Schweiß, Angst, Haß und kaltem Rauch. »Sind Sie ganz alleinstehend?« schrieb X auf seinen Block, und ich sagte: »Ja, ganz alleinstehend.« Das schien ihn zu befriedigen. Ich bin ja wirklich ganz alleinstehend und schon im Begriff, wie meine Elster zu werden, nicht wie die wirkliche Elster, sondern wie die auf dem Zeichenpapier, kalt, böse und von der ganzen Welt isoliert. Wenn X mir Kaffee einschenkt, zittern seine mißhandelten Hände, und sein Gesicht ist weiß und verfallen. Dann spüre ich mit Verwunderung so etwas wie Mitleid und weiß, daß ich ihn genauso notwendig brauche, wie er mich braucht.

Vielleicht werde ich jetzt doch bald ins Dorf gehen können und selber einkaufen. Ich schlafe auch seit einigen Tagen besser. Es ist, als zöge X auf geheimnisvolle Weise alle Kraft aus mir, wenn er mir seine schrecklichen Geschichten erzählt. Leer und friedlich schlafe ich dann die ganze Nacht durch.

Die Elster ist in ihrer Art ein vollkommenes Bild. Ich friere, wenn ich sie ansehe. Morgen werde ich sie in den Kasten sperren und sie nie mehr anschauen, und übermorgen werde ich ins Dorf gehen, es muß mir diesmal gelingen.

Ein neuer Auftrag, Fische und Meerestiere für ein Kinderbuch. Das Buch ist sehr dumm. Die Seesterne, Fische und Krabben bersten vor Freundlichkeit und Edelmut. Meine Illustrationen werden bestimmt nicht dazu passen, aber kein Mensch wird das bemerken. Ein derartiges Buch zu illustrieren erfüllt mich mit freudiger Bosheit.

Hubert schreibt, daß er eine Wohnung bekommen hat, drei Zimmer, die er nun einrichten muß. Da es eine alte Wohnung ist, wird das Herrichten eine Weile dauern, außerdem ist das Geld knapp geworden. Aber dann, so schreibt er, werden wir wieder beisammen sein. Armer Hubert, was wird er tun, wenn die Wohnung eingerichtet ist? Seine Briefe sind immer ein leiser Vorwurf: Sieh her, ich tue alles, um die Welt wieder ganz zu machen, es wäre an der Zeit, daß auch du etwas tust und dieser lästigen Taubheit ein Ende machst. Ich schrieb ihm, er brauche mir jetzt eine Zeitlang kein Geld zu schicken.

Wenn ich fortgegangen bin, und ich gehe jeden Tag weg, trotz des schlechten Wetters, betritt jemand mein Zimmer. Er rührt nichts an als meine Zeichnungen, das merke ich, weil er sie immer anders hinlegt, als sie vorher lagen. Meine Aufzeichnungen stecken in der Matratze. Ich sähe sofort, wenn jemand sie angerührt hätte. Ihn interessieren aber nur meine Bilder und der Inhalt meiner Tischlade. Dort liegt nur der Schriftwechsel mit meinen Verlagen; Huberts Briefe verbrenne ich sofort. Mein Besucher ist nicht sehr intelligent. Da der Jäger sich früher niemals um meine Sachen gekümmert hat, nehme ich an, es ist die Frau, die bei mir stöbert. Es ist mir auch ziemlich gleichgültig. Der Jäger schaut mich mißbilligend an, das tat er zwar immer schon, aber neuerdings ist in seinem Blick ein Wissen und Abschätzen. Bestimmt hat er mir nachspioniert und weiß, wohin ich gehe. Er muß wohl annehmen, daß X mein Liebhaber ist, denn er sieht mich an, wie ein Mann eben eine Frau ansieht.

Es scheint ihm erst jetzt klarzuwerden, daß ich kein geschlechtsloses Wesen bin. Das ist nicht sehr angenehm. Vielleicht überlegt er, ob er Hubert unterrichten sollte, da er doch für mich verantwortlich ist. Andererseits könnte Hubert mich dann sofort zurückholen, und das würde ihn um seinen Verdienst bringen. Möglicherweise erwägt er eher eine kleine Erpressung an mir und weiß nicht, wie er das anstellen soll. Jedenfalls sagte ich X, er solle nicht so laut schreien, ich könne das zwar nicht hören, aber andere Leute, die sich ans Fenster schleichen, könnten es hören. Er wurde ganz weiß vor Schreck. Seither bemüht er sich, leiser zu sein, ich sehe jetzt weniger Gaumen und Zunge. Diese Beherrschung tut aber seinen Händen nicht gut. Sie benehmen sich immer mordgieriger und sind schon ganz blau vor Flecken. Manchmal fahren sie auch auf seinen Hals los und würgen ihn oder zerren an seinen Haaren. Ich fange an mit ihm zu leiden; was immer er getan haben mag, er bezahlt dafür ganz schön.

Ich kann mir nicht vorstellen, was er hier verloren hat, er ist offensichtlich kein Landmensch und gehört nicht hierher. Sein Schreibtisch, ein altes, wackliges Möbel, liegt voller Zeitungen. Bücher sehe ich keine, nur Zeitungen, alle, die er im Dorf auftreiben kann. Vielleicht rennt er wie ich durch den Wald, vielleicht sitzt er nur hier, liest die Zeitungen immer wieder und wartet auf mich. Manchmal benimmt er sich äußerst demütig, fast unterwürfig, und ich sehe, er ist es nicht gewöhnt, sich so zu benehmen. Nur die Angst treibt ihn dazu, er will einen guten Eindruck auf mich machen, um mich nicht zu verlieren.

Wenn ich gehe, schaut er mir mit hungrigen Augen nach wie ein großer häßlicher Hund, der Angst hat, sein Herr könnte nie mehr zurückkommen. Ich nehme an, er wirft sich später auf sein Bett und schläft wie erschlagen. Vielleicht kann er überhaupt nur schlafen, wenn ich bei ihm war. Er sieht auch nicht gut aus, hat abgenommen und scheint jetzt zuviel Haut zu haben. Ich schätze ihn auf knapp vierzig, älter schaut er nicht aus, nur heruntergekommen. Ich wundere mich zuweilen, daß er nicht tot vom Sessel fällt, wenn er redet, und stelle mir vor, wie er seine Stimme gewaltsam senkt. Dann wird er blaurot im Gesicht. Es kommt auch vor, daß seine Augen plötzlich nicht Haß, sondern wilde Freude zeigen. Dann sind sie schwarz und beschlagen, und ich habe Angst. Seine Hände sind in solchen Augenblicken entspannt und zufrieden wie zwei satte Tiere, die sich an eine fette Mahlzeit erinnern.

Das alles geht noch, nur lachen sollte er nicht. Dabei wird er sich einmal das Genick brechen. Er wirft den Kopf weit zurück, sein dicker Hals glänzt vor Schweiß, und ich sehe seinen hellroten Gaumen. Er lacht und lacht, und der Sessel kippt gefährlich nach hinten. Ich sitze ganz ruhig da und sehe ihm zu mit jenem Blick, der ihm sagt, daß ich kein Wort hören kann. Gleich darauf beugt er sich weit über den Tisch und redet ganz vertraulich mit mir, dabei sieht er gehetzt aus den Augenwinkeln nach rechts und links, und ich weiß, jetzt erzählt er mir die ärgsten Dinge. So nahe kommt mir sein Gesicht, daß ich seinen Atem rieche. Er muß rauchen wie ein Wilder. Ich glaube auch, daß er früher getrunken hat und sehr darunter leidet, daß er sich dieses Laster nicht mehr erlauben kann. Er könnte ja im Rausch auch einmal zu Leuten reden, die nicht taub sind. Wenn ich gehe, ist sein Hemd so naß von Schweiß, daß es ihm am Körper klebt.

Ich laufe ganz benommen heim, und mein Zimmer erscheint mir wie der Himmel, ein zartduftender, regungsloser Himmel. Meine Bilder sehen mich an, und ich weiß, daß ich daheim bin. Dieses Wissen verdanke ich X. Ich kauere im Ledersessel, die Dämmerung liegt im Zimmer, und ich bin sehr müde. Etwas geht in mir vor, etwas ganz Neues. Ich weiß nicht, was daraus werden wird. Im Grunde ist alles ganz unverständlich, und ich füge mich. Es ist ein gutes Gefühl, nachzugeben und sich zu fügen.

1. Jänner

Hubert war zu Weihnachten auf meinen Wunsch nicht hier. Das war mein Weihnachtsgeschenk für ihn. Er schreibt, daß Ferdinand unter dem Christbaum sehr lieb war. Die Wohnung ist noch nicht fertig, die Fenster werden gestrichen, und dabei hat Hubert sich erkältet. Es wäre besser gewesen, die Fenster erst im Frühling zu streichen, aber er muß ja schon Miete zahlen und will so bald wie möglich einziehen. Fleißig arbeitet er an unserer Zukunft. Ich kann mir das nur so erklären, daß Hubert eben sehr beschäftigt ist und daß die Zeit für ihn verfliegt. Meine Zeit läuft anders, aber das kann er ja nicht wissen, und meinen Briefen ist es nicht zu entnehmen. Ich schreibe selten und immer nur sehr brave Kleinmädchenbriefe: »Ich bin ganz Deiner Meinung« und »Mir geht es schon viel besser«.

Je öfter ich X sehe, desto näher kommt mir Hubert wieder. Erst jetzt sehe ich, wie weit ich mich schon von ihm entfernt hatte. Ich denke an Menschenworte und Huberts Zärtlichkeit in der Nacht. Und wie wir manchmal gemeinsam lachten. Für das alles bin ich jetzt verdorben. Auch wenn ich wieder hören könnte, würde es nie mehr so werden wie früher. Zwischen uns stehen Erfahrungen, die ich ganz allein gemacht habe und über die ich nie zu ihm sprechen könnte. Ich muß ihm eine Chance geben, deshalb werde ich ihn um die Scheidung bitten. Jetzt könnte es für ihn noch früh genug sein. Ich kann mir auch nicht vorstellen, daß es in seinem Leben keine andere Frau gibt. Was habe ich, die ich fast jeden Tag bei X sitze und mich von dem Schmutz und Haß, von dem er sich befreit, überschwemmen lasse, mit Huberts ordentlicher Welt zu tun? Aber was weiß ich von Huberts Welt, ich kenne nur einen Teil davon, über den Rest schweigt er sich aus.

Manchmal habe ich Angst, daß die Stunden, die ich mit X verbringe, mich in etwas verwandeln, was ich mir nicht vorstellen kann. Vielleicht ist X wirklich ein Ungeheuer, aber was war er früher einmal? Man kann ganz unmerklich in ein Ungeheuer verwandelt werden. Ein Teil der Person ist schon verwandelt, der andere hockt zitternd in seinem schwarzen Verlies und wird langsam verrückt vor Angst. Seine Hände sind schon verrückt, wer weiß, was sie anstellen werden. Nicht einmal X selber kann das wissen. Ich muß damit zufrieden sein, daß dieses arme gefangene Wesen in ihm sich für ein paar Stunden befreien und sein Unglück in die Welt schreien kann. Die Welt bin ich, eine taube Frau, die ihr Gesicht hinhält und aussieht, als lausche sie.

Seit zwei Wochen gehe ich einkaufen, ein Fortschritt, von dem ich jetzt nicht mehr weiß, wozu er gut sein sollte. Es ist ganz leicht, ich schiebe meinen Einkaufszettel über den Tisch, und die Ladnerin füllt meine Tasche. Ich bin ohnedies so abwesend, daß ich Mitleid und Neugierde kaum noch wahrnehme.

Ich habe aufgehört, mich mit mir zu befassen. Würde ein Rabe mich neugierig anstarren, könnte es mir nicht weniger ausmachen. Nur tun Raben das nicht, weil sie dezente, anständige Vögel sind. Sie würden den Kopf abwenden und an mir vorbei in die Ferne starren.

Als ich vom Keller heraufkam, saß Hubert noch immer an seinem Schreibtisch. Er hatte sich Trost gesucht und las über das Gefecht von Ebelsberg. Er sagte: »Das ist wirklich hoch interessant, ich werde heute nicht fernsehen, aber laß dich nicht abhalten davon.« Ich sagte: »Wenn es dir nichts ausmacht, gehe ich noch einmal hinauf und zeichne ein bißchen.« – »Wie du willst«, sagte Hubert, »tu nur, was die Spaß macht.«

Ich wollte eigentlich nicht hinaufgehen, aber wohin hätte

ich sonst gehen sollen? Die Mansarde hat sich auch verändert, seit ich hier meine alten Aufzeichnungen lesen muß. Es kann aber nicht mehr lang dauern, und die Sendungen müssen ein Ende nehmen. Ich erinnere mich nicht mehr so deutlich, aber viel kann jetzt nicht mehr kommen. Dann werde ich einen Tag lang lüften und versuchen, diese Woche zu vergessen.

Ich setzte mich an den Tisch und ging daran, halben Herzens einen Kleiber zu zeichnen, eine Spechtmeise. Ich zeichnete immer zehn Minuten, ging ein wenig hin und her, und dann setzte ich mich und zeichnete weiter. Aber wenn ich hin und her ging, konnte ich den Kleiber nicht deutlich sehen. Bald merkte ich, daß er reptilartige Züge annahm, und das gefiel mir nicht. Kleiber haben zwar eine etwas flachgedrückte Gestalt, aber dieser Kleiber wurde von Strich zu Strich einer Eidechse ähnlicher. Schließlich entwickelte er sich zu einem Zwitterwesen, und die ganze Zeit über hatte ich das Gefühl, daß ich weder einen Kleiber noch eine Eidechse zeichnen wollte, sondern etwas ganz anderes, das ich aber nicht sehen konnte. Es war sehr quälend, und nach etwa zwei Stunden zerriß ich das sonderbare Geschöpf und warf es in den Papierkorb. Das tue ich selten. Auch mißglückte Zeichnungen sind wichtig, dies war aber keine mißglückte Zeichnung, es war etwas, das ich gar nicht hatte zeichnen wollen. Vielleicht würde ich überhaupt nie mehr zeichnen können. Der Gedanke beunruhigte mich so sehr, daß ich eine Schlafpille brauchte und auch dann lange Zeit nur so vor mich hindämmerte, betäubt, aber nicht wirklich schlafend. Hubert atmete ruhig und gleichmäßig neben mir. Das Gefecht von Ebelsberg hatte seinen Dienst getan.

Nachdem Hubert mittags nach seinem Zwanzigminuten-schlaf das Haus verlassen hatte, legte ich mich auf die Couch im Wohnzimmer und versuchte die Zeitung zu lesen. Die Couch war noch warm von Huberts Körper, und ich war sehr müde, weil ich in der Nacht kaum geschlafen hatte. Der Himmel war heute stark bewölkt, und es war ziemlich düster im Zimmer. Auf dem Rücken liegend die Zeitung zu lesen ist ein undurchführbares Vorhaben. Nach einigem Geraschel und mißglückten Versuchen, umzublättern, ließ ich sie auf den Teppich sinken und drehte das Gesicht zur Wand. Ich spürte deutlich, daß ich nicht mehr jung bin, jedenfalls nicht jung genug, um täglich einen dicken gelben Brief zu bekommen.

Darüber aber wollte ich nicht nachdenken. Der Brief lag in der Mansarde, und ich war stolz darauf, soviel Disziplin zu besitzen, daß ich ihn nicht sofort geöffnet, gelesen und vernichtet hatte. Diese Briefe haben nichts mit meiner Eigenschaft als Hausfrau zu tun und dürfen meinen Tagesablauf nicht stören. Tatsächlich vergesse ich sie für Stunden völlig, aber eben nur für Stunden. Sobald alles verbrannt sein würde, will ich über die ganze Sache nachdenken. Nicht daß ich hoffe, es würde mich irgendwohin bringen. Mein Nachdenken führt ja nie zu etwas Brauchbarem. Es ist nur eine Gewohnheit aus Kindertagen. Bestimmt muß es mir mein Großvater anempfohlen haben, sonst hätte ich es nie so beherzigt. Es war gut gemeint, er konnte ja nicht wissen, daß mein Kopf nicht zum Denken taugt, und letzten Endes mußte er sogar erleben, daß sein eigenes lebenslanges Nachdenken ihm nichts genützt hatte. In seinem Kopf herrschte große Klarheit und Ordnung. Er hatte sein Leben geplant und vorausbedacht, auch das Leben seiner Kinder und Enkel. Er hatte nur nicht bedacht, daß in den Köpfen anderer Leute keine Klarheit herrschte, daran waren seine Pläne gescheitert.

Immerhin, ich folge seinem Ratschlag noch immer wie ein Automat und denke, wo es für mich gar nichts mehr zu denken gibt.

Weil ich so müde war, fröstelte mich. Entweder mußte ich mir eine Decke holen oder diesen unbehaglichen Zustand ertragen. Ehe ich mich zu etwas entschließen konnte, war ich eingeschlafen. Ich träumte. Ich befand mich über einer fremdartigen Landschaft, das heißt, ich schwebte sanft über sie hinweg, mich mit kleinen Flossenschlägen der Hände fortbewegend. Ich war der erste Mensch, der fliegen konnte, das hatte ich soeben entdeckt. Es war die einfachste Sache von der Welt. Ich mußte mich nur den Windströmungen überlassen, wie ein Schwimmer sich dem Wasser anvertraut. Unter mir glitzerte eine dunkelblaue Wasserfläche mit kleinen gekrausten Wellen. Weit dahinter stieg ein hellgrüner Berghang auf. Einen Augenblick lang spürte ich Angst, aber sie ging vorüber; ich wußte, daß ich nicht abstürzen konnte. Ein Fächeln der Hände genügte, und es trug mich über das Wasser und den Berghang hinauf. Kühl war es hier, angenehm kühl. Der Himmel war dunkelblau wie das Wasser und gewölbt, und keine einzige Wolke stand unter der Wölbung. Kein Haus war zu sehen, kein Mensch und kein Tier. Ganz langsam überschlug ich mich in der Luft, tat ein paar Flossenschläge und glitt weiter, das Gesicht voran, sanfte Kühlung um die Schläfen. Gleich darauf war der Wald verschwunden, und ich trieb über einer Stadt dahin, einer häßlichen, verwahrlosten Stadt, in der es auch Ruinen gab. Auf einem kleinen Platz standen Menschen und sahen böse und mißtrauisch zu mir auf. Es konnte nichts anderes sein, als daß ich für sie etwas sehr Fremdes war, ein Feind, auch wenn ich nichts tat, als in der Luft dahinzuschweben. Es war für Menschen verboten, zu fliegen, das fiel mir wieder ein, und deshalb konnten sie es auch nicht. Ich aber hatte das Verbot vergessen und würde mich nie mehr daran halten. Überall gab es unter mir Drähte und Masten, und ich versuchte höher zu kommen und schlug um mich. Das war falsch, ich durfte nicht um mich schlagen. Etwas zog mich nieder. Ich konnte ihm nicht länger widerstehen. Jetzt schwebte ich nicht mehr, sondern flatterte ungeschickt wie eine Fledermaus, und ein paar Leute versuchten, mich an den Füßen niederzuziehen und festzuhalten. Ich wußte, sie würden mich erschlagen, weil ich das Gebot verletzt hatte, aber das war plötzlich nicht mehr wichtig. Wenn ich nicht mehr fliegen konnte, sollten sie mich ruhig erschlagen. Ich legte die Hände flach an die Hüften und wartete auf meinen Untergang. Aber da erhob sich unter mir ein Luftstrom und trug mich wieder hoch. Sie hatten mich nicht einfangen können. Die Stadt lag alsbald weit hinter mir, und ich schwebte über einer flachen Graslandschaft. Die Luft wurde immer kühler, aber ich fror nicht, denn gleichzeitig wurde auch mein Körper kühler. Die Steppe war endlos, und ich wußte, sie würde nie aufhören. Es gab keinen einzigen Baum, auf dem ich mich hätte niederlassen können, aber vielleicht konnte ich in der Luft schlafen. Bestimmt konnte ich das. Ich trieb jetzt auf dem Rücken dahin, die Hände über der Brust gekreuzt, und sah in den Himmel. Die Nacht war gekommen, und ich fing an zu erstarren. Sterne waren um mich und ein großer weißer Mond. Vertrauensvoll schloß ich die Augen und schlief ein.

Eine Fehlzündung vor dem Haus weckte mich. Ich war zutiefst böse und voller Haß. Ich stellte mir vor, wie gern ich mit einem Gewehr aus dem Fenster schießen würde. Wie immer, wenn ich durch Lärm geweckt werde, benahm sich mein Herz sonderbar, es gurgelte und gluckste, ehe es wieder regelmäßig weiterschlug. Mein Herz haßt den Lärm und wird sich nie an ihn gewöhnen, eines Tages wird es zu Tode erschrocken stehenbleiben. Ich erinnerte mich an die absolute Stille, in der ich einmal gelebt hatte. Vielleicht war das nur eine Schutzmaßnahme gewesen, und ich hatte es nicht begriffen. Vage Sehnsucht nach jener Zeit befiel mich. Das war allerdings ganz unfaßbar, und ich weigerte mich, daran zu glauben. Ich hob die Zeitung vom Teppich auf, faltete sie ordentlich, um Hubert nicht zu ärgern, und legte sie auf seinen Schreibtisch. Derartige Schlampereien können ihn ganz unglücklich machen, und es liegt mir fern, ihn unglücklich machen zu wollen.

Es war drei Uhr. Der Traum war noch ganz frisch. Warum sollte ich eigentlich nicht fliegen können? Ich stellte mich auf den Teppich, fächelte mit den Händen, und nichts geschah. Wie hätte auch etwas geschehen können, wenn ich nicht wirklich daran glaubte? Ich spürte das Gewicht meines Körpers als unerträgliche Last. Schwer wie ein Stein war ich. Ein Stein kann nicht fliegen. Es war mir, als müßten meine Füße gleich durch den Boden brechen und mein Gewicht mich hinunterziehen in den Keller und immer tiefer in die Erde bis zu ihrem schweren Kern. Dorthin, wo dieser Körper hingehörte. Mühsam hob ich einen Fuß und fing an, wie ein Koloß durchs Zimmer zu stapfen. Das war sehr traurig, aber gleichzeitig so komisch, daß ich lachen mußte. Es war eine Schande, sich in meinem Alter so zu benehmen. Und dann wußte ich plötzlich, daß es keine Schande war und daß überhaupt nichts, was ich tun konnte, eine Schande wäre. Schande war nur ein Wort, das für mich jede Bedeutung verloren hatte, ausgestrichen und vertilgt. Es war ein Vergnügen, zu wissen, daß ich nichts mehr von den Menschen zu befürchten hatte, da es mir einerlei war, wie sie über mich dachten. Wenigstens diese eine Angst, die mich in meiner Jugend gequält hatte, war von mir abgefallen. Vielleicht war das schon viel früher geschehen, und ich hatte es erst heute bemerkt. Es dauert eben oft ziemlich lange, bis ich bemerke, was mit mir los ist.

Während ich anfing, den Tisch für die liebe Dame zu dek-
ken, überlegte ich, daß ich es eigentlich gar nicht tun
mußte. Ich tat es nur aus Gewohnheit. Ich hätte der lieben
Dame nicht öffnen müssen, oder ich hätte sagen können:
»Gehen Sie wieder heim, ich bin heute nicht in der Laune,
Sie zu sehen« oder »Möchten Sie nicht lieber eine saure
Gurke statt Kaffee und Gugelhupf, es würde mir viel weniger Mühe machen«. Ich stellte mir ihr Gesicht vor und
mußte wieder lachen. Dann tat ich aber doch brav alles,
was zu tun war, ich deckte den Tisch, trug den Gugelhupf
herein und stellte den Wasserkessel auf die Platte. Die liebe
Dame war immer sehr pünktlich, man konnte sich auf sie
verlassen. Im Badezimmer machte ich mich ein bißchen
zurecht und sah, daß dort, wo die Polsterkante mich gedrückt hatte, zwei tiefe Furchen sich eingegraben hatten,
von der Schläfe bis zum Ohrläppchen. Dagegen konnte
ich nichts tun, derartige Furchen vergehen erst nach ein,
zwei Stunden. Ich stäubte etwas Puder darüber, aber im
Grunde war es mir einerlei. Warum sollte ich nicht ge-
furcht umhergehen? Der Triumph des Traumes war noch
nicht ganz erloschen. Ich bildete mir ein, jetzt die Vögel
besser verstehen zu können, und nahm meinen Mißerfolg
von gestern abend nicht mehr so ernst. Dann läutete es.
Die liebe Dame trat ein. Ich weiß noch immer nicht, ob
ich sie mag oder nicht mag, aber jedesmal versetzt sie
mich in Erstaunen, und das schon seit fünfzehn Jahren.
Sie ist, wie ich, ein Mensch und eine Frau, und wir haben
gleichzeitig ein Kind bekommen, aber ich spüre nicht,
daß wir etwas gemeinsam haben. Und ich frage mich immer wieder: Warum kommt sie zu mir? Ich bin eine
schlechte Unterhalterin, zumindest für liebe Damen, für
die ich nicht zaubern kann, weil sie mich nicht verstehen
könnten. Im Grunde kann ich überhaupt nur kleine Kinder oder alte Leute unterhalten, Erwachsene schüchtern
mich ein, sie sind so anders als ich. Und die liebe Dame ist
vollkommen erwachsen. Manchmal, wenn sie bei mir

sitzt, denke ich: Gleich wird sie einschlafen und unter den Tisch fallen. Ich nähme es ihr nicht übel, denn jeder Satz, der aus meinem Mund kommt, langweilt mich selber. Aber im Gegenteil, sie fällt nicht unter den Tisch, sie scheint von unserer Unterhaltung jedesmal hoch befriedigt zu sein. Die liebe Dame bleibt eines der ungelösten Rätsel meines Lebens. Für mich ist sie ein rares Exemplar einer ausgestorbenen Gattung, und ich habe schon versucht, sie zu erforschen, aber ich komme nie hinter ihr Geheimnis.

Die liebe Dame ist lieb, daran besteht kein Zweifel. Sie sieht auch angenehm aus, groß, schlank und sehr gewaschen. Ihr naturblondes Haar trägt sie zu einer zeitlosen Frisur aufgesteckt, ihr Gesicht ist länglich, angenehm und in sich gekehrt. Ihre Augen sind blau, aber nicht durchsichtig, und sie stehen etwas zu eng beisammen. Das ganze Gesicht hat etwas Enges, so als habe man es von den Seiten her leicht zusammengedrückt. Die Augen stören mich etwas, weil sie so klein und eng beisammenstehen, aber das ist ein rein ästhetischer Grund.

Die liebe Dame hat einen Mann, der sehr tüchtig sein soll, gut aussieht und ihr Bruder sein könnte. Und die vier Kinder sehen genauso aus wie die Eltern, lernen gut und sind brav, aber nicht unnatürlich brav. Das alles weiß ich nur aus Erzählungen und von Photographien, denn ich besuche die liebe Dame niemals. Die Familie besitzt kein Fernsehgerät, sondern beschäftigt sich abends mit Spielen, Lesen und Musizieren. Der Mann ist Beamter in einem Ministerium und findet Zeit, wirklich mit seiner Familie zu leben. Ich höre von Wanderungen im Sommer und Schiausflügen im Winter, alles gemäßigt und so, daß auch die kleineren Kinder mithalten können. Niemals höre ich von Auslandsreisen, den Sommerurlaub verbringen sie irgendwo auf dem Lande, immer am selben Ort. Die Kinder sind zwischen fünfzehn und neun, und alle lernen ein Musikinstrument spielen. Die liebe Dame ist wohl ungefähr zehn Jahre jünger als ich. Sie sieht aber völlig alterslos aus, so zwischen dreißig und fünfzig.

Unsere Gespräche, auf Tonband aufgenommen, wären Dokumente eines unbegreiflichen Irrtums.

Sie kam also zur Tür herein, legte ihren schwarzen Persianermantel ab, ein schönes, aber unmodisches Stück, und trat ins Wohnzimmer. Ihr Kostüm war mittelblau wie ihre Augen, dezent geschnitten und aus vorzüglichem Stoff. Dazu trug sie eine kleine Perlenkette, flache schwarze Schuhe und eine schwarze Handtasche. Dieser Tasche entnahm sie ein Ledertäschchen, zog ein Taschentuch heraus und schneuzte sich. Sie schneuzte sich auf unnachahmlich diskrete Weise mit abgewandtem Gesicht. Ich saß nur so da und staunte. Dann steckte sie das Taschentuch zurück in das Täschchen, versenkte das Täschchen in die Handtasche und klappte diese zu. Sie lächelte mich an. »Das Wetter sieht leider heute nicht so freundlich aus wie gestern«, sagte sie. »Ja«, sagte ich, »recht unangenehm.« Einen stärkeren Ausdruck zu gebrauchen schien mir in ihrer Gegenwart unmöglich. »Ich freue mich schon so auf den Frühling«, teilte sie mir mit und lächelte mich vertraulich an. Ich flüchtete in die Küche, mit der Ausrede, Kaffee aufgießen zu müssen. Vorher legte ich ihr noch die zwei anständigsten Zeitschriften auf den Tisch, die ich in der Eile finden konnte. Ich war ganz verwirrt und versuchte mich in der Küche zu sammeln. Ich sagte mir, daß die liebe Dame doch auch nur ein Mensch sei und daher kein Grund zur Aufregung bestünde. Trotzdem beschloß ich, mich zusammenzureißen, nichts Anstößiges zu äußern und die liebe Dame in keiner Weise vor den Kopf zu stoßen. Nur ein Untier könnte das tun, und ich wollte kein Untier sein. Das Schlimme ist bloß, daß ich nicht weiß, was sie als anstößig empfindet. In manchen Dingen ist sie zimperlich wie – ich weiß nicht, wer oder was heute noch so zimperlich ist; ein andermal sagt sie wieder Dinge, die mich in Verlegenheit versetzen.

Endlich war der Kaffee eingeschenkt, der Gugelhupf aufgeschnitten, und die eigentliche Unterhaltung konnte beginnen.

Die liebe Dame:	»Dieser Kaffee ist wirklich ausgezeichnet.«
Ich:	»Wenigstens ist er nicht bitter.«
Die liebe Dame:	»Nein, er ist keine Spur zu bitter.« Schweigen.
Die liebe Dame:	»Haben Sie den Dr. Schiwago gesehen?«
Ich:	»Nein, wir gehen selten ins Kino.«
Die liebe Dame:	»Ein wirkliches Meisterwerk. Sie müssen es unbedingt sehen, mein Mann war ganz begeistert.«
Ich:	»Dauert es nicht sehr lange?«
Die liebe Dame:	»Das schon, aber man ist so gefesselt, daß man die Zeit gar nicht merkt. Und diese Musik!«
Ich:	»Aber die Sitze im Kino sind so hart.«

Die liebe Dame, mit leicht betroffenem Blick:

»Aber ich bitte Sie!«

Ich, hastig:　　　　　》Natürlich, das ist nicht so schlimm, ich meine nur...«

Die liebe Dame, zartfühlend meine Verlegenheit übergehend:

»Und wie geht es Ihrer lieben Familie?«

Das ist der Moment, in dem ich anfange, mich ein bißchen zu erholen. Ich berichte, daß wir alle wohlauf sind, und erkundige mich dann nach ihrer Familie. Diese Frage verschafft mir eine halbe Stunde der Entspannung. Ich höre, mit hoffentlich angemessenem Lächeln, daß der Mann im Ministerium äußerst beschäftigt ist und sich abends mit den Kindern beim Eisenbahnspielen erholt, daß der kleine Ewald die Röteln hatte, aber wieder genesen ist, daß Hildegard, das älteste Mädchen, ebenso wie Ilse auf Schiurlaub ist, daß Roswitha, die Dreizehnjährige, jetzt ohne Mandeln herumläuft und schon zwei Kilo zugenommen hat seit der Operation, und daß Reinhold, der Elfjährige, manchmal ein bißchen schlimm ist und redet, ohne gefragt worden zu sein. Dann bekommt er kein Kompott zum Nachtisch, und so wird sich seine Ungezogenheit schon wieder legen. Davon bin ich überzeugt. In dieser Familie hat sich noch immer alles gelegt. Die liebe Dame ist glücklich, mir ihr Familienleben schildern zu können, und ich bestaune sie gebührend.

Zu meiner Erholung bilde ich mir während eines derartigen Gesprächs manchmal ein, daß in dieser Familie furchtbare Dinge vorgehen, geheime Umtriebe und Schurkereien, wie man sie sich kaum vorstellen kann. Dann sehe ich in die kleinen mildblauen Augen und weiß, daß davon keine Rede sein kann. Die liebe Dame lügt nicht, weder sie noch ihr Mann noch ihre Kinder tun das, und wenn eins der Kinder in Versuchung gerät, wird es belehrt und aufgeklärt, es bereut, und alles ist wieder in Ordnung. Überhaupt ist die liebe Dame dafür, die Kinder in jeder Hinsicht aufzuklären, man liest doch so schreckliche Dinge in der Zeitung, und daran sind nur die Eltern schuld, die ihre Kinder nicht rechtzeitig aufgeklärt haben. So hat sie, während ihrer Schwangerschaften, die älteren Kinder alles miterleben lassen. Sie durften sogar das Ohr auf ihren Leib legen, um die Bewegungen des Geschwisterchens wahrzunehmen. Das hat die Kinder mit andächtigem Staunen über die wunderbaren Wege der Natur erfüllt.

Immer bei diesem Punkt werde ich brennrot und hole frischen Kaffee. Es ist mir ganz klar, daß ich die liebe Dame niemals begreifen werde. Ich bin eben nicht unverdorben genug. Später redete sie über entferntere Familienmitglieder, über die Preissteigerungen und über die Freude, die ihr Hildegard damit bereitete, daß sie im Sommer Blumen gepreßt und sie später auf Papier geklebt hat. Ein wirklich rührendes Weihnachtsgeschenk, auch ihr Mann habe es sehr hübsch gefunden. Noch immer langweilte ich mich eigentlich nicht. Ich saß nur da und bemühte mich, nicht zu erstaunt auszusehen. Die liebe Dame schneuzte sich noch zweimal diskret, Tasche auf, Täschchen auf, Täschchen zu, Tasche zu, und wiederholte, daß das Wetter leider nicht besonders erfreulich sei, richtiges Februarwetter eben, daß aber der Frühling auf jeden Fall kommen werde.

Sie saß da, ein Bild in Pastellfarben, die Wangen rosig angehaucht, kein Härchen gesträubt, und niemals lehnte sie sich im Sessel zurück, sondern drückte die ganze Zeit über das Kreuz durch. Ich verging vor Bewunderung.

Sie erscheint mir noch rätselhafter als alle meine Vögel, und schon mit denen komme ich ja nicht zurecht. Ich muß eines der unwissendsten Geschöpfe sein. Lange Zeit hatte ich mich der Vorstellung hingegeben, daß der Mann der lieben Dame sie heimlich betrüge. Nur damit die allgemeine Ordnung wiederhergestellt wäre. Seit ich ihn aber einmal gesehen habe, weiß ich, daß ich diese tröstliche Idee fallenlassen muß. Dieser Mensch betrügt seine Frau nicht, er ist auch nicht bestechlich, und wahrscheinlich bohrt er nicht einmal, wenn er allein ist, in der Nase. So also sieht das Paradies auf Erden aus. Daß ich in diesem Paradies nicht leben könnte, liegt nur an mir. Ich bin eben durch und durch verdorben und ruiniert. Niemals wird mir das deutlicher als nach einem Besuch der lieben Dame, und niemals freue ich mich mehr darüber, daß ich so verdorben und ruiniert bin. Nur, was habe ich an mir, das sie zu mir treibt? Es ist mir ein Rätsel und wird mir immer ein Rätsel bleiben.

»Das war wirklich ein reizender Nachmittag«, sagte die liebe Dame und erhob sich. »Das freut mich«, sagte ich. »Ich hoffe, wir sehen uns bald wieder.« – »Bestimmt«, sagte sie. »Es ist so schön, sich einmal von Frau zu Frau aussprechen zu können. Es gibt eben doch Dinge, die man mit Mann und Kindern nicht besprechen kann. Nicht wahr?« – »Ja«, sagte ich, »die gibt es.«

Im Vorzimmer puderte sie zart ihre längliche Nase, zog den Pelzmantel an, setzte den Hut auf und reichte mir ihre kühle, trockene Hand. Ich war darauf bedacht, diese Hand nicht zu fest zu drücken, und schlug der lieben Dame vor, sie zur Straßenbahn zu begleiten. Ich mußte dringend an die Luft. Es regnete ein bißchen, aber der Wind blies noch immer warm, und ich vernahm zum letztenmal, daß das Wetter nicht sehr erfreulich sei. Die liebe Dame roch zart nach Veilchenparfüm, ein Duft, den ich heutzutage selten in die Nase bekomme und der mich mit ungebührlicher Wehmut erfüllt, denn ich liebe Veilchen. Ich liebe sie leidenschaftlich, und kein Mensch schenkt mir jemals Veilchen, was sehr vernünftig ist, denn Veilchen halten sich nicht in der Vase. Dieser Duft brachte mich dazu, ihr nochmals zu winken, als sie schon in der Straßenbahn saß, und sie winkte zurück und lächelte dazu ihr unergründliches Lächeln, mit schmalen Lippen und kleinen Augen und dem ganzen zu engen Gesicht.

Erleichtert und verwirrt ging ich heim. Ich atmete tief die feuchte Luft ein. Die Dämmerung verwandelte die Häuser und Gärten in geheimnisvolle Ruinen und Wildnisse.

Auch unser Haus, ich meine Huberts Haus, sah sehr fremd aus. Es war mir, als ginge ich zu Besuch zu meiner Schwiegermutter, und Kälte strömte mir entgegen. Fast alles ist dieser Frau gelungen in ihrem Leben, aber mich hat sie nur zwei Jahre abschieben können, anderthalb Jahre, wenn man es genau nimmt. Für diese Zeit hat Hubert sie schwer gestraft und das zu Unrecht, denn wenn es auch ihr Gedanke war, mich aus dem Weg zu räumen, so war er doch der Vollstrecker gewesen, das gutgläubige Werkzeug ihres Willens. Ich habe ihr längst verziehen, das heißt, ich hatte ihr nichts zu verzeihen, denn sie war mir ja weder Güte noch Freundlichkeit schuldig gewesen; aber Hubert hat ihr nie verziehen, weil er sich selber nicht verzeihen kann. Das ist für ihn ein Unglück und noch dazu eines, über das man nicht reden darf.

Ich schloß die Gartentür auf und betrat den Garten, der nicht mein Garten ist, und das Haus, das nicht mir gehört. Mir gehört nur die Mansarde, und jede andere Dachkammer würde mir ebenso genügen. Ich wunderte mich darüber, was für ein angenehm leichter Zustand es ist, nirgendwo daheim zu sein.

Ich räumte den Teetisch ab, wusch das Geschirr, und immer noch hing zarter Veilchenduft im Zimmer. Die liebe Dame war da gewesen, und nun würde ich sie monatelang nicht sehen und nicht an sie denken. Immerhin, der Tag war vergangen, und es blieb mir noch Zeit, in die Mansarde zu gehen. Ich verschwendete keinen Gedanken an den Kleiber, der sich so unerwartet in eine kleine Echse verwandelt hatte, und fing sofort an, einen Bussard zu zeichnen. Von ihm konnte ich freilich kein geselliges Aussehen erwarten; es kam mir nur darauf an, zu beweisen, daß ich noch immer einen Vogel zeichnen konnte. Ich erinnerte mich an meinen Traum, der schon allmählich dahinschwand, und glaubte zu wissen, was ein Bussard fühlt, wenn er frei und hoch über den Wäldern kreist. Ich wollte ihn nicht zwingen, etwas zu sein, was er nicht sein konnte, so sollte er sich wenigstens seiner Einsamkeit erfreuen.

Ich zeichnete zehn Minuten, sprang auf und ging hin und her. Ich konnte den Bussard nicht sehen. Das versetzte mir einen solchen Schlag, daß ich in tiefe Trostlosigkeit versank. Ich war nicht nur trostlos, sondern auch erschöpft. Etwas Schreckliches war mit mir geschehen. Ich konnte den Bussard nicht sehen, ihn nicht und auch sonst nichts. Ich setzte mich auf den Diwan und war voller Haß auf den, der mir das angetan hatte. Dann ging ich zum Tisch, nahm das Kuvert aus der Lade und fing an zu lesen. Es konnte mir ja jetzt nicht mehr schaden.

Jetzt weiß ich wieder, wie Tränen schmecken. X hat geweint. Er sah dabei aus wie ein Hund, den man in den Bauch geschossen hat. Ich weiß es, denn ich mußte das einmal mit ansehen. Ich werde es nie vergessen. Es war viel schrecklicher, als X weinen zu sehen, denn der Hund war schuldlos an seinem Unglück. X verletzte gestern unsere Abmachung. Er sprang vom Tisch auf und kam zu mir herüber und heulte. Ich sah, wie er heulte, und konnte mich nicht bewegen. Er beugte sich über mich, und seine Tränen fielen auf meinen Mund. Ich wollte ihn trösten, aber ich wußte nicht, wie. Außerdem darf er nicht getröstet werden, es wäre eine Beleidigung für ihn. Er haust tief unten, wo kein Trost ihn erreichen kann. Manchmal ist es, als fänden die Worte, die ich nicht hören kann, ihren Weg durch meine Haut, denn ich habe in letzter Zeit böse Träume. So habe ich früher nie geträumt, so gewalttätig und grausam. Die Hölle ist kein Märchen. X lebt in der Hölle und will auch mich hinunterziehen. Er will nicht allein in der Hölle sein. Heute nacht träumte ich, daß wir einander durch eine schwarze Glaswand anschrien, die Gesichter gegen das Glas gepreßt, mit aufgerissenen Mündern. Dann lachte jemand hinter mir, und das klang so höhnisch, daß ich davon erwachte. Ich sollte nicht mehr zu X gehen. Er hat unseren Vertrag gebrochen, auch wenn er mich nicht berührt hat. Seine Tränen sind auf meinen Mund gefallen. Eine schreckliche Hitze geht von diesem Mann aus. Ich kann das nicht mehr ertragen. Ich werde ihm sagen, daß ich nicht mehr kommen kann.

1. März

Es taut. Das Wasser rinnt vom Dach. Die Katze hat einen sehr dicken Bauch, der wie ein Sack von ihrem mageren Rückgrat hängt. Ein erbärmlicher Anblick. Sie ist scheuer als je zuvor. Ihre Kinder wird der Jäger umbringen. Er tut es immer. Ich sehe ein, daß es vernünftig ist, aber es wird dadurch nicht besser. Der Jäger scheint mit seinem Frauenzimmer gestritten zu haben. Sie hat grüne und braune Flecken im Gesicht. Trotzdem kommt sie immer wieder. Sie erinnert mich an den Hund, beide haben keinen anderen Platz, wo sie hingehen könnten.

Der Bach schäumt über von weißem Gischt. Bald wird es wieder Leberblümchen geben, genau wie voriges Jahr. Aber das war nicht voriges Jahr, sondern vor hundert Jahren. Ich wundere mich darüber, daß ich so gesund bin. Fünf Monate habe ich keine Sonne gesehen, und das Tal tropft vor Nässe. Ich esse wenig, schlafe schlecht und bin doch ganz gesund. Nicht einmal ein Zahn tut mir weh. Ich verbringe viel Zeit im Freien, vielleicht liegt es daran. Ich gehe nicht gern spazieren, ich renne nur vor meiner Unruhe davon. Meine Kerkermeister, die Berge, stehen dunkel und starr um das Haus. Sie sind fast blauschwarz, das bedeutet, daß Föhn herrscht. Ich bin in einer Falle gefangen, manchmal bilde ich mir ein, die Berge rücken immer näher zusammen. Eines Tages werden sie mich erdrücken. Nicht nur die Berge tun das, von allen Seiten wächst die Bedrohung auf mich zu.

Hubert hat lange nicht geschrieben. Ich nehme an, die Wohnung ist eingerichtet, und er wartet auf ein Wunder. Das Wunder sollte ich bewirken, aber ich weiß nicht, wie man Wunder wirkt. Vielleicht fängt er an, mich zu vergessen, er hätte es schon längst tun sollen. Nur der kleine Ferdinand kann ihn noch an mich erinnern. Der gehört aber längst nicht mehr mir, sie haben ihn mir weggenommen, wie man der Katze die Jungen nimmt. Nein, das stimmt nicht, ich selber habe ihn mir weggenommen und ihn im Stich gelassen. Warum nur? Es war vorauszusehen, daß auch anderthalb Jahre Nachdenken mich nicht weiterbringen würden. Es soll Ärzte geben, die von diesen Dingen etwas verstehen; diejenigen, mit denen ich zu tun hatte, verstanden nichts davon und konnten mir nicht helfen. Hubert hält überhaupt nichts von Ärzten, und das hat ihn in seiner Meinung noch bestärkt.

Ich gehe immer noch zu X. Er hat nicht mehr versucht, mir nahezukommen, und bleibt am anderen Ende des Tisches. Aber seine Hände tun schreckliche Dinge. Sie bewegen sich wie rötliche Krabben und fallen nicht mehr übereinander her. Es ist, als suchten sie ein Opfer, das sie, blind und gefühllos, nicht finden können.

4. März

Ich löse Kreuzworträtsel. Das geht ganz gut. Ich muß dabei nicht an mich denken. Ich wundere mich darüber, wie sonderbar alle Wörter sind. Die Dinge wissen gar nicht, daß man ihnen Namen gegeben hat und sie festzunageln versucht. Genau wie Schmetterlinge, die ein Sammler aufgespießt hat. Du bist ein Kohlweißling, wage nicht zu widersprechen, ich habe dich dazu gemacht. Der tote kleine Körper widerspricht nicht. Dabei können wir gar nichts bannen, das bilden wir uns in unserem Größenwahn nur ein. Deshalb haben wir auch immerzu Angst, die Dinge könnten ihre unendliche Geduld ablegen, den Bann brechen und in ihrer wahren, schrecklichen Gestalt auf uns einstürzen. Jede Gestalt wäre schrecklich, weil sie uns ganz fremd wäre. Die Dinge könnten uns unter ihrer Fremdheit begraben, wir vergäßen ihre Namen und würden selber zu namenlosen Dingen. Ein Mensch zu sein ist ein sehr ungewisser Stand, vielleicht sind wir längst nicht mehr das, was man früher als Mensch bezeichnet hat, wir wissen es nur nicht. Unser Mut ist bewundernswert, wenn er auch vielleicht nur aus Angst und Starrsinn besteht, aber wozu ist er gut? Wenn ich will, kann ich am Tag zwanzig Kreuzworträtsel lösen, und je mehr ich löse, desto weniger verstehe ich von der Welt.

Der Seidelbast ist aufgeblüht. Ich schneide ihn nicht ab, er könnte ja schreien, und ich wüßte es gar nicht. Gewiß, solange ich mich zurückerinnern kann, habe ich Seidelbast nie schreien hören. Aber es wäre doch möglich, alles ist möglich für jemanden, der nicht hören kann. Neuerdings fange ich Fliegen und Silberfischchen auf einem Blatt Papier und werfe sie aus dem Fenster. Meine Finger können sie nicht zerdrücken. Sie werden schon wissen, warum. Es ist schrecklich und endgültig, zerdrückt zu werden. Ich wundere mich, daß es nicht alle Menschen wissen. Aber ich selber habe früher einmal Hühner geköpft und Fische erschlagen. Ich zwang meine Hände, zu töten, weil es normal war, das zu tun. Jetzt bin ich offenbar nicht mehr normal, aber vielleicht werde ich es wieder einmal sein, und dann werden meine Hände wieder töten können. Ich weiß nur nicht, ob ich mir das wünsche.

Gestern hatte ich Besuch, den ersten, seit ich hier bin. Der Pfarrer hat den Weg zu mir gefunden. Vielleicht wäre er schon früher gekommen, wenn er mich in der Kirche gesehen hätte. Aber ich gehe nie in Kirchen. Schon früher ging ich nur hinein, wenn ich dort ganz allein sein konnte, und ich betete nicht, sondern saß in einer Bank und dachte an nichts. Ich mag Kirchenluft und das Licht, das durch farbige Fenster fällt.

Ich kochte dem Pfarrer einen Kaffee, und wir hatten ein kurzes Gespräch, ich redete, und er schrieb Tröstliches auf meinen Block. Es fiel ihm sichtlich schwer, von Gnade, Hoffnung und Prüfungen zu schreiben, und er tat mir leid. Es machte uns beide verlegen. Ich wollte ihn nicht kränken, er ist noch jung und ungeschickt, und er wird es hier schwer haben. Ich glaube nicht, daß er noch einmal kommen wird, selbst ein Pfarrer kann begreifen, daß ihm nichts zu tun übrigbleibt. Und bloß zum Kaffee kann er wohl nicht gut kommen, dazu ist er noch zu jung, die Leute würden darüber tratschen. Ein junger Pfarrer muß auf seinen Ruf bedacht sein. Er sah so eifrig und sauber aus. Bestimmt kommt er aus einer anderen Gegend und hat Heimweh. Er lobte meine Zeichnungen, und ich schenkte ihm ein Meisenpärchen. Ehe er ging, warf er einen scheuen Blick auf den Schreibblock, und ich gab ihm alles, was er geschrieben hatte. Er wurde rot, steckte es aber ein und ging weg.

Diese Aufzeichnungen trug ich, wie jeden Tag, in den Keller und verbrannte sie. Dann kam Hubert heim, und ich kochte das Abendessen. Hubert sagte, er sei froh, daß die Woche zu Ende gehe. Auch ich könnte froh sein, wenn das mit dem Bussard nicht passiert wäre. Viel kann ich ja wirklich nicht mehr geschrieben haben. Wenn das Feuer alles aufgefressen hat, könnte ich mir einbilden, alles wäre jetzt in Ordnung. Vielleicht werde ich dann auch wieder sehen und zeichnen können. Ich hoffe es sehr, denn ich kann mir nicht denken, was sonst aus mir werden soll.
Später sahen wir uns einen uralten Film an, der mich zum Glück schläfrig werden ließ. Ich ging dann zu Bett, und Hubert setzte sich noch für eine Stunde an seinen Schreibtisch und las. Ich hörte ihn nicht mehr ins Schlafzimmer kommen und schlief durch bis vier Uhr. Dann fing das übliche Dahingleiten in der Dämmerung an; ich will mich lieber nicht mehr daran erinnern.

Ich spürte sofort nach dem Aufstehen, daß der Föhn wieder die Überhand gewonnen hatte, denn ich war sehr müde, aber hellwach. Früher einmal, das ist schon sehr lange her, hatte ich ein ähnliches Gefühl, wenn ich eine Nacht mit einem Mann verbracht hatte, müde zum Umfallen, aber hellwach. An die Nächte erinnere ich mich kaum, an dieses Morgengefühl aber sehr deutlich. Der Föhn hat eine ähnliche Wirkung. Ich arbeite rascher als sonst, nicht ruhig und gesammelt wie bei Westwind, auch nicht energisch und fröhlich wie bei Ostwind und nicht widerwillig wie bei Nordwind, der mir hundert kleine Leiden beschert. Bei Föhn arbeite ich oberflächlich und fieberhaft. Gelegentlich zerschlage ich ein Glas und merke, daß meine Hände ein bißchen zittern.

Der Samstagvormittag ist meist recht anstrengend. Wir essen früher als sonst, und ich muß zuvor aufräumen und einkaufen und in allen Geschäften warten. Am Samstag scheinen alle Leute für eine ganze Woche einzukaufen, und mir vergeht der Appetit, wenn ich sehe, was die Frauen so alles in ihre Taschen stopfen. Man könnte glauben, eine Hungersnot stünde vor der Tür. Als ich um zehn Uhr heimkam, lag der Brief im Kasten, gelb und geschwollen wie eine Giftkröte. Ich lief, noch im Mantel, in die Mansarde hinauf und versteckte ihn. Nachher setzte ich mich in der Küche hin und zitterte ungefähr drei Minuten. Nachher fiel mir ein Teller aus der Hand, und ich beschloß, dies dem Föhn zuzuschreiben.

Um zwölf Uhr kam Hubert heim; er verlor kein Wort über meine Rindsrouladen, die ein bißchen hart und angebrannt waren. Ich sagte auch nichts, weil er ohnedies seinen Tag hatte, an dem er der hagere, düstere Herr ist, der sich nichts aus Essen macht. Außerdem sind meine Rouladen meist vorzüglich, und er findet nie ein Wort des Lobes dafür.

Das scheint eine ungute weibliche Eigenschaft zu sein, daß man immer gelobt werden will, wenn man seine Sache so macht, wie es sich gehört. Hubert arbeitet ja auch jeden Tag, und ich lobe ihn nicht dafür. Wahrscheinlich wäre ihm ein Lob nicht einmal angenehm; oder doch? Ich weiß es nicht. Wenn es ihm angenehm wäre, würde er es keinesfalls zugeben. Ich glaube, er ist von seiner Mutter nie gelobt worden, und das hängt ihm nach. Ich habe es bei Ferdinand und Ilse anders gehalten, hoffentlich hat ihnen das gutgetan.

Die Rindsrouladen waren also mißraten. Hubert bemerkte es nicht, weil er ganz in seiner Asketenrolle aufging, und mir machte es auch nichts aus. Ich koche ja überhaupt nur meiner Familie zuliebe. Wäre ich allein, würde ich mich mit einem Butterbrot begnügen. Der ganze Aufwand eines bürgerlichen Haushalts ist nur für die Männer gut, und die plagen sich ihr Leben lang ab, um diesen Aufwand bezahlen zu können. Einige halten es freilich anders, sie sind dahintergekommen, daß es auch ohne große Kochereien und Putzereien geht. Hubert aber gehört nicht zu diesen Männern, dafür hat schon seine Mutter gesorgt, die freilich selber keinen Finger rühren mußte und sich eine Sklavin halten konnte. Über diese Dinge rede ich nie zu Hubert, er könnte mich sonst für liederlich halten, und ich weiß nicht genau, wieviel Spaß er versteht. Manchmal lachen wir gemeinsam über irgend etwas, aber ich darf nicht zu weit gehen. Jedenfalls lacht er nie, wenn er auch nur im geringsten seine Würde bedroht sieht, und es ist nie genau vorauszuahnen, was alles die Würde eines Mannes verletzen kann. Ich besitze keine Würde und muß deshalb nicht Angst haben, daß man sie verletzt. Ich weiß überhaupt nicht genau, was unter Würde oder Ehre zu verstehen ist. Jedenfalls spüre ich nichts davon in mir. Das sage ich natürlich nicht laut, es könnte die Leute befremden, und ich muß ohnedies immer achtgeben, daß ich nicht Anstoß errege. Nicht meinetwegen, nur um Hubert und Ferdinand nicht zu schaden.

Das alles war einmal anders. Damals war Hubert nicht so auf seine Würde bedacht, wir haben viel gelacht und hundert Spiele erfunden, die er offenbar vergessen hat und an die auch ich mich immer undeutlicher erinnere. Das kann nicht derselbe Mann gewesen sein, der heute stundenlang vor seinem Schreibtisch sitzt und nicht gestört werden will. Wahrscheinlich erschiene mir unsere Vorzeit heute sehr sonderbar, wenn ich sie durch ein Schlüsselloch beobachten könnte; so fremd, daß ich weinen müßte, und ich weiß ja nicht mehr, wie man weint.

Ich habe mich auch verwandelt, aber nicht ganz und gar, denn jedesmal wenn Ferdinand meine Mehlspeisen lobt, könnte ich vor Freude in die Luft springen. Eingesperrt lebt in mir noch immer ein kleines Mädchen, das sich die Zehen wärmen will und herumtanzen möchte wie alle anderen Kinder. Aber man hat es eingesperrt, und das passiert allen kleinen Mädchen, die nicht aufhören können, kleine Mädchen zu sein. Es liegt wirklich nur an mir, wenn ich mich mit der Gegenwart nicht abfinden kann.

Ungefähr dreimal im Jahr lädt Ferdinand mich zum Essen ein und führt mich aus. Das geschieht nur an Abenden, an denen Hubert nicht heimkommt. Dann prassen wir wie die Schlemmer und trinken Wein, und ein böser Kobold in mir freut sich darüber, daß unser Vergnügen mit dem Geld der Hofrätin bezahlt wird, die mir kein Stück Kuchen gegönnt hätte. Jedesmal lassen wir dann auch den alten Ferdinand leben, und ich hoffe inständig, daß er manchmal eine günstige Gelegenheit genutzt und gefeiert hat, wie wir es tun. Ich bin eigentlich sicher, er hat es getan, denn er war ein weiser Mann. Jetzt ist er nur noch ein Häufchen Asche; er hat sich einäschern lassen, was ich eine sehr reinliche Lösung dieser letzten Frage finde. Er würde sich freuen, sein junges Ebenbild zu sehen und mit ihm ein Glas Wein zu trinken. Er könnte sogar noch am Leben sein, wenn ich es mir aber recht überlege, wäre das kein Glück für ihn. Natürlich müßte er nicht in einem Krankensaal leiden, sondern schön allein, aber ich glaube nicht, daß ihm das ein Trost wäre. Die Hofrätin ist in ihrem Bett gestorben, in den Armen ihrer alten Sklavin, auch meine Eltern und mein Großvater starben in ihren Betten. Eine Schwester meiner Mutter kam, um sie zu pflegen, jene Marie, die dann ins Kloster ging. Dort hieß sie Schwester Rosalie, ein Name, der gut zu ihr paßte. Bestimmt haben sie ihr den dicken gelben Zopf abgeschnitten, das muß meinen Großvater sehr gekränkt haben. Sie war ein sehr fröhliches Mädchen und sehr hübsch; ich habe sie nie wiedergesehen.

Meine Mutter sah auf dem Totenbett schön und schrecklich aus, schrecklich, weil ihre Wangen rote Flecken hatten, so als hätte man sie geschminkt, und um ihre Augen lagen tiefgrüne Schatten, auch das sah aus wie aufgemalt. Ich spürte nicht, daß das meine Mutter war. Jemand hatte ihr eine weiße Nelke in die gefalteten Hände gesteckt. Die Nelke tat mir leid, weil sie in die Erde mußte. Daran erinnere ich mich und auch daran, daß mich mein schwarzes Kleid biß und kratzte. Die Schwestern in der Schule sagten mir, meine Mutter wäre jetzt im Himmel bei meinem Vater. Ich glaubte es nicht. Ich war ja schon vierzehn, und in diesem Alter verlieren viele Kinder ihren Glauben. In Wirklichkeit waren meine Eltern nie für mich dagewesen, und es war mir gleichgültig, wohin sie gegangen waren.

Die Tante löste den Haushalt auf, ich mußte in die Schule zurück, und in den großen Ferien fuhr ich, wie immer, zu meinem Großvater. Es war eine Befreiung, daß ich nicht mehr an die hustende Frau denken mußte, die meine Mutter war. Jetzt erst konnte ich wirklich leben und mich freuen. Mein Großvater hatte immer große Angst, ich könnte die Krankheit geerbt haben, und ließ mich immer wieder untersuchen, aber ich war ganz gesund. Meine Eltern hatten mich ja kaum berührt, das war alles, was sie für mich hatten tun können, und das war sehr großmütig von ihnen gewesen.

Daheim durfte ich nie lachen, weil immer jemand krank war, erst bei meinem Großvater durfte ich lachen, er hat es mir beigebracht. Als auch er aufhörte zu lachen, verstummte ich abermals. Mit Hubert lernte ich es wieder, aber nicht für lange. Eine ganz gewöhnliche Feuerwehrsirene um Mitternacht hatte genügt, um mich taub werden zu lassen. Vielleicht war es auch ein Polizei- oder ein Rettungswagen. Das weiß ich ja nicht so genau. Die Hustenanfälle meines Vaters hatten das nicht vermocht und auch nicht die wirklichen Sirenen, damals im Krieg. Das alles verstehe ich nicht. Die Feuerwehrsirene, oder was immer es war, heulte, und ich schrak aus dem Schlaf auf und konnte Huberts Stimme nicht mehr hören. Damals wollte ich sterben. Das Weit-weg-von-allem-sein-Wollen war mein Ersatz für den Tod.

Aber ich bin wiederauferstanden von den Toten, und die Auferstandenen gehören nie wieder irgendwo ganz hin. Das muß man einsehen und begreifen. Damals begriff ich es noch nicht. Ich nahm der Hofrätin das Kind wieder weg, das längst nicht mehr mein Kind war, und ich nahm ihr auch Hubert endgültig weg und wunderte mich sogar darüber, daß mich das nicht froh machte. Nein, ich war nicht froh, ich fühlte mich schuldig. Aber was soll man denn tun, wenn man nicht sterben kann und nur scheintot war? Man will seinen Platz zurückerobern, und das kann nicht gutgehen. Ich fand damals im Badezimmer der neuen Wohnung einen Lippenstift. Wir sprachen nie darüber. Wem hat er gehört? Wen habe ich verdrängt und wen hat Hubert meinetwegen wegschicken müssen? Das ist eine Schuld, die ich ihm aufgeladen habe, vielleicht eine geringe Schuld, aber das kann ich nicht beurteilen. Es ist eine Tatsache, daß ich jemanden von seinem Platz verdrängte. Alles ist, wie es ist, und muß auch so zu Ende gelebt werden. Mein Nachdenken hilft keinem Menschen, nicht einmal mir selber.

Es ist der vierte Samstag im Monat; jeden vierten Samstag kommen zwei Schulfreunde Huberts, um mit ihm Tarock zu spielen. Früher waren es drei, aber der dritte ist vor einem Jahr verunglückt. Jetzt spielen sie also zu dritt, was auch geht. In Wirklichkeit spielen sie gar nicht Tarock, sondern Schule. Früher einmal war ich ein bißchen eifersüchtig, jetzt bin ich froh, daß Hubert dabei wieder jung wird und lachen kann. Daß sie Schulfreunde sind, ist leicht daran zu erkennen, daß sie sonst überhaupt nichts gemeinsam haben. Keiner würde sich zu dem anderen hingezogen fühlen, wenn sie einander erst jetzt kennenlernten. Die beiden heißen Malina und Gröschl; ich weiß bis heute nicht einmal ihre Taufnamen. Malina, der Innenarchitekt, ist ein großer beleibter Mann, Gröschl, der Mittelschullehrer, ein kleiner zerknitterter Mensch, der immer an einem vorbei in eine Ecke starrt. Ich weiß nicht: ist er schüchtern, oder meidet er aus irgendeinem Grund meinen Anblick? Malina ist ein großer Damenfreund und macht mir in den wenigen Minuten, die wir zusammen sind, gewohnheitsmäßig den Hof. Er kann einfach nicht anders. Seine Hände sind warm und gepolstert und seine Augen vom feuchten, verdächtigen Himmelblau der geborenen Verführer.

Ich sehe die beiden nie länger als zehn Minuten. Mit ihren Mänteln und Hüten legen sie ihren Beruf ab und verwandeln sich in halbwüchsige Buben, eben in Malina und Gröschl, die immer in der fünften Bankreihe saßen, durch einen kleinen Abstand getrennt von Hubert und dem verblichenen vierten. Sie heißen dann plötzlich Maltzi und Groschi und sagen zu Hubert Schnapsi, was nie im Leben zu ihm gepaßt haben kann. Er hört es gern, aber es liegt ihm daran, daß ich möglichst bald das Zimmer verlasse, und mir liegt auch daran. Es ist grotesk, daß es Leute gibt, die zu Hubert Schnapsi sagen dürfen.

Irgendwie scheint es bei Malina und Gröschl daheim nicht ganz zu stimmen, denn das Treffen findet immer bei uns statt. Ich stelle ein paar Brote ins Wohnzimmer und verschwinde in die Mansarde. Ich wäre tief traurig, sollte Malina oder Gröschl etwas zustoßen; zu zweit kann man nämlich nicht tarockieren.

Nach dem Abwaschen ermunterte ich Hubert zu einem Spaziergang. Er geht viel zu wenig, und das kann nicht gesund sein. So führe ich ihn jeden Samstag und Sonntag an die frische Luft. Er wehrt sich nach Kräften dagegen, schützt Arbeit, Kopfweh oder Schläfrigkeit vor, aber ich bin unerbittlich. Wenn er dann auf den Beinen ist, geht er viel besser als ich, und ich habe Mühe, mit ihm Schritt zu halten. Wir haben den Vorteil, so weit draußen zu wohnen, daß man schon nach zehn Minuten auf wenig befahrene Straßen und Gehwege kommt. Wenn es nur nicht so schwer wäre, Hubert zu überreden, denn je älter ich werde, desto lieber möchte auch ich daheim bleiben, ich muß also nicht nur seine, sondern auch meine Trägheit bekämpfen. Manchmal frage ich mich, ob ich es nur aus Pflichtbewußtsein tue oder ob auch ein bißchen Herrschsucht mitspielt. Wenn ja, ist in diesem Fall die Herrschsucht eine nützliche Eigenschaft.

Wir wandelten also dahin, ein Ehepaar in mittleren Jahren, und waren recht schweigsam. Das ist nicht immer so. Manchmal erzählt mir Hubert aus seiner Praxis, oder er fragt mich nach meinen Bildern, die er mein Hobby nennt. Es kann ihn gar nicht interessieren, deshalb finde ich seine Fragen so rührend. Über die Kinder reden wir fast nie. Das mag unnatürlich sein, aber so ist es eben. Ich sehe, daß derartige Gespräche Hubert unangenehm sind. Er ist für die Kinder da, wenn sie ihn brauchen, und sie brauchen ihn eigentlich sehr wenig. Ilse kommt mit schwierigen Mathematikaufgaben oder um ein bißchen Taschengeld, und Ferdinand braucht eigentlich gar nichts. Wenn Ferdinand hier ist, reden sie über Pferderennen, Fußball und Autos. Das heißt: Ferdinand macht Hubert die Freude, darüber zu reden. Diese Themen sind ganz unverfänglich. Über Huberts Kanzlei oder Ferdinands Studium wird nie gesprochen. Davon verstehen sie beide zu viel. Von Fußball, Pferderennen und Autos haben beide nur eine schwache Ahnung, und das ergibt ein angenehmes Gespräch.

Ferdinand wollte eigentlich Archäologie studieren. Wir hätten nichts dagegen gehabt, Hubert mit Selbstüberwindung, und ich, weil ich gern gesehen hätte, daß einer von uns das tun dürfte, was er wirklich tun will. Aber Ferdinand entschloß sich schließlich dagegen. »Schau, Mama«, erklärte er mir, »mit Archäologie kann man kein Geld verdienen, man kann es nur weit bringen, wenn man von Haus aus vermögend ist. Ich kenne mich aber. Ich brauche Geld, nicht weil ich am Geld hänge, sondern weil ich es ausgeben will. Ich werde einmal viel Geld verdienen, das weiß ich genau, und dann werde ich so angenehm leben, wie es nur geht. Archäologie ist ein Traum, den muß ich vergessen. Einen Beruf, der mich wirklich freut und obendrein viel Geld einbringt, kann ich nicht haben, so hab' ich mich eben für das Geld und das gute Leben entschieden. Wenn ich jahrelang knausern müßte, würde der Traum auch sterben. Ich bin kein Held und kein Fanatiker, mich freuen nur Dinge, die ich leicht haben kann. Das mußt du schon verstehen.«

Dagegen war nichts zu sagen. Er weiß genau, was er aufgegeben hat, und manchmal quält es ihn, aber er wird damit fertig, wie der alte Ferdinand mit seinem unerfreulichen Zuhause fertig geworden ist. Nein, wir reden nicht über die Kinder, sie sind uns entglitten und gehören uns nicht mehr. Hubert weiß das längst, er weiß wahrscheinlich viel mehr, als ich ahne.

Heute redeten wir lange Zeit überhaupt nicht. Es war wieder schön geworden, der Föhn war aber schon im Abklingen. Die Hügel über der Stadt waren blau und mit Händen zu greifen, und die Kanäle stanken. Das ist ein untrügliches Zeichen dafür, daß das Wetter schlecht wird. Hubert behauptet immer, er spüre den Föhn nicht. Ich glaube es ihm nicht. Das ist genau wie mit seinen Träumen, an die er sich nicht erinnert, oder die er nicht zur Kenntnis nimmt. Er sagt sich: Vergessene Träume sind keine Träume, und ein Wetter, das ich nicht spüre, ist überhaupt nicht vorhanden. Über diesen Punkt stritten wir ein bißchen, froh darüber, endlich einen Gesprächsstoff gefunden zu haben, der keinem naheging. Ich sah, wie er sich freute, mich ein bißchen belächeln zu können, und ich gab nicht gleich nach, um diese Freude zu verlängern. So wurde der Spaziergang doch noch recht angenehm. Ich zeigte ihm zehn Hunde, zwei Katzen und den ersten Huflattich, der am Rand einer Sandgrube blühte. Über all das zeigte er sich so erstaunt, daß ich traurig wurde. Wo lebt mein Mann überhaupt, daß er über Hunde, Katzen und Huflattich erstaunt ist?

Einmal faßte er nach meiner Hand, und wir gingen wie ein Liebespaar, das wir ja auch sind, wenn auch ein sehr ausgefallenes. Nach ein paar Minuten fühlte er sich aber unbehaglich und knöpfte wie zufällig seinen Mantel auf, um seine Hand freizubekommen. Wahrscheinlich geht es irgendwie gegen seine Würde, in seinem Alter Hand in Hand zu gehen. Wir gingen nun wie gute Freunde nebeneinander her, nur daß Freunde weniger voneinander wissen und es deshalb leichter haben.

Um drei Uhr waren wir zurück. Ich kochte Kaffee, und Hubert strebte seinem Schreibtisch zu, als wäre dort der einzige Ort auf der Welt, wo es ein bißchen Sicherheit gibt. Ich brachte ihm den Kaffee und zog mich ins Wohnzimmer zurück, bemüht, ihn zu vergessen, wenigstens für ein paar Stunden. Denn es strengt mich unmäßig an, immer rund um ihn herum zu denken. Hubert, Ferdinand und Ilse, die Lebenden und die Toten und dazu noch das Wesen, das mich seit Montag mit dicken gelben Briefen verfolgt, und über das ich zuviel und zuwenig weiß. Ich setzte mich auf die Couch und schlug einen Kriminalroman auf, irgendwo in der Mitte, weil das gar keine Rolle spielt. Ich lese Kriminalromane, und sie interessieren mich nicht im geringsten; ich merke nicht einmal, daß ich sie schon gelesen habe. Einer würde mir fürs ganze Leben reichen. Genausogut könnte ich mich betrinken oder Pillen schlucken oder einen hilfreichen Menschen bitten, mich täglich mit dem Hammer auf den Kopf zu schlagen. Das wäre natürlich die wirksamste Methode, denn Alkohol und Pillen taugen nicht viel. Kriminalromane sind das unschädlichste Mittel gegen sinnloses Nachdenken. Sie hinterlassen auch keinen Katzenjammer. Aus demselben Grund, aus dem ich sie lese, schlafe ich so gern. Ich bin ja im Schlaf nicht untätig, ich träume. In meinen Träumen ist alles möglich, und das macht mich glücklich. Ich bin dann eine ganz andere Person, treibe mich in fremden Hafenvierteln herum, sitze in geheimem Auftrag in hohen Bäumen und warte auf unerhörte Ereignisse. Sehr oft klettere ich auch über staubige Dachböden, die Verfolger sind mir knapp auf den Fersen. Im letzten Augenblick aber weicht eine Wand zurück und verbirgt mich vor ihnen, ich bin gerettet und steige in unterirdische Regionen, in denen mich nie ein Mensch entdecken wird. Im Traum bin ich sehr schlau und entgehe mit spielerischer Leichtigkeit allen Fallen, die man mir stellt.

Manchmal, sehr selten, habe ich ganz andere Träume. Einige von ihnen werde ich nie vergessen. Vor zehn Jahren träumte ich einmal von einer weiten Parklandschaft, in der große Wasserbehälter aus Glas aufgestellt waren. Nixen saßen darin und Wassermänner und spielten auf Harfen und Flöten. Ich konnte durch das Glas hindurch nichts hören, aber ich wußte, sie spielten die wirkliche

Musik, die nicht für Menschen bestimmt ist. Ihre schuppigen Schwänze glänzten wie Perlmutter, und ihre langen gelösten Haare schwammen auf dem Wasser. Sie waren sehr schön. Atemlos vor Entzücken stand ich und sah ihnen zu. Plötzlich wußte ich, daß ich nicht zugleich mit diesen Geschöpfen hier sein durfte. Dann wurde es finster, und eine Stimme sagte: »Sie haben uns verlassen, das ist das Ende der Welt.« Ich weinte, bis Hubert mich wachschüttelte. Ich wußte nicht, wo ich war, alles um mich herum war fremd. Die Welt war untergegangen. Hubert streichelte meine Schulter, und ich versuchte, nicht mehr zu weinen, um ihn nicht zu stören. Aber die Trauer um einen endgültigen Verlust verfolgte mich noch tagelang.

Wenn Träumen ein Beruf wäre, hätte ich es längst zum Obertraummeister gebracht. Wie man sieht, besitze ich nur Gaben, mit denen in dieser Welt, in der ich leben muß, nichts anzufangen ist. Deshalb muß ich mich anpassen und lese manchmal Kriminalromane, wenn mir das Anpassen zu unerträglich wird. Ich mußte übrigens nicht lange lesen, und ich weiß nicht, was ich gelesen habe, denn bald darauf läutete es, und die Tarockspieler erschienen.

Alles verlief wie immer. Gröschl starrte an mir vorbei auf den Schirmständer, Malina küßte meine Hand ein bißchen zu lange, und sein Körper sagte: Du gefällst mir, und ich ginge sehr gern mit dir ins Bett, aber es geht nicht, weil dein Mann mein Schulfreund ist. Ich sah ihn freundlich an, und seine Augen waren sehr feuchtblau. Eigentlich ist er mir nicht unangenehm, er ist wie ein dicker, schöner Kater, der von Zeit zu Zeit schnurren muß, ob er will oder nicht.

Dann stellte ich die Brote ins Wohnzimmer und zog mich lautlos zurück. Ich hörte noch rauhe, aber freundschaftliche Töne aus drei Männerkehlen. Es ist jedesmal so, als hätten sie einander jahrelang nicht gesehen, wie bei einem Maturatreffen. Dann stieg ich hinauf in die Mansarde. Ich nahm die gelbe Giftkröte aus der Tischlade und machte mich über sie her. Das ist übrigens ein dummer Vergleich.

Kröten sind schöne, liebenswerte Tiere; ich werde demnächst eine malen, um Abbitte zu tun.

Ich sah sofort, daß es die letzte Sendung war, trotzdem zitterten meine Hände ein bißchen beim Umblättern, der Föhn war also noch immer wirksam.

19. April

Heute war ich wieder bei X. Er ist irgendwie verändert, so als wäre er nicht ganz da. Wie immer saß er mir gegenüber, aber diesmal schwieg er. Das war noch nie vorgekommen. Er brütete vor sich hin und bewegte nur manchmal schwach die Lippen, aber so als redete er zu sich selber. Manchmal hob er den Kopf und starrte mich an, als sähe er mich heute zum erstenmal wirklich. Es war mir nicht angenehm, von ihm wirklich gesehen zu werden. Ich wartete aber ganz geduldig und überlegte mir, wie ich ihm sagen sollte, daß ich heute zum letztenmal hier war. Ich hatte nämlich beschlossen, meine Besuche einzustellen.

Plötzlich stand er auf und fing an Kaffee zu kochen, das hatte er in letzter Zeit nicht mehr getan. Wir tranken Kaffee, und ich wollte schon den Mund auftun und ihm sagen, daß dies der letzte Kaffee sei, den wir gemeinsam trinken würden. Da begann er auf seinen Block zu schreiben, und ich wartete seine Mitteilung ab. Auf dem Block stand: »Ich muß von hier verschwinden, kommen Sie mit mir. Ich brauche Sie, und Sie werden es nie bereuen.« Das »brauche« war zweimal unterstrichen. Jetzt konnte ich nicht mehr sagen, was ich hatte sagen wollen. Er sah aus wie ein verhungernder Hund, der um einen Knochen bettelt. Der Schweiß lief ihm von der Stirn über das Gesicht und am Hals entlang. Er wischte ihn nicht einmal weg. Ich sagte: »Ich werde darüber nachdenken, lassen Sie mir Zeit bis morgen.« Er sah aus, als wollte er vor Freude weinen. Ich hatte großes Mitleid mit ihm, aber gleichzeitig verabscheute ich ihn mehr als je zuvor.

Um ihn nicht länger sehen zu müssen, ging ich fort. Er stand unter der Tür und sah mir noch lange nach.

Daheim vergrub ich mich in meinen Sessel und versuchte nachzudenken. Zu Hubert konnte ich nicht mehr zurück, das Wunder, das er von mir erwartet hatte, war ja ausgeblieben. Natürlich könnte ich bis an mein Lebensende hier sitzenbleiben und nachdenken, Bücher illustrieren und in den Wald laufen. Aber ich habe genug davon. Ich will nicht länger auf eine ganz ungewisse Sache warten. Hinzu kommt, daß ich mich langsam auf eine Weise verändere, die mir unheimlich ist. Ich will mich nicht vor mir selber fürchten müssen. X war es ernst mit seinem Vorschlag, das wußte ich. Vielleicht könnte ich mich an ihn gewöhnen, obwohl er wie ein wahnsinniger Mörder aussieht. Auch wahnsinnige Mörder brauchen einen anderen Menschen, besonders einen, dem sie täglich die tauben Ohren vollschreien können. Ich bin über dreißig, und ich habe den Jäger satt und das Tal und die Berge, meine Kerkermeister.

20. April

Ich lief durch den Wald und gab mich meinem fruchtlosen Denken hin. Als ich zurückkam, war ich immer noch entschlußlos, denn ich hatte die ganze Zeit über die Hände von X vor mir gesehen, und es erschien mir unmöglich, mein Leben lang diesen Händen zuschauen zu müssen. Aber auch alles, was ich sonst tun könnte, erschien mir unmöglich. Am besten wäre es, im Erdboden zu versinken und nicht länger dazusein.

Ich stieg vom Berg herunter und bog auf die kleine Straße ein. Der Jäger stand vor dem Haus und schoß auf einen grauen Sack, der unweit von ihm auf der Wiese lag. Der Sack war lebendig und bewegte sich in komischen kleinen Sprüngen. Ich wußte sofort, was in dem Sack war. Die Zeit für die jungen Katzen war gekommen. Der Jäger legte an, und der Sack tat einen Satz vorwärts, er legte wieder an und noch einmal, und noch immer kroch und zuckte das graue Ding. Erst nach dem vierten Mal rührte es sich nicht mehr. Der Jäger drehte sich um und sah mich verlegen grinsend an, dann hob er den Sack auf und schleppte ihn hinter das Haus. Der Sack war jetzt ganz rot, und es tropfte aus ihm auf die Erde.

Ich ging nicht ins Haus, sondern sofort zu X. Mein Kopf war leer, und mich fror. Es war mir gleichgültig, wohin X mich bringen würde, nur weg von hier.

Ich packe jetzt meinen Koffer, aber nicht um mit X zu verreisen. Warum ich überhaupt noch etwas aufschreibe, weiß ich nicht, vielleicht, weil mein Großvater immer sagte, man müsse jede Sache zu Ende führen. Das tue ich jetzt.

Ich sagte X, daß ich mit ihm gehen würde, und er lachte. Es war kein schöner Anblick. Diesmal lagen seine Hände auf dem Tisch, und als ich sie sah, wußte ich, daß ich verrückt gewesen war und daß ich nie dort sein konnte, wo auch diese Hände waren. Plötzlich hörte X zu lachen auf und starrte mich an. Ich konnte nicht sehen, was in ihm vorging, denn seine Augen waren ganz schwarz und wie mit Silber beschlagen. Aber er konnte meine Augen sehen, und ich habe Augen, in denen man lesen kann.

Ich erschrak so sehr, daß ich mich nicht bewegen konnte. X sah auf seine Hände nieder und lachte. Vielleicht war es auch kein Lachen und sah nur so aus. Er sah seinen Händen zu, wie sie ganz langsam auf ein Wasserglas zukrochen, tastend und suchend, und wie sie endlich das Glas fanden, es umschlossen und zusammendrückten. Das Glas zerbrach, und Blut tropfte von seinen Händen. Das erinnerte mich an etwas, und ich fing zu schreien an. Ich war außer mir und wußte nicht, was ich tat. X sah fast erstaunt auf seine Hände nieder, dann stand er auf, und ich sah, daß er auf mich zukam, sein Gesicht war dunkelrot, und seine Lippen bewegten sich sehr schnell. Ein Blutrinnsal zog sich über den Tisch.

Dann trat das Wunder ein, das ich hätte wirken müssen. Ich konnte hören. Zuerst begriff ich es gar nicht, es waren nur wilde Geräusche, die da aus seinem Mund kamen. Endlich fing ich an, sie zu verstehen, und das half mir soviel, daß ich aufspringen konnte. »Da kommen Leute vorbei«, stieß ich heraus, »gehen Sie zurück, oder ich schreie.« Die Schritte kamen näher, und X starrte mich entsetzt an. Noch nie habe ich soviel Entsetzen in einem Gesicht gesehen. Aber da lief ich schon aus der Tür und rannte und rannte, ohne mich umzusehen.

Der Jäger war nicht daheim, und ich versteckte mich im Wald hinter dem Haus. Die Luft war voll von Geräuschen, und ich lachte und weinte und biß mich in die Finger. Gleich packe ich meinen Koffer, und morgen früh werde ich mit dem ersten Zug wegfahren. Der Jäger wird mich zur Bahn bringen müssen, allein gehe ich nicht auf diesem einsamen Weg.

Nun habe ich der Ordnung halber die Sache zu Ende geführt. Niemand wird mir den kleinen Ferdinand wieder wegnehmen können. Alles war ein böser Traum, ich werde ihn vergessen, und ich werde auch vergessen, was X mir sagte, als er noch nicht wußte, daß ich wieder hören konnte. Bestimmt werde ich es vergessen.

Damit habe ich recht behalten. Ich erinnere mich wirklich nicht mehr daran. Gewisse Dinge muß man vergessen, wenn man leben will.

Aber es gibt einen, der sich genau an alles erinnert und der nicht wissen kann, daß ich vergessen habe. Jahrelang. Er muß die Aufzeichnungen aus meinem Koffer gestohlen haben, damals, als ich abends hinunterging und mit dem Jäger wegen meiner Abreise sprach. Es war ja so einfach, man konnte in der Dunkelheit über die

Veranda in mein Zimmer gelangen. Fünf Minuten genügten dazu.

Wo war er in all diesen Jahren, warum meldet er sich erst jetzt? Ist er ein achtbarer Bürger geworden, wie so viele andere auch, und tritt ihm der Schweiß auf die Stirn, wenn er an mich denkt?

Ich ging hin und her in der Mansarde und überlegte mir alle Möglichkeiten. Die harmloseste ist, daß die Briefe als Drohung und Warnung gedacht sind. Das werde ich vielleicht nie wissen oder in einigen Jahren oder Monaten, vielleicht schon in den nächsten Tagen. Dann wird es aber zu spät sein, denn er wird mir nie glauben, daß ich alles vergessen habe. Das ist eine neue Art von Katz- und Maus-Spiel, doch die Maus will sich nicht länger fürchten. Es spielt keine Rolle – eine Gefahr mehr oder weniger. Genausogut kann ich morgen in ein Auto laufen, oder man kann eine tödliche Krankheit bei mir entdecken. Nein, es besteht nicht der geringste Grund zur Sorge.

Ich ging in den Keller, und etwas geschah in meinem Kopf. Ich sah das Bild eines alten Mannes, der beschlossen hatte, endlich Schluß zu machen mit Haß und Furcht. Er trocknete die letzten Tropfen Schweiß von seiner Stirn und schob ein paar Blätter Papier in ein gelbes Kuvert. Er bewegte die Lippen, ich konnte nichts hören, aber ich wußte, er sagte: »Genug«. Das Bild war sehr undeutlich und verschwand sofort wieder. Es kann etwas bedeuten oder auch nichts.

Ich saß wieder auf der Kiste, und der Bussard fiel mir ein, und daß ich keinen Vogel mehr zeichnen kann. Ich schloß die Augen und sah etwas, aber es war kein Vogel. Ich wartete, und das Wesen wurde deutlicher, sah mich aus goldgelben Augen an, und zu meinem Erstaunen sah ich, daß es ein Drache war. Ich habe Drachen immer geliebt, weil sie aber keine wirklichen Tiere sind, wagte ich nie, einen zu zeichnen. Es war mir auch nie zuvor einer erschienen.

Ein Drache ist ein Wesen, das einsam aussehen darf. Ihm steht es zu. Er wird nicht geboren, ist plötzlich da und weiß nicht, warum, das sieht man ihm an. Er schaut aus, als wäre er unheilbar verwundert.

Ich saß auf der alten Kiste und dachte nur noch über den Drachen nach. Ich versuchte, sein Bild festzuhalten, wie es mir erschienen war. Das war ganz in Ordnung so, und es gefiel mir sehr. Dies sind die einzigen Dinge, die ich wirklich verstehe. Die Welt ist ein Irrgarten, in dem ich mich nie zurechtfinden werde, mit diesem Kopf, der nur für Bilder geschaffen ist und nicht für vernünftige Gedanken. Plötzlich war ich sehr müde, aber ich hatte kein bißchen Angst. Ich sah den Drachen ganz deutlich, er hatte wunderbare gelbe Augen, und aus ihnen sahen mich große Unschuld und Unwissenheit an. Was bin ich, sagten diese Augen, was bin ich? Du bist ein Drache, sagte ich, und das ist ein recht ausgefallener Stand, denn eigentlich dürfte es dich gar nicht geben, aber das verstehst du nicht. Es gibt dich, denn ich kann dich sehen.

Ich ging ganz langsam hinauf in die Mansarde, denn ich war sehr müde. Ich riß das Fenster auf, die Föhnluft strömte herein und reinigte diesen Raum von allem, was nicht hierher gehörte. Ich setzte mich hin und fing an, meinen Drachen zu zeichnen. Es ging wunderbar leicht und einfach. Als ich mit den Umrissen fertig war und sah, daß alles stimmte, war ich sehr glücklich, so glücklich wie schon lange nicht. Ich legte mich auf den alten Diwan und schloß die Augen. Kein Laut drang von unten herauf. Ich dachte nicht an die Tarockspieler und nicht an Ferdinand oder Ilse, nicht an die Lebenden und nicht an die Toten und auch nicht an jenen unglücklichen Menschen, der vielleicht Böses plante. Endlich einmal dachte ich gar nichts. In meinem Kopf war eine wunderbare Leere und Stille. So stelle ich mir den Himmel vor. Ich schloß die Augen, und kein Bild zeigte sich,

ich war ausgehöhlt, eine Hülle über dem Nichts. Ich schlief aber nicht ein, ich lag nur so in der Stille und Leere und war zufrieden.

Viel später, in meinem Bett, schlief ich sofort ein. Ich träumte nicht, oder ich erinnere mich nicht an einen Traum.

Als ich erwachte, war wieder Sonntag. Hubert raschelte beim Umblättern und las das Gefecht von Ebelsberg. Den Vorhang hatte er schon aufgezogen, und es war hell im Zimmer, so hell es eben an einem Februarmorgen ist. Der Baum, Akazie, Erle oder Ulme, stand in der feuchten Luft wie eine schwarze Graphitzeichnung. Hubert legte sein Buch weg und sagte »Guten Morgen« und küßte mich auf die Wange. Er folgte meinem Blick und sagte: »Heute sieht man es ganz deutlich, es ist eine Akazie.« Ich sah das nicht so deutlich, genausogut konnte es eine Ulme oder Erle sein. Es mußte nachts geregnet haben, weil der Baum heute so feucht und dunkel aussah. Ein Vogel kam und ließ sich auf ihm nieder, ein zweiter und ein dritter, Amseln, Grünlinge oder was immer, ich kann das ohne Brille nicht so deutlich sehen. Es war ein Sonntag wie jeder andere. Hubert sagte: »Immer wenn ein Vogel kommt, fliegt ein anderer weg, das ist sehr merkwürdig.« Ich schwieg, und er wandte sich wieder seinem Buch zu. Ich war sehr froh, daß der Baum noch auf seinem Platz stand. Das Wolkenspiel wollte gerade anfangen, dann würde der Baum mich wieder einschlafen lassen. Hubert sagte: »Das Wetter ist umgeschlagen, mein Hühnerauge tut weh.« Ich sagte: »Wie unangenehm, möchtest du nicht einmal im Bett frühstücken?« Er setzte sich steil auf im Bett, und ich sah, daß seine Lidränder etwas gerötet waren, das kam vom vielen Rauchen bei der Tarockpartie. »Was ist denn los?« fragte Hubert leicht entrüstet. »Du weißt doch, daß ich nie im Bett frühstücke.« – »Aber du könntest es doch einmal tun«, sagte ich. – »Aber ich will nicht«, sagte Hubert, »mein Leben lang hab' ich am Tisch gefrühstückt.« – »Eben«, sagte ich und: »Es war nur so eine Idee.« Er lehnte sich beruhigt zurück und las weiter. Ich sah, wie der Baum sich wieder in ein flaches Bild verwandelte. Nie werden wir wissen, ob er eine Akazie, Ulme oder Erle ist.

Ich hatte nicht die Absicht, mich heute von ihm verzaubern zu lassen, und stieg aus dem Bett. Es kam nur darauf an, den Tag bis zum frühen Abend angemessen zu verbringen und dann zu meinem Drachen zurückzukehren. Angst überfiel mich, daß er sich über Nacht verändert hätte, aber sie ging vorüber.

»Was tun wir denn heute?« fragte Hubert. »Heute kommt Ferdinand zum Essen«, sagte ich mit fester Stimme, »und nachher gehen wir spazieren und dann ins Arsenal.« Dieses abgekürzte Verfahren schien ihn nicht zu befriedigen. Er schüttelte betrübt den Kopf und las weiter. Aber ich konnte heute nicht die Spielregeln einhalten, ich war viel zu aufgeregt.

Der Tag verlief wie vorgesehen. Gegen elf Uhr kam Ferdinand und sprach mit seinem Vater über Wintersport, Fußball und Autos. Später lobte er meine Apfelschnitten, und ich freute mich darüber, aber so als ginge es mich nicht wirklich an. Dann tranken wir Kaffee, und Ferdinand plauderte mit uns sehr angenehm über nichts. Dann empfahl er sich und küßte mich auf die Wange. Er roch sehr gut und jung, und ich dachte, wie sonderbar es doch ist, daß er jetzt ein Mann ist und nicht mehr das Kind, das ich mir einmal zurückerobern wollte.

Diesmal führte ich Hubert dreimal um den Häuserblock, denn das Wetter war wirklich nicht schön, und dann fuhren wir ins Arsenal. Hubert begab sich sofort zu den Guckkästen, um seinen mutmaßlichen Vater zu erforschen, und ich trieb mich ziellos herum. Ich bewunderte die alten Schiffsmodelle, besonders die Schraubenfregatte ›Novarra‹, und hielt mich dann lang bei den Figurinen auf, bei den Kroaten und den Arkebusieren und den Soldaten des Prinzen Eugen. Weil kein Mensch in der Nähe war, unterhielt ich mich ein bißchen mit ihnen. Sie konnten mich nicht hören, und das erinnerte mich an etwas, was ich zu vergessen hatte. Also verließ ich sie in ihren Glaskästen und stieg hinauf zum großen Türkenzelt. Und alles war wie immer. Ich langweilte mich nicht, weil ich mich hier niemals langweile, und wenn das vielleicht nicht ganz normal sein sollte, stört es mich auch nicht.

Später traf ich Hubert in der Vorhalle. Er hatte sich gerade eine Broschüre gekauft über das Gefecht bei Dürnstein-Loiben von 1805 und war sehr aufgeräumt und zufrieden. »Bist du jetzt sicher, daß es dein Vater ist?« fragte ich. Hubert sagte: »Beinahe. Man muß sich diese Bilder natürlich öfters anschauen.« – »Ja«, sagte ich, »das verstehe ich, man muß sie ziemlich oft anschauen.«

Dann fuhren wir heim. Hubert setzte sich an den Schreibtisch und versenkte sich in das Gefecht von Dürnstein-Loiben. Ich wußte, er hatte mich vergessen. In diesem Moment hatte ich ihn sehr gern. Das wird er nie wissen. Ich hatte ihn wirklich sehr gern, sein Rücken und sein Hinterkopf sahen so rührend aus. Es erinnerte mich an den standhaften Zinnsoldaten.

Aber ich hatte nicht lange Zeit, ihn zu bewundern, ich mußte nach meinem Drachen sehen. »Auf Wiedersehen, Hubert«, sagte ich. Das war ganz überflüssig, aber er murmelte höflich etwas zurück. Er sah mich jedoch nicht an. Wenn ich eines Tages nicht mehr dasein sollte, und das könnte ja immerhin geschehen, wird er mich sehr vermissen, auch wenn er jetzt keine Zeit für mich hat.

Ich stieg hinauf in die Mansarde und stolperte über die vorletzte Stufe, die etwas ausgetreten ist; ich ging nämlich mit geschlossenen Lidern, um die gelben, unschuldigen Augen des Drachen besser sehen zu können.

Marlen Haushofer

Himmel,
der nirgendwo endet

Roman. Band 5997

»Das kleine Mädchen, von den Großen Meta genannt, sitzt
auf dem Grund des alten Regenfasses und schaut in den Himmel. Der Himmel ist blau und sehr tief. Manchmal treibt
etwas Weißes über dieses Stückchen Blau, und das ist eine
Wolke. Wolke ist etwas Rundes, Fröhliches und Leichtes.«
So beginnt dieser Roman, in dem Marlen Haushofer dicht
ineinander verwobene Ereignisse und Eindrücke aus jenem
Reich erzählt, dessen Himmel nirgendwo endet - aus dem
Reich der Kindheit. Sie beschreibt die entscheidenden Jahre,
die ein heranwachsendes Mädchen prägen. Nie verläßt die
Autorin in der Geschichte der kleinen Meta die Perspektive
des Kindes, und sie maßt sich nicht an, korrigierend oder
besserwisserisch in diese kindliche Weltsicht einzugreifen.
Die ganze Welt stürmt auf Meta ein und offenbart sich als ein
großes Durcheinander, das Meta in Ordnung bringen muß.
Marlen Haushofers Roman enthält autobiographische Züge.
Erinnerungen, eigene und imaginierte, fügen sich zum Mosa-
ik einer Kindheit, die als eine Zeit beispiellosen und unwieder-
holbaren Glücks erlebt wurde.

Fischer Taschenbuch Verlag

fi 786 / 5

Die Frau in der Gesellschaft

Janina David
Leben aus zweiter Hand
Roman
Fischer
Die Frau in der Gesellschaft

Oriana Fallaci
Brief an ein nie geborenes Kind
Die Frau in der Gesellschaft
Fischer

Du gehst fort, und ich bleib da
Gedichte und Geschichten von Abschied und Trennung
Herausgegeben von Helga Häsing und Ingeborg Mues
Fischer
Die Frau in der Gesellschaft

Maya Angelou
Ich weiß, daß der gefangene Vogel singt. Band 4742

Mariama Bâ
Der scharlach-rote Gesang
Roman. Band 3746

G. Brinker Gabler
Deutsche Dichte-rinnen vom 16. Jahrhundert bis zur Gegenwart
Gedichte und Lebensläufe
Band 3701

Janina David
Leben aus zweiter Hand
Roman. Band 4744

M. Rosine De Dijn
Die Unfähigkeit
Band 3797

Anna Dünnebier
Eva und die Fälscher
Roman. Band 4728

A. Dünnebier (Hg.)
Mein Genie
Haßliebe zu Goethe & Co.
Band 10836

Ursula Eisenberg
Tochter eines Richters
Roman. Band 10622

Oriana Fallaci
Brief an ein nie geborenes Kind
Band 3706

M. Gabriele Göbel
Amanda oder Der Hunger nach Verwandlung
Erzählungen
Band 3760

A.-M. Grisebach
Eine Frau Jahrgang 13
Roman einer unfrei-willigen Emanzipa-tion. Band 4750
Eine Frau im Westen
Roman eines Neuanfangs
Band 10467

Helga Häsing
Unsere Kinder, unsere Träume
Band 3707

Helga Häsing/
I. Mues (Hg.)
Du gehst fort, und ich bleib da
Gedichte und Geschichten von Abschied und Trennung
Band 4722

Fischer Taschenbuch Verlag

Die Frau in der Gesellschaft

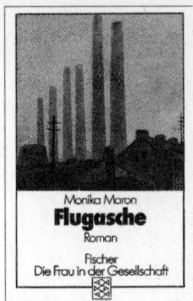

Helga Häsing/
I. Mues (Hg.)
Vater und ich
Eine Anthologie
Band 11080

Bessie Head
**Die Farbe
der Macht**
Roman. Band 11679

B. Head/
E. Kuzwayo/
N. Gordimer u. a.
**Wenn der
Regen fällt**
Erzählungen
aus Südafrika
Band 4758

Jutta Heinrich
Alles ist Körper
Extreme Texte
Band 10505
**Das Geschlecht
der Gedanken**
Roman. Band 4711

Irma Hildebrandt/
Eva Zeller (Hg.)
**Das Kind, in
dem ich stak**
Gedichte und
Geschichten über
die Kindheit
Band 10429

Sibylle Knauss
Erlkönigs Töchter
Roman. Band 4704

Rosamond Lehmann
**Aufforderung
zum Tanz**
Roman. Band 3773
Der begrabene Tag
Roman. Band 3767
Dunkle Antwort
Roman. Band 3771
**Der Schwan
am Abend**
Fragmente
eines Lebens
Band 3772

Rosamond Lehmann
**Wie Wind in
den Straßen**
Roman. Band 10042

M. Lohner (Hg.)
**Was willst du,
du lebst**
Trauer und Selbst-
findung in Texten
von Marie Luise
Kaschnitz
Band 10728

Audre Lorde
Zami
Ein Leben
unter Frauen
Band 11022

Monika Maron
Flugasche
Roman. Band 3784

Johanna Moosdorf
Die Andermanns
Roman. Band 11191

Fischer Taschenbuch Verlag

Die Frau in der Gesellschaft

Johanna Moosdorf
Die Freundinnen
Roman. Band 4712
**Jahrhundert-
träume**
Roman. Band 4739
**Fahr hinaus in
das Nachtmeer**
Gedichte. Bd. 10217
Die Tochter
Geschichten aus
vier Jahrzehnten
Band 10506
**Franziska
an Sophie**
Erzählung
Band 11861

Ronnith Neumann
Nirs Stadt
Erzählungen
Band 10574
Die Tür
Erzählungen
Band 11055

Maria Nurowska
**Postscriptum für
Anna und Miriam**
Roman. Band 10309

Carme Riera
**Selbstsüchtige
Liebe**
Novelle. Band 11096

Karin Rüttimann
Schwalbensommer
Roman. Band 4749
Warten auf L.
Sylter Winterballade
Band 10885

Marlene Stenten
Albina
Monotonie um
eine Weggegangene
Band 10994
Puppe Else
Band 3752

M. Tantzscher (Hg.)
Die süße Frau
Erzählungen aus
der Sowjetunion
Band 3779

Miriam Tlali
Soweto Stories
Band 10558

Johanna Walser
Die Unterwerfung
Erzählung
Band 11448

Charlotte Wolff
Flickwerk
Roman. Band 4705

Yvette Z'Graggen
Zerbrechendes Glas
Roman. Band 4737

Fischer Taschenbuch Verlag

Österreich erzählt

27 Erzählungen

Ausgewählt und mit einer Nachbemerkung von Jutta Freund

Österreich erzählt – von Träumen und Erinnerungen, von Einsamkeit und Tod, vom Lachen und Vergessen. 27 österreichische Autoren schreiben bissig, böse, witzig oder wehmütig über ihr Land, über historische Ereignisse, über seine Bewohner, schreiben ihre Geschichten – jeder auf seine charakteristische Art und Weise. Die hier gesammelten Erzählungen zeigen in ihrer Vielfalt die Spannweite und die verschiedenen Strömungen der österreichischen Prosa unseres Jahrhunderts. Sie geben die Stimmung dieses Landes wieder, des Landes, das Hans Weigel »die Synthese aller Welten«, das »staatsgewordene Paradoxon« nannte, in dem man »deutsch sprechen kann, ohne Deutscher zu sein«. Eine Mischung aus Heiterkeit und Melancholie tritt uns entgegen, diese typische Mischung, die zu so vielen nicht nur literarischen Bildern und Vergleichen schon Anlaß gab.

Es erzählen: Ilse Aichinger, Peter Altenberg, H.C. Artmann, Ingeborg Bachmann, Alois Brandstetter, Franz Theodor Csokor, Heimito von Doderer, Erich Fried, Barbara Frischmuth,

Band 9283

Marlen Haushofer, André Heller, Fritz v. Hermanovsky-Orlando, Hugo von Hofmannsthal, Ödön von Horváth, Elfriede Jelinek, Robert Musil, Alfred Polgar, Helmut Qualtinger, Christoph Ransmayr, Peter Rosei, George Saiko, Arthur Schnitzler, Jutta Schutting, Jura Soyfer, Franz Tumler, Franz Werfel, Stefan Zweig.

Fischer Taschenbuch Verlag

fi 1153 / 4